AUTOUR DU DRAPEAU RUSSE

L'EMPEREUR

ALEXANDRE III

Com.dt **GRANDIN**
Commandeur de l'ordre de St Stanislas de Russie

Autour du **Drapeau Russe**.

ALEXANDRE III

Empereur de *Russie*.

Tolra éditeur,
112 rue de Rennes - Paris

Tolra éditeur, 112 rue de Rennes - Paris

Com.dt GRANDIN

Commandeur de l'ordre de St Stanislas de Russie

Autour du Drapeau Russe.

ALEXANDRE III

Empereur de Russie.

Tolra-éditeur

112.r rue de Rennes - PARIS

Propriété de l'Éditeur,

ÉMILE COLIN — IMPRIMERIE DE LAGNY

A

Sa gracieuse Majesté

ALEXANDRA FÉODOROVNA

IMPÉRATRICE DE RUSSIE

Ce livre

est respectueusement dédié

par

ses humbles Serviteurs.

L'AUTEUR :   L'ÉDITEUR :

Commandant GRANDIN   TOLRA

Chevalier de la Légion d'Honneur.
Commandeur de l'ordre
de Saint-Stanislas de Russie.

DIEU PROTÈGE LE TSAR !

DÉDICACE

A L'ARMÉE RUSSE!

Ce livre est une dette de reconnaissance contractée envers l'empereur Alexandre III qui, dans un élan de sublime générosité, a tendu une main amie à la nation française, alors que tout s'effondrait autour d'elle; il est aussi un hommage rendu à la vaillante armée russe, aujourd'hui à l'avant-garde de la civilisation et du progrès.

Puissent les pages que nous allons écrire, avoir quelque retentissement de l'autre côté du Pruth et jusque sur les cimes neigeuses des monts Himalaya!

Puisse le jeune empereur Nicolas II se convaincre

que la *Russie* et la *France* unies, *c'est l'équilibre eu-ropéen rétabli au détriment de la Triple-Alliance; c'est la paix raffermie; l'ambition de l'Allemagne enrayée; la tranquillité de l'Europe assurée.*

L'AUTEUR.

Rennes, 10 mars 1895.

L'ÉDITEUR

A LA JEUNESSE FRANÇAISE ET RUSSE

L y a quelques mois, la mort plongeait dans le deuil un peuple puissant qui aimait son souverain comme un père ; du même coup elle frappait en plein cœur la nation française dont le tsar Alexandre III avait été le seul ami des mauvais jours.

Précurseur sacré de la cause des peuples opprimés, l'Empereur défunt avait compris que les hommes étaient faits pour progresser en s'aidant, en s'aimant les uns les autres ; que la guerre était féroce, sauvage, impie ; sa puissance formidable le lui permettant, il avait imposé la paix.

Que les mères versent des larmes sur sa tombe, c'est à lui qu'elles doivent d'avoir conservé leurs en-

fants ; que le monde entier honore sa mémoire illustre ; les progrès actuels de la science se sont déve-
loppés, grâce à lui, à l'ombre protectrice des rameaux
pacifiques qu'il tenait en sa puissante main.

Découvrons-nous respectueusement devant le cercueil à peine fermé du monarque qui représentait
tant d'espérances, et gardons un pieux et reconnaissant souvenir à cette grande figure aujourd'hui
entrée dans l'histoire.

La mort du plus magnanime et du meilleur des souverains n'a diminué en rien les sympathies qui lient
la nation russe à la nation française ; ces sympathies,
cimentées par de communs intérêts, subsisteront demain comme elles existaient hier. Le tsar Nicolas II
marchera sur les traces de son vénéré père, et l'alliance des deux peuples ne pourra être que fortifiée
par leur commune douleur.

Envisageons donc l'avenir sans inquiétude. L'âme
de l'empereur Alexandre III s'est envolée vers le ciel,
mais en laissant derrière elle comme un ineffable et
mystique parfum.

Alexandre III n'est plus, mais il revit dans son fils
Nicolas II.

Avant de mourir, il a fait venir auprès de son lit de
douleur celui qui lui succède, et a versé la divine se-
mence de bonté dans un cœur merveilleusement préparé pour la recevoir.

Le fils d'Alexandre III et d'une princesse danoise ;
le petit-fils par sa mère d'un roi qui souffrit tant de la

brutale conquête du Schleswig-Holstein, par la Prusse, connaît son devoir et l'accomplira.

Délivrant notre pensée de toute anxiété, nous pouvons donc librement nous abandonner à nos regrets.

Pendant toute la durée de son règne, le tsar Alexandre III n'eut qu'une pensée : assurer la paix. Il s'était consacré tout entier à cette tâche, qui, servie par son ingérence active, nous a valu une bienfaisante détente.

Jamais nous n'oublierons les sympathies précieuses dont il nous a fourni le témoignage et comment l'autocrate de toutes les Russies tendit une main fraternelle à la République française, rechercha son amitié, affirmant de la sorte son inébranlable confiance dans la loyauté d'un peuple abattu, mutilé peut-être, mais non vaincu.

Sans doute, en venant à nous avec franchise, Alexandre III a songé avant tout à la prospérité et au bien de son Empire, à la libération et à la grandeur de la Russie. Mais guidé par son cœur autant que par ses intérêts, ayant affranchi son administration de la redoutable influence allemande, il n'en a pas moins voulu l'alliance française que nul ne saurait dissoudre.

L'émotion douloureuse que tous les Français ont ressentie en apprenant sa mort, le 1er novembre 1894, montre comment chacun de nous est certain qu'une solide barrière est pour longtemps opposée aux projets perfides de la Triple-Alliance contre notre indépendance.

A l'heure donc où disparaît, à quarante-neuf ans, ce grand souverain qu'on a justement appelé « l'Empereur de la paix », il importe de retracer brièvement sa vie et son règne.

La France, l'Europe, le monde entier ont suivi avec une anxiété profonde les dernières péripéties de cette lutte de la vie contre la mort.

Certes, toutes les larmes qui ont été versées sur son cercueil n'étaient pas également sincères. Dans cette vieille Europe, où s'était dressée une hégémonie altière, Alexandre III avait relevé la tête et mis la main sur la garde de son épée; ce jour-là, il avait déjoué bien des calculs, ranimé bien des espérances, et, à l'heure où il disparaît, les vaincus et les dupés avaient imposé à leur tour la paix à ceux qui s'en étaient proclamés les défenseurs, la menace et l'intimidation à la bouche.

La mort d'Alexandre III rouvre le champ à toutes les hypothèses, mais son œuvre — nous le croyons fermement — sera féconde et durable.

S'il est une tâche difficile pour l'écrivain, c'est celle de formuler un jugement équitable sur un contemporain; mais combien la difficulté devient plus grande encore, lorsqu'il s'agit de se prononcer sur le caractère d'un homme qui a été, de son vivant, un des maîtres de la terre, un souverain puissant qui est tout dans la nation qu'il représente.

Au premier abord, il paraît difficile d'écrire la biographie du tsar défunt, sans retracer en même temps, mais sommairement, l'histoire de la Russie.

Cependant, comme ce livre a surtout pour but de décrire les faits principaux de la vie d'Alexandre III, nous ne nous occuperons des événements religieux, politiques et militaires accomplis sous le règne de ce prince, que pour signaler la part qu'il y a prise personnellement; nous tâcherons avant tout d'émailler ces récits de détails de famille, de faits intimes, et de particularités qui, en mettant constamment l'auteur principal en scène, permettront à nos lecteurs d'apprécier les mœurs, les penchants, les habitudes; en un mot, le véritable caractère de celui qui fut le petit-fils de Nicolas 1er, dont le sceptre et l'épée sont venus se briser sous les murs de Sébastopol.

Le peuple russe a beaucoup prié et pleuré son empereur défunt; nous ne craignons pas d'être démenti, en affirmant que toutes les nations chrétiennes se sont associées au deuil de la patrie moscovite et que les hommages rendus à Alexandre III par la France entière, à l'occasion de sa mort, ont revêtu le caractère d'une grandeur véritablement émouvante.

Un règne de treize ans et quelques mois; c'est bien peu dans l'existence d'un Etat, et cependant que de choses accomplies dans une période si restreinte! L'œuvre laissée à son fils, aujourd'hui Nicolas II, — est immense; c'est en quelque sorte une orientation nouvelle dans la vie nationale du peuple russe, et une tradition qui s'impose aux méditations des souverains étrangers.

Le monarque défunt était un apôtre convaincu du principe monarchique ; il prêchait bien plus par l'exemple que par les paroles. Le sang de Pierre le Grand coulait dans ses veines.

C'est à tort, suivant nous, que certains politiciens considèrent le principe monarchique comme l'émanation d'un gouvernement réactionnaire. Le principe monarchique est éternel ; il incarne en lui la forme de pouvoir la plus haute et la plus pure ; il subsiste, sans que l'on soit obligé de revenir en arrière, et de méconnaître les progrès et les besoins de l'heure présente ; il est le signe de la vérité, tel que l'avaient réalisé Constantin le Grand et Charlemagne ; et non celui de l'absolutisme égoïste et exagéré, puisque, de par les lois — l'intérêt et la volonté y sont subordonnés au respect de la vérité.

Alexandre III a donc donné un grand exemple à l'humanité en prouvant que la civilisation européenne ne pouvait être sauvée que par le principe autoritaire.

Charlemagne s'était écrié un jour, dans un de ses moments de découragement : « Oh ! comme elle est lourde la croix que je porte ! » Alexandre III, lui aussi, eut à lutter, pendant son court règne, contre toutes sortes de calamités intérieures ; entre autres le nihilisme et les empiètements de la race juive ; il a tout pacifié cependant. Et cela, en évitant la guerre. Maître de la situation, dans les dernières années de son règne, tous les peuples lui témoignent aujourd'hui une respectueuse admiration, et quelques-uns, la confiance la plus absolue ; confiance dont hérite son successeur.

Comme époux, comme père, comme chef de famille, le tsar défunt aurait pu servir de modèle à ses sujets. Sa fermeté n'était pas exempte d'une grande bonté et d'une grande douceur ; il frappait quand cela était nécessaire, mais toujours en pardonnant, avec une humilité toute chrétienne, les offenses qui lui étaient personnelles. Le mensonge et la désobéissance dans sa propre famille, seuls, ne trouvaient pas grâce devant lui. On raconte qu'il ne pardonna jamais au fils du grand-duc Alexandre-Mikhaïlovitch (1) d'avoir contracté mariage sans son autorisation. Il le raya des corps de l'armée, dans lesquels il servait.

Donnant tout son temps, toutes ses forces aux soins de l'État, il ne prenait guère que quatre heures de sommeil par journée de vingt-quatre heures. « Je ne mourrai pas tant que la Russie aura besoin de moi, » disait-il quelquefois. Et, en effet, tout entier aux devoirs de sa charge, il a vécu pour la Russie.

Malade, il conservait sa lucidité et sa grandeur d'âme, prouvant qu'un chrétien n'a pas à trembler devant la mort ; il ne se plaignait pas, ne songeait qu'aux siens, et à ses devoirs de souverain. Affaibli et souffrant, il ne se levait que pour prier et se prosterner devant Dieu, avec la foi des âmes pures et sans tache. Alexandre III était un souverain pieux qui

(1) Quatrième fils du grand-duc Michel-Nicolaïevitch — oncle d'Alexandre III, président du conseil de l'empire, et de Olga-Féodorovna, ci-devant Cécile, princesse de Bade.

mourait de la mort du juste, et jusqu'à son dernier jour sa tâche a été celle d'un homme profondément dévoué à son pays, tout en travaillant pour le salut de son âme.

Une telle fin est donnée à peu de personnes. La foi seule révèle le mystère du dernier soupir.

L'Éditeur.

Paris, le 19 mars 1895.

L'EMPEREUR
ALEXANDRE III

La France est la meilleure amie de la Russie. (*Extrait du testament politique de Pierre le Grand.*)

CHAPITRE PREMIER

La Jeunesse d'un Grand-Duc de Russie

(1845-1864)

LEXANDRE-ALEXANDROVITCH n'avait pas été élevé pour le trône. Il était âgé de vingt ans lorsque survenait à Nice la mort de son frère aîné, le grand-duc Nicolas-Alexandrovitch (12 avril 1864). Le télégraphe apporta bien vite à Saint-Pétersbourg la nouvelle de cette perte inattendue, et le jour même, les princes de la famille impériale, les boyards, les marchands, le peuple enfin, se réunirent à l'église de Saint-Isaac, pour y faire, en commun, une prière, en l'honneur de celui que la mort enlevait et qui devait être un jour l'autocrate respecté et aimé de l'empire des tsars.

La première explosion de douleur passée, chacun se regarda.

Quel sera le nouveau tsarevitch? se demandait-on avec anxiété, en se rencontrant sur la perspective Newsky. Alors seulement, on se souvint du second fils d'Alexandre II, jeune homme d'une haute stature, d'une taille svelte, au front rêveur, à la physionomie froide, impassible, au regard sévère, et qui, élevé sous l'œil de sa mère Maria-Féodorovna, née princesse de Hesse et du Rhin, représentait à la cour impériale de Russie le type des anciens Romanow, dont Pierre le Grand avait été, au siècle dernier, un des descendants les plus honorés.

On raconte que Pierre le Grand, visitant la France, en 1717, reçut partout un accueil si empressé, qu'il se dérobait volontiers aux acclamations de la foule, et aux réceptions dont on cherchait à l'honorer. Tout cérémonial le gênait, il le fuyait. A Beauvais, l'évêque avait fait préparer un grand festin ; il ne voulut pas s'arrêter. Comme on lui représentait qu'il ferait maigre chère : « J'ai été soldat, dit-il ; avec du pain et de la bière, je suis content. »

A Paris, on le loge d'abord au Louvre ; il trouve les appartements trop somptueux et il va s'installer à l'autre bout de la capitale. Il visite tout en homme qui veut s'instruire : les monuments, les fabriques. Un des établissements qu'il admire le plus, c'est l'hôtel des Invalides. Quand il eut tout examiné, le maréchal de Villars le conduit au réfectoire au moment où les Invalides se mettaient à table.

Le prince goûte leur soupe et, prenant un verre de vin :

— A la santé de mes camarades, dit-il.

Il visite la Monnaie royale ; on frappe plusieurs médailles devant lui. Une de ces médailles étant tombée à ses pieds, il la ramasse et voit son portrait, en buste ; sur le revers, une Renommée posant le pied sur le globe et au-dessous une allusion ingénieuse à ses voyages et à sa gloire.

— Il n'y a que des Français capables d'une pareille galanterie, dit-il.

Il fait une visite au tombeau de Richelieu ; il tombe dans une profonde méditation. Montant sur le piédestal, il embrasse le buste du cardinal en disant : « Grand ministre, que n'es-tu né de mon temps ! je t'aurais donné la moitié de mon empire pour apprendre à gouverner l'autre. »

Il assiste à une séance de l'Académie des sciences ; la docte assemblée le prie de vouloir bien lui faire l'honneur de le compter parmi ses membres. Rentré à Saint-Pétersbourg, il envoie son acceptation ; c'est Fontenelle, secrétaire de la compagnie, qui est chargé de répondre.

Cette anecdote n'est-elle pas caractéristique ?... Le peuple russe a une sympathie réelle pour la nation française, et cependant combien de tsars, depuis Pierre le Grand, ont régné en Russie, ayant du sang allemand dans les veines ! De là une dégénération de la race régnante que le poète Pouschkine se plaisait à figurer d'une manière très originale. Il prenait un verre de vin rouge pur qu'il versait dans un grand verre en l'honneur de Pierre Ier, dont l'origine russe ne saurait être mise en doute. Il y ajoutait un verre d'eau pour le père allemand de Pierre III ; puis en versait un second, en l'honneur de Catherine II, princesse de la maison d'Anhalt ; un troisième verre d'eau était encore versé pour Maria-Féodorovna, mère de Nicolas Ier, puis un quatrième pour la princesse prussienne Charlotte, mère d'Alexandre II, et il obtenait, après tous ces mélanges, une liqueur si peu colorée, qu'il excitait le rire général de la galerie, quand il demandait aux spectateurs de cette petite leçon de généalogie de décider si ce mélange était du vin ou de l'eau, et si, par conséquent, les tsars depuis Pierre Ier étaient des Russes ou des Allemands.

*
* *

Alexandre-Alexandrovitch, né au château de Gatschina, près de Saint-Pétersbourg, le 26 février 1845, est le second fils de l'empereur Alexandre II. La naissance du royal enfant ne fut pas suivie de cet éclat, de ces pompes officielles, par lesquelles on a coutume d'annoncer au peuple la venue d'un prince héritier, car nul ne pensait alors que le sceptre tomberait un jour entre ses mains, puisque un de ses frères, le grand-duc Nicolas, l'avait précédé dans la vie.

Son enfance se passe sous la double direction de sa mère, princesse Maximilienne-Marie, nièce du grand-duc de Hesse, devenue de par son mariage Maria-Alexandrovna (1), et de son précepteur, un conseiller à la cour, du nom de Pobedonotseff. De la première, il tient une timidité naturelle qui se traduisit plus tard dans tous les actes de sa vie publique et privée; le second se fait un devoir de faire de son élève un jeune homme au caractère droit, loyal, studieux, aimant l'économie politique, fanatique de l'idée panslaviste et de celle du *Nazad-Domoï*, dont la devise signifie : *la Russie aux Russes.* Tout jeune encore, Alexandre-Alexandrovitch comprend les dangers que court la

(1) Mariée, en 1841, à Alexandre II.

Russie, si elle continue à voisiner trop intimement avec
les Allemands. Depuis Paul Ier, lui dit son précepteur : « Aux Allemands, tous les emplois publics, même
certains postes du gouvernement ; aux Allemands, le
milieu du pavé, tandis que les Slaves sont écartés
des affaires ; aux Allemands, toujours, les grandes entreprises industrielles, les concessions de mines, etc.
Les temps sont venus où les Russes doivent être enfin
maîtres chez eux. »

C'est sous l'influence de ces idées et de ces conseils
avisés que le jeune enfant grandit et devient un Slavophile ardent et convaincu.

Pour bien comprendre les véritables causes qui ont
présidé aux destinées de la Russie et bien saisir la
portée de certains actes du règne dont nous avons en-
trepris l'histoire, quelques détails rétrospectifs sur l'histoire de la Russie sont absolument nécessaires. On en
saisira mieux l'ensemble ; car tout s'enchaîne dans les
annales d'un peuple.

*
* *

La Crimée était autrefois régie par un khan qui recevait son investiture du sultan de Constantinople. Catherine II s'en empara en 1779 ; son premier soin fut
d'y creuser un port militaire, d'y construire un arsenal
et d'y élever une forteresse. Un emplacement admirable,
unique au monde, se présentait à proximité d'un village
tartare nommé Aktiar. Les ingénieurs et les ouvriers
se mirent à l'œuvre et *Sébastopol* (la ville auguste) s'y
éleva comme par enchantement. Pour qu'il n'y eût aucun doute sur la portée de cette conquête et le but de
cette formidable construction, lors du voyage fastueux
que la tsarine fit en Crimée, en 1787, elle fit placer cette

inscription sur la porte qui donne accès au faubourg de Karabelnaïa : *Route de Constantinople.* Ce n'était point là une vaine menace. En vingt-quatre heures une flotte et une armée russes, parties de ce point, pouvaient entrer dans le Bosphore et s'emparer de la capitale de la Turquie.

Catherine II exécutait ainsi le programme tracé à ses successeurs par le tsar Pierre Ier. Il est bon de mettre sous les yeux du lecteur cette pièce historique, connue sous le nom de testament politique de Pierre Ier. Après avoir lu ce document, on reconnaîtra qu'il n'a cessé d'être la ligne de conduite des tsars qui se sont succédé après lui, et que, quel que soit l'esprit de conquête de la Russie, cet esprit n'a pas été l'expédient d'un moment, mais bien la pensée invariable de la politique du plus vaste empire du monde, appuyée sur une population immense. Cette lecture nous amènera à expliquer les causes de la guerre de Crimée (1854), et nous fera connaître une foule d'événements historiques qu'il serait difficile de démêler, sans cet aperçu.

Voici des extraits de cette pièce dont l'original est déposé dans les archives du palais de *Peterhof,* près de Saint-Pétersbourg.

Après un préambule, dans lequel il invoque la Sainte-Trinité et le grand Dieu qui l'a toujours éclairé, Pierre prophétise que la Russie, qu'il a trouvée rivière, qu'il a laissée fleuve, deviendra océan. Il recommande à ses successeurs d'avoir toujours les yeux fixés sur les enseignements dont suit la teneur :

I. — S'étendre sans relâche vers le nord, le long de la Baltique ; ainsi que vers le sud, le long de la mer Noire.

II. — *Se rapprocher le plus possible de Constantinople et des Indes.* Celui qui y régnera sera le vrai souverain du monde.

Pierre le Grand goûte leur soupe... (Page 20.)

III. — Intéresser la maison d'Autriche à chasser le Turc de l'Europe.

IV. — S'attacher à réunir autour de soi tous les Grecs orthodoxes et tous les Slaves, qu'ils appartiennent à l'église grecque unie (catholique) ou à l'église grecque orthodoxe (schismatique), qui sont répandus en Hongrie, dans une grande partie des dépendances de l'Autriche et dans la Turquie d'Europe ; se faire leur centre, leur appui, et *établir parmi eux une prédominance universelle, au moyen d'une sorte de royauté et de suprématie sacerdotale.* Ce seront autant d'amis de la Russie, chez chacun de ses ennemis.

Ce programme a été tenu en tous points. En trois quarts de siècle la Russie a poussé ses frontières de trois cents lieues vers Vienne, Berlin, Dresde, Munich et Paris ; elle s'est rapprochée de cent soixante-dix lieues de Constantinople ; par ses récentes conquêtes dans l'Asie centrale, elle s'est avancée de près de quatre cents lieues vers les Indes et, par la Tartarie, elle touche à la Chine.

Il résulte de tout ce qui précède que la Russie est à l'avant-garde de la civilisation chrétienne, en Orient. C'est ici que se place la question des Lieux-Saints, qui va devenir un prétexte à la guerre de Crimée. L'empereur Nicolas Ier profite de ce conflit pour remplir la mission naturellement dévolue à son peuple : l'émancipation, par la Turquie, de tous les chrétiens courbés sous son joug depuis quatre siècles, et la liberté des cultes en Asie.

Qu'est-ce donc ce qu'on appelle les Lieux-Saints, origine de la guerre de 1853-1855 ?

Les *sanctuaires* consacrés au culte catholique, dans la Palestine, sont les églises construites sur les lieux où se sont accomplis les principaux événements de la vie de

Notre-Seigneur Jésus-Christ. Ces églises sont au nombre de onze :

A Nazareth : l'église de l'Assomption appartenant aux catholiques ;

A Bethléem : l'église de la Nativité appartenant à toutes les communions ;

A Cana : l'église construite sur l'emplacement de la maison où Jésus-Christ changea l'eau en vin, appartenant aux grecs ;

A Tibériade :

L'église de Saint-Pierre appartenant aux catholiques ;

L'église de la Flagellation appartenant aux catholiques ;

A Jérusalem :

L'église du Saint-Sépulcre appartenant à toutes les communions chrétiennes ;

L'église des Apôtres appartenant aux musulmans ;

Au Mont des Oliviers :

L'église de l'Ascension appartenant aux musulmans ;

L'église du Tombeau de la Vierge, appartenant à toutes les communions chrétiennes ;

A Gethsémani :

L'église de la Grotte de l'Agonie appartenant aux catholiques.

Ainsi, de toutes ces églises, trois ont été enlevées aux chrétiens par les musulmans; quatre sont possédées exclusivement par les catholiques ; une appartient aux grecs ; enfin trois sont communes aux différents rites chrétiens : latin, grec, arménien, syrien, copte et abyssinien. Pour chacune de ces dernières, divers sanctuaires sont possédés en propre par telle ou telle nation, avec un droit, attesté par l'usage, d'étendre un tapis sur l'autel ou d'y allumer des lampes.

Depuis que la Palestine est au pouvoir des musulmans,

les catholiques sont restés en possession de tout ou partie
des Lieux-Saints, sous le protectorat de la France, et ce
droit remonte au temps de Charlemagne, à l'époque où le
kaïd Haroum-al-Raschid envoya à ce dernier les clefs
du Saint-Sépulcre. Lorsque les musulmans voulurent,
au mépris des traités, persécuter les pèlerins venus en
Terre-Sainte pour y faire leurs dévotions, la France
donna le signal des croisades et Jérusalem fut conquis
par les chrétiens. Un royaume français fut alors fondé en
Palestine, et des princes français occupèrent pendant
quatre-vingts ans le trône de David et de Salomon. A
cette époque-là, Jérusalem était bien à la France qui en
avait payé la conquête en l'arrosant du sang de ses plus
glorieux enfants.

En 1187, le territoire de Jérusalem tombe au pouvoir
des musulmans; le sultan Saladin respecte les sanctuaires et autorise les chrétiens à continuer de desservir
le Saint-Sépulcre, sans payer tribut à la Sublime-Porte.

Pendant les treizième et quatorzième siècles, les latins
de France sont toujours possesseurs légitimes des sanctuaires qu'ils occupent. Mais au seizième siècle, les
grecs, ayant manifesté le désir d'être compris parmi les
chrétiens d'Orient chargés de la protection des Lieux-
Saints, le sultan Salim leur concède, en 1517, des droits
à la possession de certains sanctuaires, tels que le Tombeau du Sauveur, l'Église de Bethléem et la Pierre de
l'Onction.

Un firman daté de 1679 règle ces concessions, et plus
tard, les capitulations de 1740 proclament les droits
de chacune des communions chrétiennes intéressées. Le
sultan de Constantinople le déclare encore en 1851,
quand il dit dans une note officieuse : « Toujours fidèle
à son ancien et constant usage d'exécuter loyalement
les traités conclus avec les puissances amies, le gouver-

nement impérial n'éprouve aucune espèce d'hésitation à déclarer de nouveau que tous les articles du traité de 1740, qui n'ont pas été modifiés par un traité postérieur, demeurent en vigueur. »

Telle est la situation des Lieux-Saints à la fin de 1851, lorsque le prince Louis Bonaparte place sur sa tête la couronne impériale de France, tombée, en 1815, des mains du grand vaincu de Waterloo.

Dans l'aperçu que nous venons d'en tracer, rien de plus clair, rien de plus historique que les droits généraux de la France et de la Russie sur cette question qui est tout à la fois une question de foi religieuse et une question d'influence politique.

Mais l'Angleterre a besoin, pour ses vastes projets commerciaux, « de maintenir intacte la barbarie musulmane ; et le commandeur des croyants n'est plus entre ses mains qu'un agent d'affaires complaisant lui permettant de trafiquer presque sans concurrents dans toutes les échelles du Levant. A la pensée qu'elle ne serait plus seule à fréter ses navires dans les riches ports de la Propontide qui sont comme les rendez-vous commerciaux de l'Asie, l'Angleterre trembla pour ses intérêts. Travestissant les véritables intérêts de la Russie, exploitant l'amour-propre de Napoléon III, ce nouveau venu dans la famille des souverains ; lui rappelant insidieusement qu'il était redevable de son trône aux intrigues anglaises, elle l'engage dans une alliance offensive dont tous les profits devaient être pour elle et les désavantages pour la France qui déclare la guerre à la Russie au moment où l'armée moscovite, franchissant victorieusement le Danube, venait d'emporter de vive force Kars, Silistrie et quelques autres boulevards de l'Islamisme (1). »

(1) *Alexandre III et son entourage*, par Nicolas Notovitch.

*
* *

LA GUERRE DE CRIMÉE

Depuis la signature du traité d'Andrinople, en 1829, vingt-quatre ans s'étaient écoulés. Mais dans cet intervalle, quelques événements graves, qui n'ont pas été sans influence sur l'issue de la guerre de Crimée, venaient de se passer. Méhémet-Ali, pacha d'Égypte, qui nourrissait depuis longtemps l'ambition de devenir indépendant, profita de l'anéantissement de l'armée turque et de la négligence que mettait la Sublime-Porte dans sa réorganisation, pour se soulever contre son souverain. En conséquence, il entra en campagne en 1832, s'empara de Saint-Jean-d'Acre, battit les Turcs dans plusieurs rencontres et remporta en Asie Mineure la victoire de Koniah qui lui ouvrit les portes de Scutari. Le sultan, dans sa détresse, demanda l'assistance de l'Angleterre contre son vassal rebelle et, sur le refus de celle-ci, s'adressa à la Russie qui envoya un corps d'armée à Constantinople et une flotte dans la mer de Marmara. Les Égyptiens s'arrêtèrent dans leur marche en avant, et la paix se rétablit entre le sultan et Méhémet-Ali. Pour prix de ce service, un traité d'alliance conclu à Unkiar-Skelessis accordait exclusivement à la Russie le droit de franchir le détroit des Dardanelles avec ses vaisseaux de guerre.

La guerre recommença en 1839. Les troupes turques furent encore battues ; la Serbie se révolta contre la Turquie. Le bombardement de Beyrouth, la prise de Saint-Jean-d'Acre par les Anglais, le débarquement de douze mille alliés (Français, Anglais, Autrichiens et

Prussiens) déterminèrent le pacha d'Égypte à demander la paix, qui fut conclue en 1841, signée par toutes les puissances intéressées à l'effet d'interdire formellement aux vaisseaux de guerre étrangers, conformément aux usages de l'empire ottoman de pénétrer dans le Bosphore et les Dardanelles tant que la Porte ottomane serait en paix. »

La tranquillité et en apparence la paix régnèrent en Orient, pendant douze ans, de sorte qu'en 1853 rien ne pouvait faire pressentir que la question d'Orient, toujours brûlante, allait de nouveau mettre le feu aux poudres.

Les causes de cette guerre sont absolument les mêmes que celles des autres : un ultimatum adressé le 22 mars 1842 à la Sublime-Porte, par le prince Mentschikoff, au nom du tsar Nicolas Ier, demandant une convention qui accordât à la Russie le protectorat des Grecs chrétiens de la Turquie. Après des négociations qui durèrent jusqu'au 21 mai, la Porte refusa ; Mentschikoff, ambassadeur de la Russie dans la Turquie d'Europe, quitta Constantinople.

Le 3 juin, trois corps d'armée russes traversèrent le Pruth, et occupèrent la Valachie et la Moldavie, en attendant la déclaration de guerre qui ne data que du 23 octobre suivant.

L'hiver se passa sur les bords du Danube, sans événement important, mais le 30 novembre, la flotte turque fut détruite à Sinope, sur la côte d'Asie, par la flotte russe.

Le général Paskievitch, appelé à diriger les opérations de l'armée en Europe, devait prendre une vigoureuse offensive au printemps de l'année suivante. La petite Valachie devait être évacuée, Silistrie assiégée, le gros de l'armée russe marcher sur Schumla, franchir les Balkans, se diriger sur Andrinople, et de là vers le Bosphore, s'il était possible. Ces opérations étaient analogues à celles de Diebitsch, pendant la campagne de

1829. Mais ces opérations ne purent pas commencer à temps voulu, comme le prévoyait l'état-major russe. A la fin du mois de juin, le cabinet de Saint-Pétersbourg dut obéir à une demande péremptoire de Vienne ; les principautés danubiennes furent évacuées et occupées par les troupes de l'empereur d'Autriche.

Telle était la situation sur les bords du Danube, en 1853-1854, lorsqu'éclata la guerre de Crimée.

*
* *

La déclaration de guerre de la France contre la Russie, au profit de la Turquie, tout le monde le reconnaît à l'heure actuelle, était aussi impolitique que contraire à nos véritables intérêts. Qu'y avons-nous gagné ? Quel a été le prix de nos énormes sacrifices ?... Le sultan nous a emprunté trois milliards qu'il ne nous a jamais rendus et les a gaspillés en folies et en prodigalités. On peut l'avouer hautement, la guerre de Crimée nous enlevait l'amitié de la Russie, et nous aurions encore l'Alsace et la Lorraine si la grande monarchie du nord fût intervenue et eût pesé sur les décisions du grand chancelier de fer. On chercherait vainement ce qu'ont gagné la France et l'Europe à cette guerre néfaste. La question d'Orient, depuis, n'a pas fait un pas. Les Turcs n'ont tenu aucune des promesses de progrès et de réformes solennellement jurées ; leur mauvaise foi politique et financière est tout aussi préjudiciable aux intérêts de l'Europe qu'avant.

Nous serons donc toujours cet être *ondoyant et divers* dont parle Montaigne ? Le plus souvent l'erreur d'hier est la vérité d'aujourd'hui. Les peuples seuls survivent aux générations ; ils sont comme le flambeau qui les éclaire ; plus on le fait luire dans la nuit des temps, mieux

3

elles voient les abîmes qui s'ouvrent sous leurs pas.

Examinée à un autre point de vue, la guerre de Crimée a été préjudiciable à notre armée. En présence de victoires dues à l'héroïsme de nos soldats, bien plus qu'aux combinaisons stratégiques, la plupart de nos généraux s'imaginèrent que l'art militaire n'était qu'un vain mot. Nous savons trop ce que nous a coûté, en 1870, le mépris de la science des armes, pour ne pas déplorer le triste fruit des lauriers de Crimée dont les succès devaient fatalement entraîner Napoléon III dans une série de guerres où la fortune de la France devait sombrer.

Nos lecteurs connaissent le résultat des notes diplomatiques échangées entre les trois puissances alliées : la France, l'Angleterre et la Turquie ; ils savent actuellement quelle influence John Russel, Drouyn de Lhuys et l'Autriche ont exercée sur cette guerre.

Au lieu d'attaquer franchement la Russie en Bulgarie ou en Arménie, ou encore de l'attendre dans les Balkans, là où était le gros de ses forces mobilisées, on l'attaque par l'oreille, et c'est en Crimée, sous les murs de Sébastopol, ce joyau armé de Catherine II, que se passe pendant près d'un an le drame sanguinaire qui mettra fin au conflit. L'empereur Nicolas Ier n'y a, comme garnison, que de faibles dépôts, et c'est à peine si son ministre de la guerre a le temps de former quelques bataillons de marche, pour les diriger sur Sébastopol dont ils sont séparés par des milliers de verstes. Cette armée improvisée, mal instruite, mais suffisamment approvisionnée de munitions de guerre et de vivres de toute espèce, n'en a pas moins tenu en échec les meilleurs soldats du monde entier, pendant onze mois, du 1er octobre 1854 au 8 septembre 1855, ne quittant la forteresse confiée à son patriotisme et à sa vaillance qu'avec les honneurs de la guerre, et ne laissant derrière elle que des débris fumants.

A la fin de février 1854, l'hiver en Crimée commençait à tirer à sa fin ; déjà le soleil faisait sentir dans les camps sa chaleur bienfaisante. Il y avait bien encore par-ci, par-là, quelques mauvais jours ; mais le temps devenait peu à peu moins triste, le ciel plus bleu, le soleil plus chaud, et la terre, partout où elle n'était pas labourée par les boulets et foulée par les pieds des hommes et des chevaux, commençait à se couvrir de gazon et à s'émailler de fleurs. L'entrain et la gaieté étaient donc revenus à nos soldats, lorsque tout à coup une nouvelle d'une haute gravité se répandit dans les camps, le 2 mars : l'empereur Nicolas Iᵉʳ venait de mourir. Cet événement, annoncé par un vapeur anglais expédié de Varna à lord Raglan, ne changea rien à la situation sous Sébastopol. Après comme avant, le siège continua. Canonnades et fusillades presque continuelles ; tentatives de sorties presque toutes les nuits : tel fut le procédé choisi par les assiégés pour inaugurer le nouveau règne et prouver que si la plume de celui qui avait signé tant d'ukases était passée de ses mains dans celles de son fils Alexandre II, celui-ci acceptait les faits accomplis et se faisait un devoir et une obligation de suivre, sans la modifier, la politique de son père. Le seul changement que le nouveau règne apporta à l'armée russe de Crimée fut le remplacement du prince de Mentschikoff par le général Gortschakoff.

Plus tard, le premier acte important d'Alexandre II fut l'acquiescement au traité de Paris, le 30 mars 1856.

En vertu de ce traité, la Russie abandonnait à la Turquie une petite bande de territoire en Bessarabie, et par conséquent tout contrôle sur le Danube ; elle souscrivait à la neutralisation de la mer Noire qui était ouverte à la marine marchande de toutes les nations, mais interdite aux pavillons de guerre, soit des puissances riveraines, soit de toute autre puissance ; elle s'engageait, comme la

Sublime-Porte, à ne conserver sur le littoral de cette mer aucun arsenal militaire maritime. C'était, comme on le voit, le triomphe de l'Orient sur l'Europe occidentale qui décrétait d'un trait de plume que cent millions d'âmes continueraient, comme par le passé, à croupir dans la barbarie, sous la domination du croissant.

.

A cette époque, le grand duc Alexandre-Alexandrovitch a onze ans. Livré aux mains de professeurs et d'instructeurs militaires, il ne connaît de l'art de la guerre que ce qu'un prince ne doit pas ignorer, pour tenir dignement sa place dans l'armée. Son extrême jeunesse ne lui permet pas encore de prendre part aux événements qui agitent l'Europe, au début du règne d'Alexandre II. Toute cette première partie de son existence se passe à la cour de Russie, soit à Saint-Pétersbourg, soit à Gatschina, sa résidence favorite. Il est donc resté étranger aux réformes introduites dans l'empire russe par son père, qui était plus un penseur qu'un soldat.

Ces réformes, nous devons en parler cependant, car elles eurent une influence immense sur l'avenir de la Russie, et sur la conduite à tenir par celui qui devait un jour être appelé à s'asseoir sur le trône de Pierre le Grand et à continuer la politique d'Alexandre II.

Dès le début de son règne, ce dernier comprend que des réformes intérieures sont plus nécessaires au relèvement moral de la nation russe que de nouvelles conquêtes ; son premier devoir est de reconstruire l'édifice social qui menace ruine, en se servant des matériaux qu'il a sous la main.

Deux sortes de questions ont ébranlé depuis trois quarts de siècle et peuvent ébranler encore la paix euro-

péenne : les unes sont des questions de gouvernement
qui s'agitent dans l'intérieur des États entre les peuples
et les souverains ; les autres sont des questions de prépondérance qui se posent entre les puissances rivales.
Les premières datent de 1789 ; les secondes remontent à
l'époque où commence à s'établir, pour la protection des
petits États contre les grands, ce qu'on appelait autrefois
l'équilibre européen, système si fort tombé en discrédit,
aujourd'hui, auprès de la politique actuelle.

Les questions de liberté et de prépondérance ne sont
pas cependant tellement distinctes, qu'elles ne s'en-
gendrent l'une l'autre et ne se compliquent promptement,
en se mélangeant. Dans la guerre de Crimée, la Russie
avait posé à Constantinople une question de prépondérance ; les nations occidentales s'étaient empressées de
lui répondre par une question de liberté.

Alexandre II comprend ; il se dévoue à faire le bien de
ses sujets, en dépit de tous les obstacles amoncelés autour de lui, car la nation russe est faite de traditions et
de préjugés. Son premier soin, après la guerre de Crimée, est de s'entendre avec ses conseillers intimes et
d'octroyer à ses sujets, par un ukase daté de 1861, la
liberté individuelle qui est le premier de tous les biens, et
le principe d'où découle la grandeur de tous les peuples.

L'abolition du servage fit grand bruit à la cour de
Saint-Pétersbourg. La noblesse, privée de ses prérogatives séculaires, cria bien haut qu'elle était spoliée ; qu'il
était injuste de priver, sans raison, les plus fermes défenseurs de l'empire des tsars de droits qui consti-
tuaient le plus clair de leurs patrimoines ; impolitique
d'appeler à l'état d'hommes libres des millions de *moujiks* (paysans) rebelles au travail, ne cédant qu'aux
moyens coercitifs, et mal préparés à un genre de vie dont
ils pouvaient abuser au détriment de la chose publique.

L'empereur Alexandre II répondit aux représentants de cette vieille noblesse russe, si fort en courroux contre l'état de choses qu'il voulait établir, que l'injustice consistait précisément dans l'exploitation du travail par une classe privilégiée, que la paresse du *moujick* était une conséquence du servage, et que le paysan retournerait spontanément au travail dès que le labeur porterait en lui sa récompense, en régularisant les rapports entre propriétaires et ouvriers de la campagne.

Finalement l'ukase fut maintenu, et aujourd'hui la Russie bénéficie d'une loi qui proclame l'égalité de tous les sujets de l'empire devant la loi, et bénit la main bienfaisante qui lui a donné comme complément et comme corollaire quelques autres innovations non moins nécessaires, telles que la refonte de la procédure qui réduit dans de notables proportions la durée jadis illimitée des procès civils ; la promulgation d'une loi agraire qui fixe définitivement les limites des héritages et des règles de leur transmission ; l'institution des justices de paix et des juges d'assises ; la rédaction d'un code administratif concernant les municipalités et la gestion des biens communaux ; la construction de nouveaux chemins de fer tracés exclusivement dans un but stratégique.

La Russie est désormais à l'abri des surprises et des graves mécomptes.

*
* *

Ici se place une visite faite par l'empereur Napoléon III au tsar Alexandre II, en villégiature à Nice, à l'effet de conférer avec lui sur la situation européenne.

C'était le 28 octobre 1864.

Le souverain français est accompagné du général

Fleury, du vice-amiral Jurien de la Gravière, son aide
de camp, le plus littéraire des officiers de marine (1) ; du
vicomte Valsch ; du préfet de police Pietri ; du marquis
de Caux ; du commandant d'Espeuille, un aimable cavalier et, ce qui ne gâte rien, le plus bel officier de l'armée
française.

L'empereur arrive à Nice le 28 octobre au soir, lorsque
le soleil s'est couché ; il a quitté Paris il y a juste vingt-
quatre heures.

Comment ne pas être chauvin et ne pas s'émerveiller
lorsqu'on a quitté Paris, par un temps froid, humide,
pour retrouver à plus de mille kilomètres de distance une
chaude atmosphère, des horizons bleus, des fleurs, des
aromes, des reflets dorés? Nice, c'est déjà l'Italie : le
cactus épileptique, l'aloès plantureux sont à l'aise dans
ce climat ; les roses, les orangers, les caroubiers et les
citronniers étonnent le regard.

Le lendemain, les touristes s'agitent dans les rues et
sur les places : Russes, petits Espagnols, Allemands
aux trognes bourgeoises, Anglais aux allures aristocra-
tiques, Italiens chatoyants de chaînes et de bagues, Hol-
landais, Belges. La ville est en rumeur dès le matin. La
foule stationne aux abords de la villa Peillon où réside le
tsar Alexandre II. Un *droski* russe, conduit par un
grand domestique à barbe, costume et chapeau de *moujik*, vient d'en franchir la grille. Deux jeunes femmes au
visage d'un blanc rose, quelque chose comme la physionomie de la martre zibeline, les cheveux d'or pâle, les
yeux d'un bleu verdâtre et profond, apparaissent dans le
fond ; une fourrure blanche jetée sur elles leur fait
comme un nid ; des mousselines voltigent autour de leur
tête et de leurs épaules. C'est comme une apparition des

(1) Voir *Histoire d'un Marin.* — Tolra, éditeur

fées du Nord. A chaque côté de la portière, un de ces Russes légendaires, au nez court et droit, aux moustaches rejoignant les favoris, la poitrine large et militairement ouverte. Les chevaux sont noirs, à tous crins ; ont quelque chose de l'aspect des chevaux barbes, avec la rudesse et la rusticité en plus. Des officiers russes en brillant uniforme y entrent ou se promènent dans le jardin. Napoléon III y arrive à son tour, dans la calèche du préfet, et une entrevue a lieu dans un des salons du rez-de-chaussée de la villa Peillon. Il est en uniforme de général ; le tsar en officier russe, et son fameux chien, la coqueluche des Anglais, celui que l'or des princes n'a pu séduire, puisque sa chaîne est d'or et son collier de pierres fines, assiste à l'entrevue, pendant que l'empereur caresse sa moustache et que le tsar flatte son chien.

Que se sont dit les deux souverains pendant cette conférence, qui n'a pas duré moins d'une demi-heure ?... Leurs confidences ne sont pas venues jusqu'à nous. Mais le soir, au cercle militaire, chacun disait son mot ; officiers français et officiers russes, tous étaient ravis de se trouver ensemble.

C'était peut-être là un commencement d'union entre les deux peuples.

Tout entier à son œuvre de reconstitution sociale, Alexandre II, de retour à Saint-Pétersbourg, laisse dormir la question d'Orient qu'il ne tire de l'oubli qu'à la fin de 1870, pour demander aux puissances occidentales la suppression des articles du traité de 1856, si préjudiciables aux intérêts de la Russie dans la mer Noire. Il obtenait ainsi la faculté, pour sa flotte, d'y lutter avantageusement contre la Turquie, le cas échéant, et le retrait d'un obstacle à sa marche sur Constantinople.

On connaît la mission de M. Thiers, chargé de tâter la cour impériale de Russie, pour entraîner Alexandre II

Entrevue d'Alexandre II et de Napoléon III. (Page 40.)

dans une action diplomatique ayant pour but d'arrêter la marche des Prussiens sur Paris. Le tsar se souvint de la guerre de Crimée, et se garda bien d'intervenir. Qui oserait l'en blâmer? L'homme de Sébaspotol devint ainsi, dans l'histoire, « l'homme de Sedan ».

La cathédrale Saint-Isaac.

CHAPITRE II

Le tsarevitch Alexandre-Alexandrovitch.

I

E grand-duc Nicolas-Alexandrovitch, sur lequel reposaient les espérances de la nation russe, ayant été prématurément enlevé vers la tombe, le 18 avril 1864, à Nice, dont les distractions mondaines et le riant climat ne purent avoir raison de son imagination exaltée et surexcitée à l'excès, avait prononcé ces paroles avant de mourir : « L'empereur n'aura pas à me regretter, car celui qui me remplace et montera sur le trône quand l'heure sera venue, a une âme si loyale et si pure qu'on la voit au fond de son regard droit, ferme et clair comme le cristal de roche. »

La perspective de régner trouva le nouveau tsarevitch plus troublé que satisfait ; car il n'était pas préparé à la tâche immense qui allait lui incomber. Il ne fit pas moins tous ses efforts pour remplir dignement son rôle, en prenant cette devise qui peut résumer la ténacité de son caractère : « La règle de la vie d'un tsar, c'est le devoir. »

La princesse Dagmar de Danemarck était la fiancée du grand-duc Nicolas. Fille de roi, élevée dans une famille de souverains pacifiques et universellement honorés, elle accourut en toute hâte à Nice pour assister aux funérailles de son fiancé. Sa douleur fut immense ; et, de retour à Copenhague, son chagrin dégénéra en une incurable mélancolie. Le grand-duc Alexandre-Alexandrovitch comprit : il épousera la fiancée de son frère aîné et la princesse Dagmar deviendra impératrice de Russie.

L'épouse d'un puissant monarque comme celui de Russie, absorbé, comme il l'est, par les soucis et les soins à donner à son vaste empire, doit être surtout la compagne, l'amie dévouée d'un homme qui a besoin d'oublier dans l'intimité de son entourage les inquiétudes du lendemain, et de se reposer des travaux en préparation au sein d'une affection sincère et désintéressée, bonne et affectueuse. Indulgente pour les fautes d'autrui, charitable envers les malheureux, accessible à tous, aux pauvres comme aux riches, aimable envers les personnes de son entourage, la princesse Dagmar possédait toutes les qualités désirables pour faire une épouse accomplie, et le nouveau tsarevitch, une fois les larmes séchées, n'eut aucune peine à faire agréer un mariage qui, en ne changeant rien aux projets de la politique, avait l'avantage d'unir deux cœurs faits pour s'entendre.

Le tsar Alexandre II et l'impératrice se montrèrent enchantés du choix de la fiancée impériale, et ce ne fut bientôt à la cour de Saint-Pétersbourg qu'un concert d'éloges, vantant outre mesure les charmes personnels et ceux de l'esprit de la princesse Dagmar qui fut invitée aux soirées du palais d'Hiver, tout rempli des souvenirs de 1814. Dès qu'elle y parut, chacun pou-

vait l'admirer, en robe rose, superbe sous son voile de
fils d'or et son *kakochnick* de diamants. De ce jour
date son entrée à la cour. Sa façon de parler aux ambassadeurs est remarquable ; elle a, surtout, une manière à
elle de dire à chacun quelques paroles aimables, dans la
langue du pays qu'ils représentent.

Mariée le 26 octobre 1866 au tsarevitch Alexandre-
Alexandrovitch, la princesse Dagmar prend le nom
de Maria-Feodorovna, suivant le rite de la religion
orthodoxe. L'auguste et jeune couple donne à tous
l'exemple des plus hautes vertus et d'une entente conjugale parfaite. Le tsarevitch, qui n'a encore que vingt-et-
un ans, s'entoure de jeunes gens de son âge, aux mœurs
pures ; il éloigne de son entourage les viveurs et les
favorisés de la fortune, vrais dissipateurs menant la vie
à grandes guides. Un seul fait suffit pour peindre le
caractère de la tsarevitcha. Dans son élégant salon, un
coin séparé par un paravent est réservé aux souvenirs,
et, parmi ces derniers, il faut citer le médaillon que,
jeune fille, elle portait au cou, dans lequel étaient en-
châssées l'image inoubliée et toujours vénérée de feu
Nicolas-Alexandrovitch, puis la croix en lapis d'or
garnie de pendeloques en perles en forme de larmes
que lui envoyèrent, en Danemark, les dames de Russie,
à l'époque de la mort de son fiancé.

Ce coin est réservé aux privilégiés ; les profanes, les
sceptiques qui ne comprennent rien aux douleurs féminines n'y entrent pas.

Dans ce ménage parfait, qu'aucun nuage n'obscurcit,
les enfants que le ciel a donnés au tsarevitch se sont
ressentis de l'existence tranquille que les deux époux se
sont réservée. Leur éducation s'est faite sans bruit. La
mère y a présidé avec sagesse, et ils sont maintenant
l'orgueil de la Russie.

L'aîné, Nicolas-Alexandrovitch, né le 18 mai 1868, a grandi sous les yeux de ses parents, assistés de gouverneurs d'une réelle valeur et d'une autorité morale incontestée. Il est aujourd'hui empereur de Russie, sous le nom de Nicolas II. Caractère sérieux, nature réfléchie, sa taille n'est peut-être pas celle d'un Romanoff, dont la haute stature avait jusqu'à ce jour, personnifié les tsars Pierre-le-Grand, Alexandre Ier, Nicolas Ier et Alexandre II. De son père, il tient la droiture, l'honnêteté et la franchise ; de sa mère, la tendresse et l'esprit d'observation. Son regard est perçant, majestueux ; son érudition est vaste. Tout porte à croire que son éducation anti-allemande saura entretenir dans son cœur la flamme sacrée du patriotisme, sans laquelle, il n'est pas possible de bien gouverner la Russie.

Parmi les autres enfants du tsarevitch Alexandre, trois sont nés pendant qu'il n'était encore que grand-duc héritier : Georges-Alexandrovitch, né le 19 mai 1871, aujourd'hui grand-amiral de la marine russe ; Xénie-Alexandrovna, née le 16 avril 1875, charmante princesse adorée dans sa famille, dont elle est la joie ; Michel-Alexandrovitch, né le 5 décembre 1878. Le quatrième enfant (la princesse Olga-Alexandrovna) est né le 15 juin 1882, quelques mois après l'avènement au trône du tsarevitch Alexandre.

* *

Le général Chanzy occupa, comme on sait, le poste d'ambassadeur de France, à Saint-Pétersbourg, du 2 mars 1879 au 5 novembre 1881. On raconte qu'un certain jour, étant allé chez le tsarevitch, ce qu'il faisait souvent, par affection pour une famille qui lui témoignait une grande sympathie, on raconte, dis-je, que

Chanzy explique, sur la carte, au tsarevitch la mémorable campagne de l'armée de la Loire. (Page 48.)

le tsarevitch lui demanda d'expliquer, sur la carte, sa mémorable campagne de l'armée de la Loire.

On était dans les derniers beaux jours d'automne. Une grande carte de la guerre était déployée, sur un guéridon, sur laquelle de grandes masses transparentes de feuillage s'épanchaient, et où la lumière tamisée descendait d'étage en étage, sans ombre, en lumière crue ; rien que transparences sur transparences, demi-jours, reflets. Quand perçait un rayon de soleil rasant le bord d'un grand nuage blanc, c'était comme une illumination subite ; et il semblait vraiment au général français qu'à de certains moments l'ombre d'un cyprès se projetait sur cette carte, qui n'était pas mise à jour et ne contenait que quelques rares noms de villes et de bourgs rappelant les efforts faits par l'armée de la Loire pour retarder la marche de l'envahisseur, pendant l'année terrible. Ces points étaient comme de petits rayons du jour filtrant sur la carte, à travers les branchages de cette ombre de cyprès.

La tsarevitcha était là, sa main gantée dans celle du tsarevitch ; sa grande beauté était une masse épaisse de cheveux trop lourde pour une tête délicate comme la sienne ; ses yeux magnifiques, bien coupés et grands ouverts, avaient de l'audace et de l'intelligence, et quand elle riait ils se fermaient à demi, se relevant ensuite légèrement comme pour fouiller dans l'esprit de son interlocuteur.

Aimant la France par instinct, par sympathie, par sentiment, la princesse paraissait s'impatienter des longues dissertations du tsarevitch sur la stratégie et il lui semblait que Chanzy s'effaçait pour ne pas lui faire le récit des combats livrés dans la vallée de la Loire, et, plus tard, dans celle de la Sarthe. Elle cherchait, de son doigt effilé, les noms dont elle avait si souvent entendu

parler, montrant à tout moment un de ces trous lumineux, qui, çà et là, scintillaient sur la carte.

— Mais, général, dit-elle enfin, expliquez-nous donc
ce combat, où la France a été victorieuse?

Et ce disant, la tsarevitcha mettait la main sur Coulmiers.

— Laisse-nous donc! répond à son tour le tsarevitch
donnant en vain des chiquenaudes sur le doigt gêneur.

Mais la princesse Dagmar insista. Chanzy finit par
raconter une de ses dernières victoires. Et quand le tsarevitch donna congé au général français, la tsarevitcha
lui tendit la main, en disant :

— Tous mes compliments, général. *Coulmiers* est un
fait d'armes qui fait le plus grand honneur aux soldats
de la France.

Plus tard, en racontant cet incident, Chanzy disait :
« Au premier moment, j'ai reculé, effrayé, devant la main
qu'on me tendait... La longue jupe de la princesse s'éta-
lait derrière elle, en cascade sur le tapis... Je ne pou-
vais regarder ses lèvres rouges qui souriaient sans fris-
sonner... Je dévorais cette main des yeux et je sentais
que si je la baisais, comme c'était mon devoir... j'écla-
terais en sanglots... (1) »

II

LES RUSSES DANS L'ASIE CENTRALE.

De 1870 à 1877, Alexandre II complète l'œuvre de la
réorganisation de son empire, en préparant les revanches
extérieures au moyen du service militaire obligatoire
que promulgue la loi du 1er janvier 1874, et que le général
Milioutine, le ministre de la guerre, est chargé de faire

(1) Voir notre biographie de *Chanzy*. — Tolra, éditeur.

exécuter. Il prépare les étapes de la grande guerre qui, un jour où l'autre, devra assaillir les Anglais jusque dans les Indes. En quelques années l'immense Asie centrale tombe au pouvoir de la Russie. Les étendards du tsar blanc flottent sur les monuments de la capitale où Tamerlan s'était autrefois illustré; l'Oxus et l'Araxe sont franchis. Les riches contrées, témoins des exploits d'Alexandre de Macédoine, se réveillent à une civilisation nouvelle. Les Khanats de Boukhara, de Khiwa et de Khokand tombent en son pouvoir et constituent pour elle] autant de boulevards lui permettant d'avoir des vues sur le Pamyr, ce vaste plateau qui, dit-on, a été le berceau de l'humanité, et où Russes et Anglais semblent se donner un rendez-vous pour y livrer la suprême bataille qui doit régler la suprématie des uns ou des autres.

* * *

En 1839, la frontière de la Russie, dans l'Asie centrale, partait du nord de la mer Caspienne, non loin de l'embouchure de l'Oural, remontait vers Orsk, puis se dirigeait vers le lac Balkach, qu'elle traversait pour aller rejoindre la frontière chinoise, en suivant une ligne parallèle au fleuve Ili.

En 1840, les Russes tentèrent d'aborder l'oasis de Khiwa par l'ouest. L'expédition, forte de 5,000 hommes et de 10,000 chameaux, partit d'Orenbourg au mois de novembre. Les tourmentes de neige, un froid excessif, firent périr presque toutes les bêtes de somme; il fallut battre en retraite sur Orenbourg. Ce retour, qui dégénéra en un véritable désastre, fit perdre à la colonne plus d'un millier d'hommes.

Dès lors, les Russes jalonnèrent, avec prudence, la route militaire qui contournait le nord de la mer Caspienne, le

nord et l'est de la mer d'Aral, et, en 1847, ils arrivaient
sur le Syr-Daria, où ils construisirent quatre forts sur les
bords du fleuve ; le dernier, le fort Petrowsko, date de
1853 et est à 200 kilomètres de son embouchure.

La guerre de Crimée arrête le progrès des Russes en
Asie. En 1857, ils reprennent leur marche en avant, traversent le fleuve Ili, créent des stations nouvelles à Kastock
et à Wiernoïe, sur le territoire des Kirghiz, et en 1864,
ils s'emparent du Turkestan. En 1865, ils occupent les
territoires de Tchimkend et de Taschkand. En 1868,
ils enlèvent Samarcand, puis successivement tout le
pays montagneux où se trouvent les sources du Serafs-
chan.

A partir de cette date, ils sont pour ainsi dire établis
au cœur de l'Asie centrale.

L'administration supérieure de ce territoire, connu
sous le nom de gouvernement de Syr-Daria, était ainsi
en contact avec les Khanats voisins de Khokand, de
Bouckhara et de Khiva et de la partie est du Turkestan.
Il devenait dès lors indispensable d'établir entre les ré-
gents des Khanats, ci-dessus désignés, et les autorités
russes, des relations amicales basées sur des traités de
commerce avantageux, tout en garantissant les droits
réciproques des différentes nationalités.

Aujourd'hui, comme il y a quatre mille ans, deux
grandes races humaines, différant entre elles par leurs
tendances nationales, leur énergie et leur intelligence se
partagent la possession de l'Asie centrale : les Iraniens
et les Tartares turcs ou turkomans. La race iranienne
ou persane s'étend au delà des frontières de la Perse,
jusqu'aux steppes de la Chine occidentale, comprenant
l'Afghanistan, une partie du *Khanat de Bouckhara*, le
Kohistan, la province de Kaboul et le Kafiristan. Les
familles de cette race s'expriment au moyen de dialectes

du persan ancien, plus ou moins mélangé de mots d'origine turque ou thibétaine.

Les habitants de ces contrées se sont constamment appliqués au commerce, en se répandant de tous côtés, depuis la frontière chinoise jusqu'à la mer Caspienne et le golfe Persique, ainsi qu'à travers toute la Tartarie chinoise. Outre les deux races dont nous venons de parler, on y rencontre encore d'autres dénominations venant d'habitudes sociales et de genres de vie différents : les Kirghiz et les Sartes. Les premiers appartiennent à la race turco-tartare ; tandis que la désignation *sart* ou *sogdager*, signifiant négociant, commerçant, s'applique à tous les individus non nomades de l'Asie centrale, sans distinction de race ; ce sont les Ksouriens de notre Sahara algérien. Les uns et les autres se divisent en tribus nombreuses. Les Kourumans, occupant les bords du Syr-Daria (l'ancien Araxe) entre Tachkend et Khokand, se livrent à l'agriculture ; les Kipchaks, qui possèdent une partie des terres arables du Khanat de Khokand, errent pendant toute l'année dans les steppes avec leurs chameaux et leurs moutons. Ils ont une grande réputation de bravoure et sont d'excellents soldats. Les Turkomans, pillards et nomades, habitent principalement les régions incultes qui s'étendent au delà de l'Oxus, de la mer Caspienne, au Balkch et depuis cette rivière, vers le sud, jusqu'à Herat et Asterabad, en Perse.

Dans la vie domestique, le Turkoman est très indolent ; le soir, il aime à écouter les chansons des *bakhchis* ou troubadours ambulants qui accompagnent leurs mélodies sur la *dutara*, ou guitare à deux cordes.

Les Turco-Tartares paraissent être une race mélangée de Mongols et de Turcs ; on les appelle ordinairement des Kirghiz. Mais dans cette dénomination, il convient de distinguer deux branches différentes : les *Kazacks* ou

Kaizacks — *Kirghiz* et les *Kara-Kirghiz*. Ces derniers
étendent leurs pâturages au nord du Syr-Daria, touchant
au nord à la tribu des Kaizacks, au sud aux établissements fixes du khanat de Khokand, à l'est aux populations sédentaires du Turkestan, à l'ouest à celles du
khanat de Bouckhara.

Les *Kaizacks* reconnaissent presque tous l'autorité de
la Russie, et toute la région qui s'étend depuis les bouches
du Volga et de l'Oural, vers l'ouest, jusqu'à la Dzoungarie dans l'est, bornée au nord par la Sibérie, et au midi
par le Turkestan, et qui leur appartient. Toutes les
hordes dont se composent ces tribus ont été successivement subjuguées par la force et la diplomatie. Ce résultat était de la plus haute importance pour la Russie, car
dans toute la région, entre la mer Caspienne et les monts
Altaï, toutes les routes des caravanes du nord au sud
passent au travers des territoires des Kirghiz.

De même que dans les prairies de l'Amérique, les
steppes de l'Asie centrale sont couvertes d'une herbe
riche et abondante qui fournit aux bestiaux de bons pâturages pendant l'été, et des approvisionnements suf-
fisants pour l'hiver; lorsque les champs sont cultivés
convenablement, ils produisent des moissons d'excellente qualité et très abondantes. L'automne et l'hiver
répandent sur la plaine une couche de neige, variant
de cinq à dix pieds d'épaisseur. Quand la neige disparaît au printemps, le terrain se couvre d'une espèce de
manteau de mousse feutrée, assez épais et assez fourni
pour arrêter les premiers efforts de la végétation nouvelle. Des espaces considérables se couvrent ainsi, peu
à peu, de plantes et d'arbrisseaux divers et ne peuvent
plus servir au pâturage.

Au retour du printemps, la température et le soleil
exercent leur influence favorable; les vents parcourent

les plaines, desséchant les tiges saturées de neige, absorbant les quelques parcelles de glace ou de neige qui s'y trouvent encore. Dès que le terrain est complètement desséché, on met le feu aux champs, et au bout de quelques jours l'herbe nouvelle apparaît, couvrant toute la plaine d'une verdure luxuriante.

Le Kirghiz oublie alors l'hiver avec ses fatigues et ses souffrances ; les jours dorés de l'été, qui lui apportent l'abondance, commencent pour lui...

* *

Lorsqu'on jette les yeux sur une carte de l'Asie centrale, deux grandes masses aqueuses attirent d'abord l'attention : la mer Caspienne et la mer d'Aral. Cette dernière est alimentée par deux grands fleuves : l'Amou-Daria et le Syr-Daria, — l'Oxus et l'Araxe des Grecs, — qui, pendant la plus grande partie de leur cours, observent un parallélisme sensible. L'Aral est séparée de la mer Caspienne par les plateaux déserts de l'Oust-Ourt qui s'élèvent de deux cents mètres au-dessus du niveau des deux mers, et auxquels on arrive de tous les côtés, par une pente assez sensible.

A l'époque d'Alexandre, l'Oxus et l'Araxe se jetaient tous les deux dans la mer Caspienne, et la mer d'Aral ne formait alors qu'une plaine marécageuse. Des changements géologiques considérables ont donc dû se produire depuis, pour avoir ainsi séparé les deux lacs de façon à en faire deux véritables mers intérieures. Du temps d'Alexandre et de ses successeurs, l'Oxus servait de route commerciale entre l'Inde et l'Europe. Les marchandises parties de l'Inde franchissaient l'Indou-Kousk, descendaient l'Oxus jusqu'à la mer Caspienne qu'on traversait dans le sens de sa largeur, remontaient la rivière Cyrus (Kour actuel), et descendaient le Phasis (Riom actuel) jusqu'à la mer Noire, d'où ils étaient transportés par voie maritime en Grèce ou en Italie.

Chose digne de remarque, après tant de siècles écoulés, la grande voie de communication qui relie actuellement l'Europe et l'Inde suit exactement le même tracé que celle qui existait du temps de Ptolémée et de Strabon. Il paraît difficile d'admettre qu'il y ait au cœur de l'Asie une population nombreuse éprouvant le besoin d'une demi-civilisation et en état de faire un commerce avantageux avec l'Europe.

Cependant, pour bien juger si le commerce des peuplades que nous venons d'énumérer peut être profitable aux négociants de la Russie, il suffit de les comparer aux habitants de l'Inde qui, à cause de leurs préjugés religieux et d'autres circonstances sur lesquelles il n'y a pas lieu d'insister, se contentent d'un habillement simple et ne variant jamais. La pièce unique de tissu de coton qui formait le seul vêtement du paysan bengali, depuis les temps les plus reculés, suffit encore aujourd'hui à ses descendants.

Si le commerce d'un peuple aussi simple n'est pas sans avoir une réelle importance dans l'Inde anglaise, pourquoi n'en serait-il pas de même avec les millions d'habitants qui peuplent l'Asie centrale. Les pâturages du pays produisent en abondance des moutons dont la laine est tissée à Turfan, et nos manufactures européennes n'ont jamais atteint l'excellence des produits kachemiriens. La soie du Khotan, qui jouit d'une si grande considération dans tout l'orient, peut affluer sur nos marchés européens. Enfin cette région, d'où le monde ancien tirait son principal approvisionnement d'or, jusqu'à la découverte de l'Amérique, possède encore le moyen de payer avec ce métal toutes les marchandises dont ses habitants pourraient avoir besoin.

Les Russes avouent que la valeur commerciale de leurs conquêtes dans le Turkestan occidental se mesure non par le commerce des localités elles-mêmes, mais d'après les moyens d'action qu'elle donne vers la Kachgarie et les pays d'au delà vers la Chine. En 1868, Tachkend avait un commerce russe de 30,000 roubles, qui pourrait être énormément augmenté si l'on avait accès au marché de la Kachgarie.

Sous l'énergique impulsion de Nicolas Ier d'abord, puis de son fils, Alexandre II, les Russes ont donc tour à tour reconnu et conquis les vallées de l'Ili, du Syr-Daria, du Zarafschan et du Shez-Saby. — Aouliéta, Taschkend-Samarcande et Karchi, ouvraient leurs portes à leurs armées, et en 1868, le général de Kauffmann succédait au général Romanowsky dans le commandement des armées russes du Turkestan et le gouvernement des provinces asiatiques qui en dépendent. C'est de cette époque que date l'agrandissement successif de la puissance moscovite en Asie.

Dans cet intervalle, un officier de la Tartarie orientale, Mohamed-Yacoub, parti de khokand, chassait les Chinois de Kaschgar, d'Yarkand et d'Aksou ; repoussait les Toungans dépendant de la Dzoungarie, et fondait, dans le bassin supérieur du Tarim, un État indépendant : la kashgarie qui, sous son habile direction, arrivait en peu de temps à un haut degré de prospérité (1863-1865). La Russie ne pouvait rester indifférente à un tel événement ; elle entrait en relation avec le nouveau souverain qui recevait, à Kashgar, le capitaine Rheinthal, aide de camp du général de Kauffmann. De là est née pour la Russie la nécessité de consolider sa domination dans le Turkestan, en mettant une activité féconde à reconnaître les lieux, à relever les localités les plus importantes et à donner enfin une idée suffisamment exacte de la configuration du sol.

En quinze ans, la Russie arrivait à faire ce que le moyen âge et les temps modernes, jusqu'au milieu du dix-neuvième siècle, n'avaient fait qu'ébaucher en partie.

III

PREMIÈRES TENTATIVES DE PÉNÉTRATION DES RUSSES EN ASIE.

Les explorations russes accomplies depuis un quart de siècle, dans la région du Pamyr, se rattachent à trois noms principaux : Veninkoff, un savant profondément versé dans l'étude des langues orientales et l'histoire des peuples de la Haute-Asie ; Fedtchenko, professeur à l'université de Moscou, et Mayef, éditeur de la *Gazette du Turkestan russe*.

Veninkof rendit les plus grands services à la science géographique, en fixant le premier l'attention de l'Europe savante sur cette partie du globe, par la publication de documents inédits d'une valeur incontestable : 1° une relation allemande du baron Georges-Louis de..., qui, au service de la compagnie des Indes, était allé chercher des chevaux pour le compte de l'armée anglaise, dans la région septentrionale de l'Hindou-Koush ; 2° un itinéraire chinois, traduit en russe, et conduisant de Kashgar à Yarkand, au Badaschan et à Khokand. Mais le voyageur qui devait imprimer la plus profonde impulsion aux explorations scientifiques des Russes et pousser le plus avant au cœur de l'Asie centrale, était le regretté professeur Fedtchenko, géologue, naturaliste, mathématicien et géographe : nul n'était mieux préparé que lui pour tenter une entreprise où, certes, les dangers ne manquaient pas.

En 1869, le khan de Bouckhara venait de signer un traité qui confirmait aux Russes la possession de Samarcand ; c'était une route ouverte pour conduire au centre même des massifs montagneux qui entourent l'Araxe et l'Oxus et qui commandent les cours du Syr-Daria et de l'Amou-Daria. Fedtchenko s'y engage en 1870, à l'aide d'une expédition scientifique organisée par la société des naturalistes de Moscou. Il emploie plusieurs mois à parcourir cette vallée connue sous le nom de *Zarafchan*, *véritable paradis de l'Orient*, et que célèbrent tous les poètes arabes et persans ; puis poussant plus au sud, il accompagne la mission que conduit le général Abramoff, en vue de reconnaître l'Iskander-Keil et les sources du Zarafchan.

L'exploration principale de Fedtchenko est celle du Khokand méridional. Par là, il touchait directement à la région du Pamyr. En s'y engageant, il interroge les indigènes, recueille les traditions locales, compulse les documents qui lui sont fournis, contrôle tous ces renseignements avec la conscience d'un véritable savant et le soin d'un critique scrupuleux.

L'exemple donné par l'éminent professeur de l'université de Moscou devait simuler l'ardeur d'autres savants, et au commencement de 1873, l'explorateur Mayef s'engageait dans la vallée du Shehr-i-Sabz et complétait l'œuvre de Fedtchenko, « annexant, comme il le dit lui-même, au domaine des atlas russes, le plus de territoire possible de ces contrées montagneuses et inconnues. »

Les efforts faits par la Russie pour commercer avec les peuples qui avoisinent leur frontière du Turkestan ne devaient pas être stériles, et aujourd'hui le commerce de la grande monarchie du nord de l'Europe avec l'Asie centrale se chiffre par des sommes énormes. Ses rapports avec ses voisins sont établis sur des bases solides, et les populations des khanats de Khokand, de Bouckhara et du Turkestan ont parfaitement compris de quelle utilité pouvait être pour elles le voisinage de la Russie ; leur repos et leur bien-être dépendent, en effet, de l'extension des relations amicales de commerce avec les populations de l'empire russe.

Le khanat de Khiwa seul resta indifférent à toutes les tentatives de ce genre faites par son puissant voisin. Lorsque la Russie eut installé un gouvernement supérieur sur les territoires occupés en Asie centrale, on en notifia l'installation au khan de Khiwa, lui offrant la paix et l'amitié de la Russie, sous la condition de bien limiter ses frontières et d'étalir des traités de commerce acceptables par les deux nationalités. Le Khan de Khiwa ne daigna même pas répondre à ces ouvertures ; il y a plus : des maraudeurs venaient ravager les frontières du Turkestan occidental et lever des contributions, en son nom, dans les steppes de la province d'Orenbourg et dans les plaines du Syr-Daria habitées par les Kirghiz russes. En 1869 et 1870, le gouvernement russe acquit la certitude que le Khan de Khiwa faisait tous ses efforts pour encourager à la révolte les Kirghiz russes ; de nombreux émissaires, porteurs de proclamations incendiaires, s'étaient répandus dans la province d'Orenbourg, prêchant la guerre sainte, au nom du khan de Khiwa ; des maraudeurs pillaient les voyageurs isolés et les caravanes qui suivaient la grande route postale d'Orenbourg à Taschkend ; quelques voyageurs et négociants y avaient même été assassinés, d'autres faits prisonniers, et le mouvement commercial dans cette région était entièrement arrêté. L'insurrection dans les steppes d'Orenbourg fut vite réprimée ; mais les meneurs principaux s'étaient réfugiés dans le khanat de Khiwa, d'où le khan lui-même les encourageait à recommencer. En 1870, ce dernier interdisait la sortie des blés du territoire confinant au district de Kasalisk.

Une inimitié haineuse ne faisait donc pas de doute pour le gouvernement russe qui patienta, essaya de prendre des arrangements dans un but tout pacifique. Le tsar Alexandre II fit renouveler le personnel du gouvernement général du Turkestan, et donner l'administration de cette contrée à des personnes ayant la confiance du khan de Khiwa. On espérait l'amener ainsi à une entente désirable. Vains efforts ! Tous ces avertissements demeurèrent sans résultats ; ils furent pris en mauvaise part, et ceux auxquels ils étaient donnés n'y répondirent que par des menaces et des injures.

IV

EXPÉDITION DANS LE KHANAT DE KHIWA : 1873.

La Russie avait un intérêt immense à développer, par tous les moyens possibles, son commerce dans l'Asie centrale. Aussi, dès l'année 1869, le gouvernement russe faisait-il construire la forteresse de Krasnowodsk, sur la côte est de la mer Caspienne, de façon à avoir de ce côté un point d'appui pour les Kirghiz nomades russes et à y amener une partie des caravanes de l'Asie centrale. Des reconnaissances parties de Krasnowodsk parcoururent l'intérieur des steppes, explorèrent le pays et recherchèrent les moyens de communication les plus favorables au commerce de la Russie. Au commencement de l'année 1872, un envoyé du Khan de Khiwa, Mohamed-Rachim, se rendit au fort de Krasnowodsk, et de là à Orenbourg pour conférer sur cet important sujet avec

un envoyé du gouvernement russe, le général Romanowsky. Mais ce dernier, connaissant par expérience
combien il y avait peu à compter sur la sincérité et la
loyauté des autorités asiatiques, n'accepta les proposi-
tions qui lui étaient faites que sous la réserve de la mise
en liberté immédiate des sujets russes détenus à Khiwa ;
il exigea en outre que le Khan répondît aux dépêches du
gouverneur général du Turkestan par des lettres de
courtoisie et de satisfaction. Ces conditions ne furent pas
acceptées ; après comme avant, les sujets russes restèrent en esclavage à Khiwa.

La Russie ayant échoué dans ses tentatives de pacification, voyant la réparation qu'elle demandait obstiné-
ment refusée, son commerce entravé par un voisin tur-
bulent, son influence dans l'Asie centrale menacée par
un ennemi audacieux, résolut d'obtenir par les armes ce
qu'elle n'avait pu obtenir par ses tentatives amicales. Le
Khan s'imaginait que les steppes qui les séparaient du
territoire russe étaient un obstacle insurmontable pour
venir jusqu'à lui. Il fallait montrer à cet ennemi impla-
cable, fier et audacieux, que les obstacles ne sont rien
quand on a pour soi la volonté d'en finir.

Une expédition fut donc résolue, et en décembre 1872,
les préparatifs nécessaires furent faits dans les trois provinces du Turkestan, d'Orenbourg et du Caucase. Le
Khan de Khiwa n'en continua pas moins ses démonstrations hostiles. A la fin de février 1873, une insurrection
éclatait dans la presqu'île du Buzatschi, à l'instigation
des émissaires du khan qui ne cessaient de parcourir le
pays des Kirghis russes, pillant et enlevant les chameaux
et les chevaux qu'ils trouvaient sur leur passage. Prévenus par dépêches télégraphiques, les ordres de mise
en mouvement des troupes furent aussitôt donnés. Se
débarrasser d'un ennemi dangereux cherchant à troubler

Des maraudeurs pillaient les voyageurs, massacraient les caravanes... (Page 62.)

l'ordre et la sécurité sur les frontières de l'empire, était chose facile pour la Russie.

* *

L'autorité militaire russe décida que l'expédition projetée se ferait : 1º par l'est, au moyen des troupes de Turkestan, avec lesquelles marcherait le commandant en chef, lieutenant-général Constantin de Kauffmann ; 2º par l'ouest et le nord-ouest, avec les troupes des districts d'Orenbourg et du Caucase. Ces deux dernières colonnes devaient se réunir sur les bords de l'Amou-Daria au détachement du Turkestan. Le corps expéditionnaire ainsi constitué devait alors marcher concentriquement sur la forteresse de Khiwa. Cela faisait un parcours de 177 kilomètres, dans un pays totalement inconnu, à travers de longs steppes de sable désolés et déserts dépourvus d'eau et de végétation, par une chaleur tropicale et dans une saison très pernicieuse à la santé des troupes. Tous ces dangers devaient s'augmenter de la sauvagerie d'un ennemi guerrier dont on ne connaissait les forces qu'approximativement, et qui userait certainement de toute son énergie et de tous les moyens que la nature lui offrait pour combattre et défendre son indépendance.

Les troupes russes se mettent en marche de leur point de concentration, du 13 au 25 février 1873; ce sont : 54 compagnies d'infanterie, 26 *sotnias* de cavalerie, 48 pièces d'artillerie, 20 fuséens et 2 mitrailleuses qui vont être opposées aux bandes guerrières du Khan de Khiwa. Ces colonnes forment un effectif de 13,328 hommes, 5,651 chevaux et 22,733 chameaux.

Dès les premiers jours du mois d'août, le Khan de Khiwa était entièrement soumis aux autorités russes. La population, ruinée par les charges de la guerre, s'a-

paisa et reprit peu à peu ses occupations habituelles.
Les Turkomans qui, jusqu'à ce jour, n'avaient reconnu
aucune autorité au-dessus d'eux, étaient dorénavant
courbés sous le joug d'un châtiment pénible, mais
juste.

Cette expédition est, sans contredit, un fait de guerre
intéressant et instructif, autant par l'importance des
résultats obtenus que par l'énergie qui avait présidé à
l'exécution du plan adopté. Les circonstances particulières dans lesquelles s'ouvrait cette campagne exigeaient
des préparatifs habilement conçus. Sous le rapport stratégique, on peut dire que le succès des Russes a été dû à
l'envahissement du Khanat de Khiwa, par trois côtés à
la fois, au nord, à l'est et à l'ouest, mettant à profit toutes
les lignes de marche possibles, chaque colonne étant
composée de troupes de toutes armes, de façon à éviter
le danger de se faire battre isolément et en détail.

Jusqu'à l'arrivée sous les murs de Khiwa, les soldats
russes avaient bien plus à combattre les difficultés maté-
rielles et les obstacles de la nature que l'ennemi lui-
même. Sous ce rapport, le choix de l'ouverture des opérations, la composition des détachements, la formation
des troupes en marche et leur équipement étaient très
importants, en raison des moyens dont disposaient les
Khiwiens. Les officiers et les hommes de troupe furent
donc pris dans les provinces limitrophes du Khanat de
Khiwa, parce qu'ils étaient habitués au climat, et on
mit à leur tête un excellent général doublé d'un vaillant
soldat.

Toutes les opérations eurent pour base le Syr-Daria,
la mer Caspienne et la mer d'Aral ; des retranchements
et des ouvrages passagers furent construits sur les lignes
de marche, au fur et à mesure que l'on avançait, de façon
à protéger la retraite en cas de nécessité, y laisser une

garnison, avec une réserve d'approvisionnements et les ambulances.

Enfin, ce qui n'est pas sans importance, c'est la question d'argent. Cette expédition ne coûta à la Russie qu'une dépense de trois millions de roubles, couverte en grande partie par les contributions imposées aux tribus. Elle faisait faire un grand pas à la géographie et à l'histoire. Le mérite en est dû au gouvernement d'Alexandre II qui fit suivre l'expédition par un personnel de savants et d'ingénieurs.

L'expédition de Khiwa n'était donc pas perdue pour la science ; mais pendant plusieurs années encore, les Russes auront à garder leur frontière du Caucase et du Turkestan, du côté des Khanats de Khokand et de Bouckhara.

V

EXPÉDITION DANS LE KHANAT DE KHOKAND :
AOUT 1875 — FÉVRIER 1876.

Les combats livrés par les troupes russes, dans leur expédition contre le Khanat de Khokand, montrent d'une manière irréfutable ce que peut une poignée de soldats bien disciplinés contre des bandes désordonnées souvent plus de trente fois supérieures en nombre. Cette campagne a été la lutte du fanatisme musulman contre la domination russe et la civilisation européenne. A ce point de vue, le récit que nous allons en faire n'est pas sans intérêt. La plupart des officiers qui ont pris part à l'expédition de Khiwa, font partie de celle du Khokand. Ces deux campagnes, qu'il faut lire dans les livres techniques, font connaître l'Asie centrale, un des pays les

plus curieux des possessions russes, et peut-être le moins
bien connu des jeunes lecteurs auxquels nous nous
adressons.

Causes de la guerre dans le Khanat de Khokand. —
Le Khan de Khokand entretenait des relations amicales
depuis près de dix ans avec la Russie. La population s'en
émut, s'arma contre son chef qui fut forcé de se réfugier
sur le territoire russe, laissant la couronne à son fils
Nasser-Eddin, proclamé khan par le Kiptchake Abdou-
rackman-Awtobatschi, le principal meneur du mouvement insurrectionnel.

Le général de Kauffmann, gouverneur du Turkestan,
informé de se qui se passait, reçut — le 31 juillet —
(12 août 1875) les envoyés du nouveau khan à Taschkent,
sa résidence habituelle. Là, tous les efforts des autorités
russes échouèrent contre le parti pris de cesser dorénavant tout rapport de bon voisinage avec le gouverneur
du Turkestan, et au sortir de cette conférence, pour rentrer dans ses états, Abdourackman déclara qu'il voulait
faire une guerre de religion à la Russie, en soulevant
contre elle le fanatisme musulman et en appelant aux
armes les mahométans des Etats voisins.

Il existe entre Khokand et Taschkent des relations
de commerce si étendues que tout mouvement dans l'une
des deux localités se fait sentir dans l'autre, et la révolte
commence à peine que les insurgés traversent la frontière en trois colonnes, le 6 (18) août. Le lendemain, les
colonnes russes se mettaient en mouvement et mar-
chaient à l'ennemi.

Le pays dans lequel les troupes russes du Turkestan
vont combattre à nouveau est une vallée connue sous le
nom de Ferghana. Elle est entourée de hautes montagnes dont la hauteur moyenne est de 8,000 pieds au-
dessus de la rivière; la chaleur en est excessive, surtout

dans les steppes. Du nœud d'où descend le Saoussa-Mir se détachent plusieurs ramifications qui remplissent presque l'espace compris entre les sources du Tchou et les affluents du Syr-Daria. La montagne Alexandrowsk, située aux sources du Tchou, a une altitude de 14,000 pieds, son sommet est couvert de neige. Toutes les autres chaînes de montagnes qui forment les limites de la vallée de Ferghana sont arides, et leurs pentes sont couvertes en été d'un pâturage assez abondant pour satisfaire aux besoins des troupeaux des nomades. Au sud du Syr-Daria, le Karchgar-Dawar atteint une hauteur de 20,000 pieds au-dessus du niveau de la mer.

Les affluents du Syr-Daria sont nombreux dans cette région, ils fertilisent le sol et rendent la culture riche et abondante dans les vallées. La ville de Khodjent constitue le seul passage pour se rendre de la vallée de Syr-Daria dans celle de Ferghana, qui est enserrée au nord et au sud par une infinité de cours d'eau, communiquant entre eux au moyen de canaux.

Il y a dans tout ce pays si curieux et si intéressant une quantité de minéraux, tels que le naphte, le charbon, le fer et le cuivre, dont les Russes ont tiré plus tard un excellent parti, en y créant presque tous les genres d'industrie. Partout l'élevage du bétail, des chevaux, des mulets et des chameaux constitue une des principales richesses de la population. Dans la vallée de Tourane, il n'y a pas moins de dix millions de chèvres et de moutons.

Les Kirghiz forment la partie nomade de la population ; ce sont des gens vagabonds, pillards, remuants ; ils habitent les montagnes et les steppes, passent une partie de leur existence à voler et à dépouiller les populations sédentaires, toutes les fois que l'occasion s'en présente ; les Tadjiz occupent les villes et sont la partie commerçante des habitants du pays ; les Ousbèques sont les maîtres de la contrée, en ce sens qu'ils habitent les vallées et tirent profit de la richesse et des produits du sol.

. .

Le corps d'armée russe stationné dans le Turkestan, — environ 20,000 hommes, — est là au milieu d'une forte population musulmane ; il faut s'opposer à l'insurrection, disséminer les troupes, occuper les nombreuses citadelles et forteresses du pays. L'éparpillement des forces compromettait la sécurité ; un corps d'armée de 6,000 hommes fut mis en marche contre les rebelles, et entra seul en campagne. Il n'était pas possible d'augmenter l'effectif de ces troupes, en recrutant des soldats dans les districts voisins ; car la loi de 1874 et le service militaire obligatoire, dont nous dirons quelques mots dans le chapitre suivant, ne s'étendaient pas encore aux sujets russes de ce territoire. Le corps d'occupation reçoit ses recrues, — environ 2,800 par an, — d'Orenbourg, et il faut trois à quatre mois pour en franchir la distance (2,500 verstes) et arriver à Taschkent ; de plus, les routes ne sont pas praticables à toutes les époques de l'année. Les steppes sont couverts d'une neige épaisse et les plaines sont inondées, par suite du débordement du Syr-Daria, du mois de novembre au mois de février ou mars.

C'est dans cette campagne que se fait remarquer pour la première fois le colonel Skobelew, qui commande huit sotnias de cosaques de Sibérie et d'Orenbourg, et dont la promotion au grade de général-major remonte au 26 novembre/18 décembre 1875.

Cette expédition dans le khanat de Khokand dura sept mois. Le 7/19 février 1876, l'avant-garde russe

Un village est ainsi fondé... (Page 78.)

occupait les portes de la capitale, et à la fin de ce même mois, l'ordre du jour lu aux troupes assemblées pour la parade s'exprimait ainsi : « Sur la proposition du commandant des troupes du district du Turkestan, Sa Majesté le tsar de toutes les Russies ordonne ce qui suit à la date du 19 février/2 mars : 1° le territoire qui, jusqu'à présent, formait le khanat de Khokand, relèvera de l'empire de Russie et formera le district de Ferghana ; 2° l'administration de ce nouveau territoire est confiée au gouverneur général du Turkestan, avec l'aide et l'assistance des autorités locales, lorsque le règlement à intervenir aura reçu la sanction impériale. »

Aujourd'hui, la pacification du khanat de Khokand est complète ; l'ordre et la paix sont rétablis là où il ne régnait autrefois que l'anarchie. Les Russes sont maîtres ainsi de toute la région située au nord du bassin de l'Amou-Daria. Les possessions de l'émir de Boukhara les séparent seules de la frontière afghane.

L'Angleterre s'est toujours montrée inquiète au sujet de la politique russe en Europe et en Asie. Les Anglais craignent que les Russes ne cherchent à devenir les maîtres du Bosphore ; de là, leurs intrigues à Constantinople et en Bulgarie ; de là les efforts qu'ils ont faits pour faire reviser le traité de San-Stefano en 1878. Ils redoutent aussi que les Russes, qui possèdent une grande partie de l'Asie, n'arrivent jusqu'aux frontières de l'Indoustan. De là leur extension du côté de l'Afghanistan qui commande les routes de l'Inde.

Ils pensent enfin que la Russie peut s'agrandir aux dépens de la Chine. De là tout ce qu'ils ont tenté pour maintenir l'intégralité du territoire du Céleste-Empire.

De fait, les Russes ont, sous le règne d'Alexandre II, marché à pas de géants en Asie. Ils ont conquis le Turkestan, le Khiwa, le Khokand. Ils se sont installés tout près de Hérat. Sous Alexandre III, nous les verrons construire le chemin de fer transcaspien, prendre dans le Pacifique la grande île de Quelpaërt et commencer l'établissement des chemins de fer transsibérien et central-asiatique.

Dans toute sa politique extérieure, l'Angleterre est inspirée par la préoccupation de développer et de protéger ses établissements commerciaux. Tout autres sont les causes qui poussent la Russie vers l'extrême Orient. Immense empire continental, sans limites déterminables, douée d'une grande puissance d'action, maniée par une seule volonté, la Russie, qui est entourée de peuples barbares ou retournés à la barbarie, les domine de toute la hauteur de sa civilisation et de ses idées modernes de progrès. Fatalement, elle est entraînée à conquérir et à absorber les turbulents voisins sur la tranquillité desquels elle ne peut compter qu'en leur imposant ses lois. Elle ne s'arrêtera que devant une force susceptible d'équilibrer la sienne. Or, en Asie, elle ne trouve que l'empire ottoman, l'Angleterre et la Chine. Aussi, peut-on dire dès maintenant que tous les petits États turkomans, afghans, beloutchistans, etc., et la Perse même, sont condamnés à disparaître. Ce n'est qu'une question de temps.

D'autre part, la Russie n'a d'accès sur aucune mer libre. La mer Caspienne n'est pas navigable pendant une grande partie de l'année ; sur la mer Baltique, les conditions de navigation ne sont guère favorables, l'entrée pouvant être barrée, à toute époque de l'année, par une puissance ennemie ; la mer Noire n'est en quelque sorte qu'un grand lac intérieur, dans lequel il n'est pas toujours facile d'entrer, et d'où l'on ne peut sortir à volonté. Tant que les moyens maritimes lui manqueront, elle cherchera par les voies continentales des débouchés qui sont une des nécessités de l'existence actuelle des peuples occidentaux, dévorés par le besoin de s'étendre. Toute entreprise extérieure tentée sur les routes continentales entraîne nécessairement la conquête. Le vaisseau qui fend les mers ne laisse d'autres traces derrière lui qu'un sillage bientôt effacé; il se suffit à lui-même, change de route, revient en quelques jours à son point de départ, et est sûr de ne jamais manquer de ressources.

Sur les routes de terre, au contraire, la caravane ne marche que lentement, toujours inquiète des difficultés à surmonter pour arriver au terme du voyage, soucieuse des moyens de retour, préoccupée de se défendre contre les bandes de pillards qui peuvent surgir d'un moment à l'autre. Dès qu'elle le peut, elle jalonne sa route, en creusant des puits, préparant des abris, échelonnant des postes de précaution. Elle prend en quelque sorte possession des pays qu'elle traverse; elle commence la conquête. C'est, du reste, ce que nous faisons en Algérie depuis nombre d'années.

Si la Russie cherche un accès vers une mer libre: Constantinople, Gallipoli, Salonique sont ses objectifs naturels au nord de la Méditerranée; Alexandrette, Antioche, sur les côtes de l'Asie Mineure. Il suffit de jeter les yeux sur une carte pour voir que ces ports sont ceux les plus rapprochés des possessions russes, et que la navigation de l'Euphrate en diminue encore la distance. Les Anglais l'ont compris, et c'est pour cela qu'ils ont mis la main sur l'île de Chypre. Arrivés et déjà fortement installés à Erzeroum, les Russes commandent le cours de l'Euphrate et celui du Tigre, c'est-à-dire la route de l'Inde par terre, et peuvent s'abattre inopinément sur un des ports de la côte du Levant. Encore un pas, et ils s'approprieront la navigation de l'Euphrate, pour chercher un débouché sur le golfe Persique.

Dans sa marche incessante vers le centre de l'Asie, la Russie a été secondée par un auxiliaire précieux et merveilleusement doué pour lui servir de pionnier au milieu des steppes qu'il fallait franchir : c'est le cosaque. Par ses habitudes, ses mœurs, ses traditions, il se rapproche des peuplades au milieu desquelles la volonté du tsar le transporte ; il s'établit avec sa famille, sans se plaindre, et sans d'ailleurs avoir trop à souffrir, dans les postes que l'autorité lui a choisis ; il s'y fortifie, garde les magasins où viennent se ravitailler les colonnes en marche et les relais des voyageurs. Peu à peu, il défriche le champ qui doit pourvoir à sa subsistance. Un village est ainsi fondé ; les marchands s'y installent, les indigènes y sont attirés par les échanges et les transactions commerciales. En peu d'années, c'est une ville européenne qui se développe en pleine Asie, et dès lors la civilisation européenne a franchi une nouvelle étape.

Ce n'est ni l'esprit des spéculations commerciales, ni même l'esprit de conquête qui animent ces avant-gardes que la Russie jette si loin dans l'extrême Orient ; c'est l'instinct seul qui les pousse, cet instinct qui entraîne le boucanier dans les solitudes du Far-West américain, qui conduit les Français au sud de l'Algérie et les conduira un jour au Touat ; les Égyptiens et les Anglais vers les sources du Nil ; c'est le besoin de mouvement qui anime tous les peuples, dès qu'ils sont sortis des langes du premier âge, et qui fait crier à tous :

Toujours plus loin; toujours plus haut !

C'était cette même force inconsciente qui, au moyen âge, poussait d'Orient en Occident les hordes des barbares. Aujourd'hui, ce sont les peuples occidentaux qui envahissent l'Orient. La Russie marche à leur tête, par les solitudes glacées du Nord; c'est elle qui, il y a plusieurs siècles, a donné le signal de ce mouvement.

Les Slaves, ces derniers venus en Europe des peuples ariens, sont envahis par les peuples d'une famille qu'on a appelé touranienne, par opposition à ceux de la race arienne ou iranienne. Mais ces dénominations d'Iran et de Touran ne répondent à aucune désignation géographique bien précise. On a appliqué le nom d'Iran aux plateaux de la Perse situés au sud-est de la mer Caspienne ; celui de Touran aux plateaux situés à l'est du lac d'Aral. Ils sont complètement déserts aujourd'hui ou parcourus seulement par les bandes nomades des Turkomans.

L'histoire nous apprend que presque tous les peuples de l'Europe et ceux de l'Inde tirent les origines de leurs races du centre de l'Asie ; on en a conclu qu'ils remontaient à une souche commune, les Aryas, qui se développaient sur les plateaux de l'Iran. D'autre part, on a rattaché les familles mongolique, tartare et turque à une deuxième souche dite touranienne. De l'Iran et du Touran seraient sortis tous les conquérants de l'Europe et de l'Asie, à l'exception des Sémites. Quel que soit l'appui que les recherches linguistiques aient pu apporter à cette théorie, il n'en est pas moins vrai que les peuples d'une race différente de celle qui habitait l'Europe, qu'on les appelle Touraniens, Mongols ou Tartares, — avaient franchi l'Oural et le Caucase derrière les Slaves et les avaient courbés sous une dure servitude. Au quinzième siècle les duchés slaves établis le long du Boug reconnaissaient la suzeraineté du Khan de Kazan. Le duc Ivan Vassilievitch essaya de secouer le joug mongol ; son petit-fils, surnommé le Terrible, acheva l'œuvre d'affranchissement, conquit les empires de Kazan et d'Astrakan et pénétra dans la Sibérie. Il prit alors le titre de tsar, et c'est de cette époque que date l'extension prodigieuse des Slaves russes. Nous arrivons ainsi au dix-septième siècle ; l'empire russe est définitivement constitué sous Pierre le Grand.

Cavalier kirghiz.

Un campement cosaque.

CHAPITRE III

La question militaire en Russie.

(1677-1877)

DANS aucune nation l'organisation des forces nationales n'a peut-être été l'objet d'une plus constante sollicitude qu'en Russie. Depuis deux siècles les tsars qui se sont succédé sur le trône de Pierre le Grand ont consacré tous leurs soins à l'armée moscovite. Alexandre III ne pouvait manquer de continuer les mâles traditions de son père, en apportant dans les questions militaires, comme dans toutes les autres, un remarquable esprit d'initiative et de progrès.

Dans l'antique Russie, comme dans tous les Etats primitifs, l'élément guerrier est prépondérant. La guerre,

6

— comme on le sait, — est le premier état naturel de l'homme, à l'origine des sociétés : guerre contre les animaux ; guerre des hommes entre eux. De race à race, et dans les grands mouvements de migration et de conquête, la guerre devient la loi suprême. Il n'y a alors ni droits ni légitimité. Chaque génération nouvelle s'envole à son tour, au printemps de chaque année, à travers le monde et par les vastes espaces de la terre habitable, à la recherche d'un meilleur climat, d'un plus beau soleil ; en quête de terres plus fécondes que celles qu'on quitte. C'était alors le droit du plus jeune, du plus fort, du plus sobre, sur les races voluptueuses et amollies.

Les guerres du moyen âge ne sont guère que des brutalités pures, bien qu'elles aient essayé de s'ennoblir par la sainteté du but dans les croisades ; mais ce ne sont encore que des masses se ruant à l'aventure les unes sur les autres et où les prouesses individuelles se prodiguent aveuglément. Ce n'est qu'à la Renaissance qu'apparaissent l'art et la tactique, et pour trouver l'habileté jointe au courage et l'une et l'autre au service du droit, il faut longtemps attendre. On ne se sent consolé des horreurs des guerres de religion du seizième siècle que lorsqu'on voit Henri IV conquérir le royaume de France, en héros, et Maurice de Nassau maintenir par l'épée sa libre patrie. Au dix-septième siècle la guerre se civilisa, lorsque l'idée politique y présida et que l'objet des combats tendit à une plus juste constitution de l'Europe et à l'équilibre des États entre eux, les plus faibles n'étant pas fatalement écrasés par les plus forts.

Dans la grande monarchie du Nord, les premiers essais d'une armée permanente datent de la dynastie des Ivans, nom russe qui correspond à celui de Jean, et qui a été porté par trois tsars et plusieurs princes souverains de la Russie. Ivan III Vassilievitch, surnommé *le Grand et*

le *Terrible* (1439-1505), conquiert Novogorod, délivre son
pays du joug des Tartares et jette les bases de l'empire
russe, en créant un corps de tirailleurs (*streltzys*) à deux
régiments ; un corps d'infanterie de ligne et un de cavalerie. Son successeur Ivan IV, surnommé *le Menaçant*,
premier tsar de Russie (1529-1584), conquiert la Sibérie,
crée l'artillerie moscovite et porte ses *streltzys* à l'effectif de dix mille hommes. Cette milice régulièrement
exercée forme le noyau de l'infanterie russe. Le tsar
Alexis donne une extension considérable au corps des
streltzys et les dote d'une puissante organisation, en
attirant dans ses rangs des officiers étrangers chargés
de leur donner des principes de guerre en rapport avec
les progrès de l'art militaire.

C'était là le commencement d'une organisation aussi
complète que le permettait alors l'état des finances de la
Russie. Mais il appartenait à Pierre le Grand (1682-1725)
d'être le véritable créateur de l'armée régulière de Russie,
en supprimant la turbulente milice des *streltzys* et en
faisant de son empire une puissance militaire de premier
ordre.

En matière militaire comme en matière d'impôt, le
fondateur de la grande monarchie du Nord resta fidèle à
cette maxime, à savoir que tout sujet russe devait servir
son pays, sous une forme quelconque. Partant de ce
principe, il exempta du service militaire la noblesse, le
clergé et la classe marchande, qui remplissaient dans
l'État des fonctions déterminées ; il fit porter tout le fardeau des charges militaires sur la classe rurale et les
artisans. Le pouvoir fixait chaque année le chiffre des
levées. Le *Mû* (la commune) désignait les recrues à fournir. L'homme enrôlé restait ainsi toute sa vie sous les
drapeaux. Telles furent les bases du régime militaire
imposé à la Russie par Pierre le Grand.

Simple et pratique, ce système donna au puissant tsar les moyens de réaliser ses vastes desseins ; mais l'impôt du sang, pesant exclusivement sur les couches inférieures de la nation, arrachait pour toujours les jeunes gens choisis au foyer et à la charrue. A cette époque, les charges militaires, en Russie, n'étaient pas nettement déterminées. L'État ne levait ordinairement que quatre hommes sur mille, mais cela dépendait des circonstances, et pendant la guerre de 1769-1774, on a vu Catherine II lever un homme sur trente-cinq pour former l'armée du maréchal Roumantzoff.

Ce régime, malgré ses imperfections et ses inconvénients, ne s'est pas moins conservé, dans ses traits essentiels, jusqu'au milieu du dix-neuvième siècle. Catherine II et Alexandre Ier, absorbés par des guerres incessantes, ne purent songer aux améliorations indispensables. Nicolas Ier, notre adversaire de 1854, adoucit cependant le sort du soldat, en supprimant le *knout*, et en réduisant à vingt-cinq ans la durée du service militaire. Mais les mœurs administratives de l'époque neutralisèrent sa bonne volonté, et la guerre de Crimée mit à nu les plaies qui rongeaient l'armée russe.

Monté sur le trône à une des heures les plus solennelles de l'histoire de la Russie ; témoin affligé des cruelles déceptions de l'empereur Nicolas, Alexandre II coupa court aux abus signalés sous le règne de son père et qui avaient été si funestes au trésor, à l'armée, à la patrie. Il donna des ordres pour que les levées prescrites fussent rigoureusement surveillées et que la présence effective des hommes sous les drapeaux fût contrôlée avec soin ; il allégea le fardeau des charges militaires, en réduisant successivement la durée du service de vingt-cinq à quinze, puis à dix ans ; il supprima, en 1863, les verges dont l'emploi ne fut maintenu que dans les compagnies

de discipline. Ces mesures mirent fin aux scanda-
leuses spéculations des chefs de corps et des gouverneurs
de district; elles apportèrent en outre de sérieuses améliorations au sort du soldat.

Le système militaire de Pierre le Grand ne convenait
plus, en effet, à la Russie du dix-neuvième siècle. Un
nouvel état de choses était né avec l'émancipation des
serfs et la rénovation judiciaire qui rendait tous les sujets russes égaux devant la loi. L'égalité de l'impôt du
sang découlait naturellement de l'abolition des privilèges et de l'égalité civile et judiciaire.

Depuis la guerre de Bohême (1866) et celle de France
(1870), l'équilibre européen avait subi de graves atteintes ;
fatalement, l'organisation militaire du continent devait
être l'objet de profondes modifications. A la suite des
victoires de la Prusse, les grands Etats européens trans-
formèrent leur système militaire. Le système de Pierre
le Grand devenait dès lors insuffisant ; il n'était plus en
rapport avec les progrès de la législation nouvelle, avec
le rôle de la Russie et ses devoirs de grande puissance.

En Russie, cette question avait une importance capitale, et devait donner lieu à de singulières difficultés, en
raison des mœurs et des traditions du peuple, de l'étendue de son territoire, de la situation géographique de
l'empire assis sur l'Europe et sur l'Asie ; et surtout de
la diversité des races et des religions.

C'est alors qu'apparaît le général Milioutine (1), auquel

(1) Appelé aux hautes fonctions de ministre de la guerre le 8/20 novembre 1871, Milioutine a été, dans le monde militaire, l'homme de
confiance et le principal auxiliaire d'Alexandre II. Homme de syn-
thèse et d'analyse, actif, instruit, infatigable au travail, le général,
pendant vingt ans, a consacré à la transformation de l'armée russe
un dévouement, une initiative et une persévérance des plus rares.
Avec lui, l'esprit de réforme a pénétré dans toute les branches de

revient l'honneur d'avoir élaboré et fait fonctionner la
loi fondamentale sur le recrutement de l'armée russe
(1er janvier 1874).

Cette loi nouvelle, effaçant les conditions de caste et
de condition, proclame l'obligation du service militaire
pour tous ; interdit le remplacement à prix d'argent et
divise les forces nationales en deux grandes sections :
l'armée proprement dite et la milice.

L'armée proprement dite comprend l'armée active,
forte de six contingents annuels et la réserve formée de
neuf classes. La milice se compose de cinq contingents
et est divisée en deux bases.

La durée du service est fixée à vingt ans : six
ans dans l'armée active, neuf ans dans la réserve et cinq
ans dans la milice. A côté de ces dispositions générales,
la loi de 1874 admet différentes restrictions dignes de
fixer l'attention. Ainsi, la durée du service est abaissée
de quatre ans, dans l'armée active, pour les jeunes gens
pourvus du certificat d'études ; à trois ans, pour les élèves
des écoles techniques, industrielles et commerciales ; à
un an et demi pour les jeunes gens ayant terminé leurs
études, dans les établissements d'instruction secondaire,
enfin, à six mois, pour ceux qui suivent dans les universités les cours d'enseignement supérieur. Les charges
militaires sont ainsi graduées en raison du degré d'instruction des jeunes soldats.

Les innovations ont une importance capitale ; elles
permettent d'appliquer rigoureusement le principe de
l'obligation militaire, d'exercer un nombre de soldats
de plus en plus grand, sans aucune augmentation
budgétaire. Dans l'ordre moral, en accordant une prime

l'organisation militaire. Aucun service n'est resté en souffrance et la
réorganisation de l'armée s'en est suivie dans toutes les branches
constitutives des éléments dont elle se compose.

au travail, elles encouragent le savoir à tous les degrés et contribuent au développement intellectuel de la nation russe.

Toutes ces dispositions assignent à la loi de 1874 un caractère particulier de libéralisme et de progrès ; elles attestent le coup d'œil politique et l'ampleur des vues du réformateur, quant à l'avenir de l'empire des tsars.

Avec une si large base de recrutement, la Russie a pu ménager, jusque dans ces derniers temps, les forces intellectuelles et productives de la nation. Mais indépendamment des encouragements que la loi nouvelle donne à l'instruction, elle admet la plupart des causes d'exemption admises en France, et elle accorde, dans l'intérêt de la production, des sursis ou des dispenses aux chefs d'industries ou d'exploitations agricoles. Ce n'est pas tout. Il fallait se préoccuper de certains groupes de population qui n'auraient obéi que difficilement à la loi, entre autres les Tartares de Crimée et les colons mennonites qui, jusqu'à ce jour, avaient été affranchis des charges militaires. Les premiers ont été autorisés à servir dans des bataillons spéciaux, avec la faculté de remplir les prescriptions du koran ; les seconds, à qui leur religion défend de porter les armes, ont vu confirmer leur ancien privilège pendant vingt ans encore. Dans la Russie d'Asie, la majeure partie de la population jouit d'un régime spécial : la durée du service y est de dix ans, dont sept dans l'armée active et trois dans la réserve. Dans la Russie d'Europe, certaines régions sont aussi l'objet de dispositions particulières. Ainsi les Cosaques qui sont, en temps de paix, exempts de recrutement et de l'impôt direct, doivent, en retour de ces privilèges, s'équiper, se monter et fournir, en temps de guerre, un contingent déterminé. Excellents cavaliers, très adroits tireurs, hardis, habitués aux fatigues et aux dangers, les Cosaques constituent la plus nombreuse, et peut-être la meilleure cavalerie du monde, quoique la moins coûteuse. Aujourd'hui, la durée du service est fixée à vingt ans pour les Cosaques du Don, et à vingt-deux ans, dont quinze dans l'armée active, pour les Cosaques du Kouban, du Tereck, d'Astrakan, d'Orenbourg, de l'Oural, de la Sibérie, du Transbaïkal et de l'Amour.

Telle est l'économie générale de la loi du 1er janvier 1874. Elle remplace le système de Pierre le Grand qui avait fait son temps ; elle substitue la loi à l'arbitraire et aux abus ; elle proclame l'égalité de l'impôt du sang, elle réduit la durée du service, grâce à une meilleure répartition des charges militaires ; elle favorise le développement intellectuel du pays et est tout à l'avantage du travail d'unification qui doit être, en somme, le but poursuivi par un gouvernement patriote et prévoyant. Ce nouveau système donne à la Russie des forces armées plus imposantes que celles qu'elle a jamais eues (plus de deux millions de soldats instruits et exercés) ; il répond aux idées modernes, aux exigences militaires, aux besoins particuliers, comme aux besoins généraux de la grande monarchie du nord de l'Europe. Considérable par son objet, féconde par ses conséquences, cette réorganisation militaire est, avec l'émancipation des serfs et la rénovation judiciaire, un des plus beaux titres de gloire d'Alexandre II.

La durée du service actif étant en moyenne de cinq ans, si on multiplie par cinq, le chiffre des incorporations annuelles — environ 200,000 hommes — la force numérique de l'armée russe permanente, s'élève à près d'un million de soldats. Si l'on multiplie ce même nombre par vingt-un (21 classes ayant au minimum un an de service), on voit, en tenant compte aussi approximativement que possible des pertes normales que la

L'un d'eux, Potemkim, se leva solennellement... (Page 91.)

Russie peut mettre sur pied, en cas de guerre, un peu
plus de quatre millions d'hommes complètement instruits.

**

En 1875, l'Allemagne voulait nous déclarer la guerre
et nous surprendre en pleine réorganisation ; l'intervention résolue d'Alexandre II arrêta le chancelier de fer. La
France ne l'a pas oublié. A défaut d'une alliance franco-
russe qui serait profitable aux deux pays, une Russie
forte est indispensable à l'équilibre général et au repos de
l'Europe. C'est ce qu'explique très clairement le lieutenant-colonel Hennebert, quand il écrit dans le *Journal
du Soldat* :

« Entre les Slaves et nous, il est de mystérieuses
affinités de caractère d'où naissent irrésistiblement de
profondes sympathies, lesquelles se sont, pour la première fois, manifestées il n'y a pas moins de deux cent
vingt-cinq ans. C'est en 1668, en effet, que deux boyards
— Pierre-Ivanovitch Potemkin et Alexis Romantziov —
vinrent en France en qualité d'ambassadeurs du tsar
Michel Mikaïlovitch. Ils avaient reçu mission de saluer
Louis XIV de la part de leur souverain.

» Or, à la fin d'un festin qui leur fut offert par le maré-
de Bellefond, l'un d'eux, Potemkim, se leva solennellement, but debout une large rasade et, violemment, jeta
contre le mur de la salle son verre — bien entendu vide
— lequel fut réduit en mille miettes.

» Et, d'une voix de stentor :

» — Qu'ils soient ainsi mis en pièces, qu'ils soient
ainsi brisés, tous ceux qui voudraient rompre l'amitié de
mon Maître avec S. M. le roi de France !

» Ce toast original eut plus tard son écho.

» Chargé du soin de recevoir avec les plus grands

honneurs le général russe de Sprengtporten, M. de Pon-
técoulant eut, en décembre 1800, l'occasion de fêter les
« fiers guerriers de la Russie ». Parmi nous, déclama-
t-il :

> Parmi nous ces enfants du Nord
> Sont encore dans leur patrie.

» Et il développa sa pensée en ces termes humouris-
tiques :

> Des géographes je me ris,
> De leur méthode je m'écarte.
> Moscou, Pétersbourg et Paris
> Sont très rapprochés sur ma carte ;
> J'éloigne Portsmouth de Riga,
> Je place Vienne près de Gêne
> Et je soutiens que le Volga
> Doit communiquer à la Seine.

» Depuis lors, il a coulé beaucoup d'eau dans le lit des
deux fleuves et nos gouvernants ont fait bien des fautes.
Quoi qu'il en soit, le souvenir des rudes événements
de 1812 et de la guerre de Crimée n'a laissé aucun fiel
au cœur des braves gens avec lesquels nous nous sommes
loyalement mesurés. Aujourd'hui plus que jamais, des
liens solides unissent étroitement les deux nations, et
les deux armées se déclarent franchement amies. Officiers russes et officiers français rivalisent de procédés
courtois. Ils s'estiment, se respectent, se traitent mu-
tuellement en frères d'armes et, quoi qu'il puisse advenir
des caprices de la fortune, se sont juré fidélité à toute
épreuve. Oui, dans la mauvaise comme dans la bonne
fortune, ils compteront toujours les uns sur les autres.
» Notre ministre de la guerre, le général Mercier, a
bien traduit le sentiment de l'armée française encore
tout émue de la mort de l'Empereur Alexandre III, quand

il dit : « Nous pleurons, avec nos camarades de l'armée
» russe, le chef vénéré qui lui est enlevé si cruellement
» et dont le souvenir restera à jamais gravé dans nos
» cœurs. »

» Mais il est quelque chose de plus touchant que cette
expression officielle d'une douleur partagée. Ce sont les
condoléances particulières adressées chaque jour à ceux
que le sort a frappés si durement.

» Il y a un an, à pareille date, tel régiment russe portait un toast chaleureux au régiment français de même
arme et de même numéro. Il nous en venait, de ces
joyeux télégrammes, de toutes les garnisons d'Europe
et d'Asie, voire de Vladivostock.

» Aujourd'hui, c'est le régiment français qui télégra-
phie à son similaire russe la part qu'il prend aux peines
d'un grand peuple en deuil.

» Et les Russes s'empressent de répondre aux Français :

» — Merci, frères !

» De ce mot qui va droit au cœur, n'est-on pas en
droit de conclure que l'union franco-russe est indisso-
luble? »

*
* *

C'est une belle et flamboyante armée que celle du tsar
de toutes les Russies. Il faut l'avoir vu dans tout l'éclat
de sa tenue de parade lors des fêtes du sacre de l'empereur Alexandre III, pour se faire une idée du spectacle
que présente la réunion de peuples si divers, sous le même
commandement.

« ... Aujourd'hui cette armée est partout et occupe près
de la moitié du globe terrestre. Une partie s'étend jusqu'aux confins de l'Asie orientale, refoulant les bornes
de l'empire russe jusqu'au fleuve Amour ; une autre a

renouvelé sur les bords de l'Oxus et de l'Araxe les exploits de Xercès à la poursuite de Bessus, une troisième achève la conquête du Caucase, et depuis quelques années, l'aigle à deux têtes flotte sur le sommet de l'Hindou-Kousch ; les sentinelles avancées des postes-frontières de l'empire peuvent contempler maintenant « les riches plaines de l'Inde, comme Annibal autrefois, du haut des Alpes, contemplait la vallée du Pô (1) ».

Parmi les corps de la garde, le régiment Presbrajenski est le favori des souverains de la Russie. Sa création remonte à Pierre le Grand ; Catherine II en était la colonelle. Les grands-ducs héritiers le commandent pendant quelque temps, et les membres de la famille impériale y sont tous incorporés avec un grade en rapport avec leur âge.

Le dévouement et la fidélité des soldats Presbrajenski se traduisent jusque dans la marche du régiment, sorte de mélopée que les soldats chantent accompagnés de leur musique, pendant les manœuvres ou pendant les marches en temps de guerre. En voici les trois premiers couplets :

Les Turcs et les Suédois nous connaissent bien ;
Le monde entier a entendu parler de nous.
    Aux combats et à la victoire,
    C'est le tsar qui nous mène.
    — Ohé, ô frères, ohé !
C'est toujours le tsar qui est à notre tête.

    Pour le tsar et la sainte Russie,
Nous n'hésitons pas à verser notre sang.
    Être né pour le tsar,
    C'est un devoir ; c'est un honneur !
    — Ohé, ô frères, ohé !
C'est toujours le tsar qui est à notre tête.

(1) *Alexandre III et son entourage.* — Nicolas Notovitch.

Nous défendrons le tsar avec nos poitrines,
    De la trahison et des ennemis.
    Nous brûlons d'amour pour lui,
    Et nous aimons sa famille.
    — Oh ! ô frères, ohé !
C'est toujours le tsar qui est à notre tête.

Chaque nation a, dans son armée, une arme populaire, un corps qui la personnifie. Pour la France, c'est le pantalon garance et la capote grise du fantassin ; pour l'Angleterre, c'est l'higlander marchant au son du biniou ; pour l'Italie, c'est le bersaglière secouant la touffe de plumes de coq qui surmonte son chapeau ; pour la Prusse, ce sont les longues files de casques à pointes ; pour la Russie, c'est le cosaque.

La Russie, — tous les historiens sont d'accord là-dessus, — est désormais en état de parcourir l'Europe à cheval et de laisser sur son passage des traces plus ineffaçables que celles des Tartares. On le sait bien à Vienne et à Berlin, et c'est pour cela qu'on évite dans ces deux cours des équivoques, des compromis et des malentendus, de nature à froisser toutes susceptibilités pouvant mettre le feu aux poudres.

Quelques mois avant la guerre d'Orient (1877-78), le tsar Alexandre II réunissait au camp de Varsovie, du 13 juillet au 15 septembre 1879, plusieurs milliers d'hommes de sa garde (68 bataillons, 40 escadrons, 25 batteries, sous le commandement du grand-duc héritier, assisté du général Vanowsky). Voici le jugement que nous portions alors sur l'armée russe, d'après les renseignements communiqués par des officiers français envoyés en mission à Saint-Pétersbourg: « Le terrain situé aux environs de Varsovie est monotone et peu varié ; la mise à profit du terrain n'a donc pu être utilisée dans le sens propre du mot. Ces inconvénients sont inhérents à tous les camps. Toutes les manœuvres, avec le mélange des différentes armes, n'ont donc été autre chose au camp de Varsovie que des manœuvres exécutées sur un terrain d'exercice. Il n'est donc pas possible à l'observateur consciencieux de porter un jugement exact sur la discipline et l'ordre dans lequel se meuvent les troupes russes pas plus que leur emploi et leur protection régulière et réciproque. Mais la cavalerie y est excellente ; la mobilité de l'artillerie y est parfaite ; celle des cosaques surtout, qui manœuvrent avec une précision, une habileté et une rapidité extraordinaires. L'infanterie ne laisse rien à désirer.

» Les officiers russes travaillent sans relâche toutes les branches des sciences militaires ; et quand le moment sera venu, on peut être sûr que l'armée du tsar sera à hauteur de toutes les autres armées de l'Europe. »

Un écrivain de talent, J. Cornely raconte, dans un très intéressant ouvrage intitulé : *le Tsar et le Roi*, une visite faite par lui au quartier de cavalerie de Moscou, où se trouvaient alors deux régiments de cosaques, l'un bleu et l'autre rouge.

« Bonjour, mes enfants », dit le général en passant devant le poste de police. Et les cosaques de service ou de planton de répondre par trois ou quatre cris gutturaux avec un ensemble parfait et dont la traduction veut dire :

« Bonjour, notre chef ; nous sommes à votre service. »

» C'est là une coutume dans l'armée russe. L'officier, en prenant possession de son commandement, échange toujours cette politesse avec ses hommes.

» Le premier rang fait alors dix pas en avant, puis se retourne ; généraux et officiers passent ainsi entre les deux rangs.

» Des colosses ! Et les bonnes et terribles figures, barbues, aux traits énergiques, accentués, avec de grands

Cavalier cosaque.

yeux à la fois soumis et fixes, que celles de ces cosaques !
Ils portent tous les cheveux longs, rasés jusqu'au niveau
de l'oreille, et la casquette, crânement posée à droite,
laisse à gauche, bouffer une touffe de cheveux bien pei-
gnée. En les examinant bien, ceux qui se sont fait remarquer dans les concours se distinguent par une chaîne
en argent terminée par une montre donnée par l'empereur et portant, sur le cadran, la photographie du souverain.

» Le chef d'escadron commandant la *sotnia* fait ser-
rer les rangs, jette un bref commandement et tout s'envole dans les écuries.

» Brider les chevaux qui n'ont que le filet et une longe
retenue à l'arçon ; assujettir par les trois courroies les
sous-ventrières, la haute selle à chabraque rouge ; sauter à cheval malgré les ruades et les bonds désordonnés
des bêtes bousculées par des mouvements rapides qui
font voler les étriers, que dédaignent d'ailleurs la plupart de ces centaures avant de se mettre en selle : tout
cela se fait avec une rapidité inouïe. Quatre minutes,
montre en main, après le commandement de seller, la
sotnia rouge était rangée en bataille sur le champ de
manœuvre, en face de la caserne.

» Alors commencent les mouvements en masse. Ces
admirables cavaliers font tête à queue, en marche, au
trot, pivotent sur eux-mêmes.

» Les voici maintenant qui défilent, un à un, au pas
et au trot. Si l'homme est colossal, le cheval est superbe,
de haute taille, plein de feu, bien nourri. Ils chargent
sur une seule ligne ou sur deux, à fond de train ; se dou-
blent, se dédoublent, se fractionnent et s'étendent. Ils
s'espacent au gré du commandant en chef, mettent pied
à terre, détachent la longe de l'arçon, la passent dans la
jambe droite du cheval, et tirent, la bête couchée sur

le flanc et le cosaque, couché derrière, fait à l'abri de ce
rempart vivant le feu de tirailleur ; ils s'arrangent ensuite de façon pour qu'en se relevant, le cheval les re-
mette de lui-même en selle.

» La *sotnia* rouge fait un à droite par quatre et rentre
au quartier démasquant la *sotnia* bleue qui va continuer
ses excercices merveilleux.

» A ces cavaliers on commande une charge en masse
avec le cri de guerre. Ils partent, poussent un cri aigu
qui déchire les oreilles et rend les chevaux fous d'ardeur. C'est à donner le frisson.

» A la voltige individuelle maintenant.

» Un cosaque prend du champ, lance son cheval au
galop, se penche sans quitter les étriers, arrache de la
main droite une touffe d'herbe ; un autre lui succède,
puis un troisième. En voici un qui descend à gauche,
remonte, descend à droite, remonte et ainsi de suite,
tant qu'on veut.

» Pendant ce temps-là, quelques cosaques rouges sont
allés se mettre en grande tenue ; ils se tiennent immobiles sur leurs chevaux, la carabine en bandoulière, le
sabre battant la cuisse, la cartouchière au ceinturon,
appuyés sur la longue lance rouge, leur bonnet d'astrakan sur l'oreille, beaux comme des cavaliers de ballade.

» Les exercices terminés, la *sotnia* bleue fait rentrer
ses chevaux et se transforme en un orphéon.

» Le chœur s'avance. Un sous-officier chante les couplets ; les hommes répondent par un refrain entraînant,
et deux cosaques, l'un devant l'autre, commencent les
danses nationales. Ces danseurs à grandes bottes sont
agiles comme des clowns, et se livrent aux entrechats
les plus fantastiques, marchant sur les coudes et les
pointes de leurs bottes.

» Le général Rodionoff remercie la *sotnia* bleue, en

lui adressant quelques paroles paternelles et gaies. Tous
les cosaques de rire, en montrant des rangées de grandes
dents éblouissantes de blancheur et de répondre en mesure.

» — Nous sommes à votre service. »

Qu'on juge après cela si cette cavalerie cosaque est
bonne, entraînante, et a sa pareille dans les armées régulières des autres états européens.

CHAPITRE IV

La guerre turco-russe.

(1877-1878)

ES troupes russes s'étant aguerries pendant les campagnes en Asie, et de plus la nouvelle loi militaire étant dans toute sa vigueur, le tsar Alexandre II jugea que le moment était venu de reprendre l'œuvre de la libération des Slaves, et d'arracher au joug arbitraire du Mahométan les populations de la Bulgarie et de la Roumélie œuvre grandiose s'il en fut et qui n'est, en somme, que la continuation de la campagne de 1855, brusquement interrompue, — comme on l'a vu, — par l'intervention des puissances occidentales.

En 1877, la nation généreuse et brave, si justement surnommée *la France du Nord*, entreprend donc, avec ses seules forces, l'œuvre de civilisation et de progrès que l'Europe eut dû accomplir depuis longtemps : l'expulsion des Turcs, ce peuple sans foi, sans vertus, ennemi de tout progrès par tempérament et par fanatisme religieux qu'un écrivain de talent, de Girardin, appelait autrefois la honte de l'Europe.

On ne saurait nier que ce soit l'Angleterre qui ait poussé à la guerre turco-russe. Si le ministère de lord Beasconfield n'avait pas, au début des complications, hautement soutenu la Turquie ; s'il ne l'avait pas encouragée dans la résistance, n'avait pas jeté à la Russie, dans un discours pompeux, des défis fanfarons et provocants, la Porte eût cédé aux injonctions modérées qui lui étaient faites alors. Il a fallu que l'opinion publique soit soulevée par les horreurs des massacres de la Bulgarie pour déterminer un revirement dans la politique européenne.

Si l'Angleterre avait eu un ministère Gladstone, il ne saurait être douteux que les Turcs, se voyant isolés, n'eussent pas jeté à l'Europe entière le plus insolent des défis.

Ces Anglais, — on les trouve partout, quand il s'agit de s'approprier un territoire conquis avec la bourse des autres. En Crimée, ce sont eux qui bénéficient seuls de la neutralité de la mer Noire ; en Chine, où ils expéditionnent avec la France, en 1860, ils se taillent le meilleur morceau du territoire que nous occupons dans les environs de Shang-haï ; quelques mois après, en Syrie, pendant que nos troupes marchent sur Damas, les représentants de la perfide Albion s'arrangent de façon à devancer nos colonnes, pour faire filer les Druses dans les montagnes inextricables du Liban, et leur éviter la répression que nous étions venus leur infliger. Les Anglais ! Ce sont les adversaires les plus dangereux de la France et de la Russie.

(1) Voir notre ouvrage sur *Chanzy*. — Tolra, éditeur.

Ils partent, poussent un cri aigu... (Page 100.)

Quelle était alors la position de l'Autriche dans un conflit qui la touchait de si près ? Un parti puissant, en Hongrie, n'avait pas pardonné à la Russie son intervention armée dans la lutte entre l'Autriche et la Hongrie, en 1848, et poussait à la guerre contre la Russie. On a toujours tort de se laisser dominer par la passion, au lieu d'écouter la voix de la froide raison. L'empire ottoman, tout le monde le sait en Europe, n'est qu'un cadavre. L'expérience tentée lors de la guerre de Crimée en est un exemple, et il était de l'intérêt de l'Autriche de laisser faire la Russie, pour se débarrasser de cette éternelle question d'Orient. Qu'aurait eu à gagner l'Autriche dans une guerre contre la Russie ? Elle aurait donné à l'Allemagne et à l'Italie un prétexte pour l'envahir et lui ravir ses provinces allemandes et italiennes. Les risques sont trop grands pour elle.

L'Allemagne est totalement désintéressée dans la question d'Orient ; ses convoitises sont ailleurs. Ruinée malgré les milliards que la France lui a donnés en 1871, elle épie toujours le moment de tomber sur les Vosges à la première occasion. Ce qu'elle a de mieux à faire, c'est de se relever par le commerce et le travail.

L'Italie a sans doute un puissant intérêt commercial en Turquie et en Asie ; après la France, elle est la nation la plus éprouvée par la banqueroute de la Turquie ; elle a donc tout à gagner à voir l'Ottoman disparaître des contrées qu'il opprime pour faire place à une confédération d'états chrétiens, fidèles observateurs de leurs engagements internationaux. Cette dernière solution serait la plus juste, puisque la population ottomane de la Turquie ne forme que le tiers de la population chrétienne.

L'histoire, — disaient les anciens, — est la maîtresse de la vie ; c'est elle qui nous apprend à ne pas retomber dans les fautes de nos devanciers.

* *

En 1877, les deux puissances belligérantes ont une position bien différente de celle qu'elles avaient pendant la guerre de 1828-1829. C'est la Turquie qui possède la supériorité sur mer, supériorité si écrasante qu'on peut la dire maîtresse de la mer.

Cette situation créait de grandes difficultés à l'armée russe pour se procurer des approvisionnements qu'elle pouvait autrefois faire par voie de mer ; elle permettait à la Turquie de faire un tort immense à l'important commerce de la Russie dans la mer Noire, en bombardant Odessa ; elle augmentait la puissance de Varna et par là même la rapidité des transports des troupes turques.

Par suite de cette possession de la mer par les Turcs, les Russes étaient dans la nécessité de ne pas exposer, — comme en 1853, au début de la guerre de Crimée — les communications de leur armée aux attaques formidables du quadrilatère bulgare : Silistrie, — Routschouk, — Schumla — Varna. Cette mission, — nous le verrons plus loin, — sera celle dévolue à l'armée que commandera le tsarevitch Alexandre-Alexandrovitch.

Dès le début de cette guerre, de puissantes raisons engagent la Russie à déployer *immédiatement* de grandes forces. Les guerres précédentes leur ont montré le danger de ne pas proportionner le nombre des combattants aux obstacles à vaincre. Ils savent que la Bulgarie est complètement dévastée, qu'ils vont avoir à traverser un désert, sans pouvoir s'appuyer à la mer. Ils n'ignorent pas qu'ils ont devant eux un ennemi plus terrible que le feu — les maladies — et qu'il leur faudra de puissants renforts pour remplacer les hommes qui bientôt encombreront les hôpitaux.

Le tsar Alexandre II a tout prévu, et 200,000 hommes

sont prêts à renforcer les 400,000 qui traversent le Danube et marchent en première ligne. Le plan de campagne est admirablement préparé. Il consiste à attaquer
de front le quadrilatère bulgare — et à essayer de franchir les Balkans, vers le centre et à Varna, pour de là gagner le Balkan par Tirnova et le Kamtschick. Malgré
ces difficultés, ce parti était le plus sage : car si les
Russes, revenant au plan de campagne de 1853, ten-
taient d'arriver sur Andrinople, en tournant le Balkan,
par la grande route de Nissa à Sophia, sans se préoccuper du quadrilatère, ils eussent couru le risque de voir
leurs communications coupées par les forces turques
réunies dans le quadrilatère.

Une deuxième considération très importante dans une
guerre où l'armée envahissante tire tous ses approvisionnements de ses propres convois, engage encore les
Russes à suivre le plan de campagne de 1828. En marchant sur le quadrilatère, ils sont approvisionnés par la
Russie et les chemins de fer moldo-valaques ; leurs convois n'ont dès lors que peu de distance à franchir. De
plus, la prise de Silistrie-Routschouk leur assure une
solide base d'opérations.

La mission dévolue au grand-duc héritier était donc
de retenir les Turcs dans le quadrilatère, pendant que le
gros de l'armée russe, bloquant Widdin, marchait sur
Andrinople par Sophia; ce plan n'avait chance de réussir que si l'armée russe, en entrant dans le quadrilatère,
obligeait les Turcs à concentrer le gros de leurs forces
entre Schumla et Varna, de façon à dégarnir la partie
du Danube que commande Widdin. Une fois les Turcs
retenus sur le Balkan, ce mouvement stratégique tournant avait les plus grandes chances d'aboutir, et on
verra plus loin s'il a réussi au gré des désirs de l'état-
major russe. De même que, dans une bataille, le mouve-

ment tournant doit réussir, s'il n'est exécuté que lorsque l'attention de l'ennemi est retenue sur son centre, par une attaque de front de même, une marche stratégique tournante ne doit venir qu'après que la marche sur l'armée ennemie principale a retenu celle-ci dans ses positions : en un mot, ces mouvements stratégiques doivent être simultanés, et non successifs. Quand les Turcs battus, démoralisés, réduits en nombre ne pourront plus parer le mouvement tournant, ce sera le coup de mort.

Et maintenant la parole est au canon. Les Turcs, s'imaginant que leur ennemi allait attaquer Widdin, ont dégarni leur quadrilatère. Quand les mouvements russes sont venus les détromper, il était trop tard pour rappeler leurs troupes de Varna et de Schumla. Le tsarevitch était là, avec l'armée de l'Est, fatiguant les Turcs par des rencontres incessantes et résistant avec une énergie digne du plus grand éloge aux efforts désespérés des Turcs.

I

LE TSAREVITCH ALEXANDRE AU COMMANDEMENT
DE L'ARMÉE DE L'EST.

Les opérations en Bulgarie commencent par l'échelonnement en éventail vers le Danube des 8e, 9e 12e et 13e corps d'armée, et la division des cosaques du Don, de Kichnew à Akhermann. L'empereur Alexandre II, venant de Tsarskoé-Selo, est attendu le 18 juin 1877, à Ploïesti, pour donner le signal de la mise en mouvement des colonnes d'avant-garde.

A cet effet, la gare est ornée de feuillage ; des tapis

sont étendus sur le quai de débarquement ; une escorte
d'honneur stationne devant la gare ; des officiers de tous
grades, russes et roumains, attendent en face du perron ; les troupes sont alignées des deux côtés de la
route, conduisant à la ville et le long des rues. Des
équipages venus de Bukharest attendent le cortège
impérial.

Il est midi, lorsqu'un coup de cloche suivi des com-
mandements militaires de : *portez armes! présentez
armes!* annonce le train impérial d'où descendent successivement le tsarevitch Alexandre, les grand-ducs
Nicolas Nicolaïvitch, commandant en chef l'armée d'opérations, Vladimir et Serge Alexandrovitch ; le duc de
Leuchtenberg, les aides de camp, généraux, comte Adlerberg, Milioutine, ministre de la guerre, Ryleiew, Sou-
marokow, Ignatiew, Mesentzow, Nepokoitchisky,
princes Souvarow et Galitzine ; comte Levachow, de
Lieven, Soltzkow, Totleben, Toutchkow ; prince Mas-
salsky ; chancelier de l'empire Gortschakow ; le baron de
Jomini, le secrétaire d'état de Hambürger, le prince
Tcherkasky, le baron Frederiksz, le baron Stuart, agent
diplomatique en Roumanie. Parmi les généraux commandants de corps d'armée qui attendent à la gare, signalons les généraux Radetsky, Vannowsky, Zimmermann, Krüdener, les deux Skobelew, le prince Schak-
hofsky.

Le tsar Alexandre II salue les troupes, monte dans
un landau de trotteurs Orlow, et entre à Ploïesti suivi de
tout son cortège.

Là, on attend que les boues se sèchent pour commencer les opérations. Le soir quelques tziganes raclent
du violon, sous les fenêtres de l'hôtel *Concordia*, résidence affectée provisoirement au souverain de la Russie
et à son état-major.

O ces Bohémiennes! aux yeux noirs, à effluves et à longs cils, à la taille prise dans une large ceinture rouge! Quel feu! Quel magnétisme! Quels poètes que ces Bulgares, pour se faire interpréter par ces brunes folâtres à la mine si éveillée!!!

Si nous passons maintenant à Braïla, le général Zimmermann, qui commande le 14e corps d'armée, assiste aux derniers travaux du pont qui doit servir au passage des troupes russes. Ce dernier commence sur la rive roumaine, par une amorce en chevalets posant sur les parties de la terre ferme inondées par les eaux du Danube; le milieu du pont qui représente l'espace occupé par le lit du fleuve, est construit au moyen de radeaux en madriers. Une flottille de vapeurs se trouve aux abords du faubourg de Chècet; elle est aidée par quatre *sleeps* (chalands), sur lesquels on a construit des murs en madriers, blindés en tôle. Ces *sleeps* sont de vrais blockhaus flottants; ils sont munis de pièces d'artillerie, et dans le revêtement du pont des meurtrières ont été ménagées pour protéger l'infanterie.

Le passage du corps d'avant-garde russe s'effectue à Braïla le 24 juin; et à Galatz, le 26. Les cosaques, les chevaux, l'artillerie traversent le Danube sur des radeaux; chaque radeau porte un canon, vingt cosaques et leurs chevaux. Mais le gros des forces russes franchit le fleuve à Zimnitza, où doit s'établir le quartier général du commandant en chef.

Est-ce bien une ville que cette bourgade de trois cents maisonnettes couvertes de chaume, et entourées de palissades vermoulues. Une poussière suffocante prend à la gorge. Siroco perpétuel qui dure toute la belle saison, et remplace la boue qui défonce les chemins, pendant la saison d'hiver. Sistova n'est pas loin; on en aperçoit les maisons blanches qui s'étendent sur une rive élevée et

Ce n'est pas de la joie ; mais du délire, de la frénésie... (Page 115.)

boisée dont le point culminant mesure une altitude de 275 mètres.

Le 28 juin, Alexandre II recevait à Dratcha une dépêche laconique de son frère, ainsi conçue : *Victoire complète — Sistova est à nous.* L'empereur répondit immédiatement en envoyant la croix de Saint-Georges au commandant en chef. L'allégresse est grande dans les camps russes. Ce n'est pas de la joie ; mais du délire, de la frénésie. On s'embrasse, on se félicite, on crie hourrah pour l'empereur, pour ses fils, pour la sainte Russie, pour le grand-duc Nicolas ; on remercie Dieu de la victoire remportée et quand on apprend que le frère du tsar a reçu la croix de Saint-Georges, les généraux se réunissent, se rendent auprès du grand-duc Nicolas et le portent en triomphe.

On trouverait difficilement une armée plus enthousiaste que l'armée russe aux heures de réjouissance.

* * *

Après avoir forcé le passage du Danube à Zimnitza et Sistova, le quartier général russe n'avait que deux partis à prendre : jeter le gros de son armée au cœur du quadrilatère bulgare, pour y manœuvrer, se rendre maître de la partie orientale du village et du Danube, et chercher à tendre la main aux troupes qui opéraient dans le Dobrutscha (général Zimmermann) ; ou encore se porter vers le passage principal de la chaîne des Balkans conduisant à Andrinople, s'en emparer, et se jeter ensuite dans la Bulgarie orientale pour prendre l'offensive contre les troupes ottomanes qui opéraient de ce côté.

Pour l'une ou l'autre de ces deux opérations, la ligne de la Jantra où Yantra était d'une importance capitale pour l'armée russe. Cette rivière prend sa source dans

le Balkan de Schipka, et se jette dans le Danube à
Krivna, après un cours des plus sinueux à travers une
vallée resserrée, allant en s'élargissant progressivement
de Tirnova, où elle forme un long défilé de sept kilomètres jusqu'à Biela où elle n'a plus qu'une largeur de
deux cents pas. Sa profondeur normale est de 1 mètre à
sa source, d'au moins 2 mètres à Biela et de 3 à 4 mètres
à Novigrad-Krivna. Sa rapidité est assez considérable ;
de 1^m5 par seconde à Biela, point au-delà duquel elle dé-
croît rapidement et est presque nulle à son embouchure.

De là, la nécessité de diviser l'armée russe en quatre
groupes : armée de l'Est ou de Routschouk, commandée
par le grand-duc héritier Alexandre-Alexandrovitch ;
armée de l'Ouest ou de Nicopolis ; armée du Sud, ou de
Balkan (lieutenant-général Gourko) ; armée du bas Danube ou de la Dobrutscha (lieutenant-général Zimmermann).

.*.

Le quartier général de Sistova est des plus primitifs :
c'est une simple tente dépourvue du confort le plus
élémentaire. Les gens du pays s'extasient sur la bien-
veillance et l'affabilité du grand-duc héritier, qui pousse
la condescendance jusqu'à assister aux jeux et aux danses
de la jeunesse bulgare.

De Sistova aux Balkans, la Bulgarie forme un vaste
quadrilatère coupé à l'est par la vallée encaissée de la
Yantra, à l'ouest par l'Osma, pour monter ensuite par
une pente insensible jusque vers la chaîne de montagnes
au pied de laquelle est bâtie Tirnova.

Le premier objectif de l'armée russe devait donc être
de s'emparer de ce plateau, puis d'assurer ses flancs, en

envoyant un corps d'armée contre Routschouk, et un autre contre Nicopolis.

Toutes les routes qui conduisent de Sistova à Routschouk traversent la Yantra ; mais il n'y a sur tout le parcours de cette petite rivière qu'un seul point pouvant être utilisé pour une opération militaire de quelque importance ; c'est le pont de Biela, qui est pour ainsi dire la clef de la Yantra inférieure. Toutes les autres voies ne communiquent d'une rive à l'autre que par des gués incertains, ou au moyen de bacs très primitifs.

Un pont de pierre bâti par Midhat-pacha, lorsqu'il était gouverneur du vilayet du Danube, relie à Biela la rive gauche à la rive droite de Yantra, continue la route qui va de Routschouk à Tirnova. Au sortir de Biela, cette route se bifurque en trois embranchements se dirigeant : l'un sur Sistova (45 kilomètres) ; l'autre sur Plewna (105 kilomètres) et le troisième sur Tirnova (50 kilomètres). Un assaillant qui se dirige de ces trois points sur Routschouk, doit donc nécessairement passer par Biela, dont la situation au point de jonction de quatre routes a une importance stratégique considérable. L'occupation de ce point était d'une nécessité absolue pour les deux armées belligérantes. Les Turcs en le défendant à outrance, auraient certainement retardé la marche de l'envahisseur, et pu lui causer de sérieux embarras ; — les Russes, en passant la Yantra en ce point, se donnaient de l'air pour conduire et mener à bien leurs opérations ultérieures contre les forteresses du quadrilatère de la Bulgarie. En cas d'insuccès, ils pouvaient s'y arrêter, s'y retrancher et y attendre, sur la défensive, l'attaque de l'armée ottomane.

La rive droite de la Yantra présente de grands avantages pour une défensive opiniâtre. Le terrain à Biela s'élève en pentes très escarpées, et, dans certains endroits, tombe presque à pic sur le lit du fleuve. La **rive** gauche n'est formée que de terres labourées descendant en pente douce jusque sur les bords de la rivière. Une petite auberge (en turc *Han*) située à la sortie du défilé du pont en occupe les abords. Cette auberge, composée d'un corps de bâtiment très solide à un seul étage, est renfermée dans une cour carrée de 25 mètres environ, entourée d'un mur crénelé de 2ᵐ50 de haut.

Ce point de passage pouvait donc être très facilement défendu par les Turcs, d'autant plus que le terrain s'y prêtait merveilleusement. Des travaux de campagne peu importants, tels qu'un épaulement de batterie de campagne et quelques tranchées-abris sur la rive droite, auraient suffi pour arrêter l'armée russe de l'Est. Dans le cas où les défenseurs du pont de Biela eussent été obligés de battre en retraite, il leur était facile en se retirant de faire sauter le pont au moyen de la dynamite et de mettre entre eux et leur adversaire un obstacle de premier ordre.

Rien de tout cela ne fut fait, et le grand-duc héritier a pu ainsi occuper Biela, sans y rencontrer de résistance sérieuse.

*
* *

L'armée que commande Alexandre-Alexandrovitch se compose des XIIᵉ et XIIIᵉ corps d'armée dont la composition est la suivante :

XIIᵉ corps, lieutenant général Vanowsky *remplacé peu après par le grand-duc Vladimir, fils de l'empereur.*

12ᵉ division d'infanterie, lieutenant-général de Firsk ;

1ʳᵉ brigade, 45ᵉ régiment d'Azow ; 46ᵉ régiment du Dniéper

2ᵉ brigade, 47ᵉ régiment de l'Ukraine ; 48ᵉ régiment d'Odessa ;

12 brigade d'artillerie montée.

33ᵉ division d'infanterie, Général-major TIMOLEIEF :

1ʳᵉ brigade, 129ᵉ régiment de Bessarabie ; 130ᵉ régiment de Kerson ;

2ᵉ brigade, 131ᵉ régiment de Tiraspol ; 132ᵉ régiment de Bender ;

3ᵉ brigade d'artillerie montée.

12ᵉ division de cavalerie, général-major ARNOLDI :

1ʳᵉ brigade, 12ᵉ régiment de dragons de Starodoub ; 12ᵉ régiment de lanciers de Bielgorod.

2ᵉ brigade, 12ᵉ régiment de hussards d'Akhlyrka ; 12ᵉ régiment de cosaques du Don.

19ᵉ et 5ᵉ batteries d'artillerie à cheval de cosaques.

XIIIᵉ corps, lieutenant-général HAHN.

13ᵉ division d'infanterie, lieutenant-général PROKHOROW :

1ʳᵉ brigade, 1ᵉʳ régiment de la Néva ; 2ᵉ régiment de Sophia ;

2ᵉ brigade, 71ᵉ régiment de Bielewski ; 72ᵉ régiment de Toula ;

13ᵉ brigade d'artillerie montée.

34ᵉ division d'infanterie, général-major BARANOW :

1ʳᵉ brigade, 137ᵉ régiment de Niéjine ; 138ᵉ régiment de Volkhow.

2ᵉ brigade, 139ᵉ régiment de Morchansky ; 140ᵉ régiment de Zaraïsk.

34ᵉ brigade d'artillerie montée.

13ᵉ division de cavalerie :

1ʳᵉ brigade, 13ᵉ régiment de dragons de l'ordre militaire ; 13ᵉ régiment de lanciers de Vladimir.

2ᵉ brigade, 13ᵉ régiment de hussards de Narva; 13ᵉ régiment de cosaques du Don.

20ᵉ batterie à cheval et 6ᵉ batterie à cheval de cosaques.

*
* *

Le 5 juillet, la 12ᵉ division de cavalerie (général Arnoldi) quittait Pavlo, quartier général du XIIᵉ corps, pour se diriger sur Biéla.

La campagne n'est guère pittoresque : un peu de verdure, quelques arbres et de rares maisonnettes d'un aspect misérable ; voilà ce que l'on rencontre le long de la route qui serpente à travers des hauteurs admirablement disposées pour une embuscade. Rien qu'en y plaçant deux mille hommes, les Turcs pouvaient interdire le passage de ces gorges aux troupes russes, quand bien même elles eussent été cent mille pour les franchir. De loin on aperçoit une série de sépultures élevées à des soldats tombés dans les guerres qui ont bien des fois désolé les rives danubiennes. Un télégraphe borde la route qui est exécrable dans bien des parties.

Les Turcs n'avaient pas même songé à occuper ces hauteurs, et la division Arnoldi arrivait, sans tirer un coup de fusil, au point culminant d'où l'on découvre toute la vallée de la Yantra, au milieu de laquelle est coquettement assise la ville de Biéla.

Des renseignements recueillis en route annonçaient la présence d'un détachement turc retranché dans la petite auberge située à l'entrée du pont. Quelques dragons de Starodoub se portent en avant, éclairent la marche de la colonne et fouillent le terrain. On ne trouve dans le *han* qu'une poignée de Tcherkesses qui n'essaient même pas de se défendre, et battent en retraite, laissant la route libre aux dragons russes qui franchissent sans

encombre le pont de Biela, le général Arnoldi en tête,
pendant que la rivière en amont de la ville était explorée
par les hussards d'Akhtyr.

La ville de Biéla fut trouvée inoccupée ; quelques dragons déployés en tirailleurs suffisent pour déloger les
Turcs des postes qu'ils occupaient sur les hauteurs.
Toute cette affaire n'avait coûté aux deux partis qu'une
perte de cinq à six hommes mis hors de combat.

Ainsi fut enlevée la ligne inférieure de la Yantra qui, de
l'avis des hommes de guerre compétents, ne devait être
conquise qu'au prix des plus grands sacrifices.

Le général Arnoldi fit camper ses troupes sur les hauteurs et s'y fortifia, en attendant l'arrivée de l'infanterie.
Les chevaux furent conduits à un abreuvoir en bois, ali-
menté par une fontaine de pierre située au centre de
Biela. L'eau était claire et limpide. Des soldats qui avec
des seaux, qui avec des bidons, se désaltèrent avant de
retourner au bivouac. En dehors de l'abreuvoir, ces
derniers ont organisé une espèce de réservoir, où ils
vont se baigner ; plus loin, une série de blanchisseuses à
moustaches font la lessive, lavent le linge pendant que
d'autres l'étalent sur le gazon, pour le faire sécher.

L'auberge du pont a été évacuée par son propriétaire ;
des images orthodoxes sont suspendues aux murs de la
chambre du rez-de-chaussée, habitée par une famille
bulgare qui offre le pain et le sel aux nouveaux venus ;
ainsi que du pain bis et une jatte de lait. Une petite
lampe suspendue par une chaîne de métal brûle au-dessus d'une table basse à la turque. Le mobilier n'est pas
fameux, tant s'en faut : une natte, un divan-lit, un poêle
à la russe ; pas de chaises ; quelques assiettes en forme
d'écuelles, des cuillères de bois. L'ornementation des
murs se compose en outre d'images saintes, encadrées de
métal blanc, d'un certain nombre d'affreux dessins colo-

riés, fabriqués à Routschouk : l'un représente le siège
de Silistrie, un autre a la prétention d'être le portrait
d'Abdul-Azis ; un troisième, de provenance russe, représente tant bien que mal l'empereur Alexandre II et sa
famille.

La ville de Biéla est à peu près déserte. Les quelques
indigènes que l'on y rencontre sont pauvrement vêtus :
un pantalon et un gilet de coupe turque, en gros drap
marron clair, une grossière chemise de toile, un bonnet
fourré sur lequel est fixée une croix blanche, des bottes à
la turque et un manteau de gros drap gris.

« Les femmes bulgares, — dit un témoin oculaire (1),
— sont loin d'être élégantes : un jupon avec un grand
tablier de couleur, et sur la tête un mouchoir rouge attaché derrière la nuque par un nœud sans apprêt. De longues nattes de cheveux et des colliers de verroteries com-
plètent leur costume, auquel elles ajoutent en hiver des
bottes et un paletot doublé de peau de mouton. »

Le 6 juillet, à cinq heures du soir, une partie de la 33e
division d'infanterie vient rejoindre les troupes du général Arnoldi, et le XIIe corps d'armée traverse Biéla par
fractions successives, prend position sur les hauteurs, à
droite et à gauche de la cavalerie.

*
* *

Marche sur Routschouk : 24-28 juin (5-9 juillet).

Le 9 juillet, le XIIe corps reçoit l'ordre de marcher sur
Routschouk. La cavalerie Arnoldi éclaire la colonne, et
rencontre à peu de distance de Biéla un fort détachement turc composé d'infanterie, de cavalerie et d'artillerie. Le 12e régiment de cosaques du Don (colonel
Tcherkisaloff), marche à la rencontre de la cavalerie tur-

(1) Dick de Lonlay.

que : lances et sabres se croisent en faisant quelques victimes. Mais les Turcs ne tardent pas à plier en démasquant cinq bataillons d'infanterie et plusieurs pièces de canon. Le feu s'engage de part et d'autre.

Les cosaques mettent pied à terre, et arrêtent la marche de l'infanterie turque. La lutte se poursuit avec acharnement. Sur ces entrefaites, les dragons de Starodoub se jettent sur le flanc droit de l'ennemi, pendant que les hussards d'Akhtyr chargent les batteries turques.

L'engagement, peu à peu devient violent et fait subir aux troupes russes des pertes très sensibles. Les Turcs ne se replient pas moins dans la direction de Routschouk et la route, débarrassée des partis ennemis qui lui barrent le chemin, permet à l'armée du tsarevitch de continuer sa marche et de s'avancer vers la forteresse dont nous allons donner sommairement une idée de la valeur militaire.

La forteresse de Routschouk, chef-lieu du vilayet du même nom, au confluent du Danube et du Lom, est située sur le bord d'un haut plateau dont la berge septentrionale tombe presque à pic sur le fleuve qui, en cet endroit, est partagé en deux bras; le plus large situé sur la rive turque, formant une île longue d'environ 700 pas. Elle barre les communications de Varna à Schumla et de Tirnova à Bucharest; elle ferme le cours du fleuve, vers le nord-est, et est le point d'appui de l'aile gauche du quadrilatère bulgare.

Le noyau de la place se compose d'une enceinte fortifiée continue qui enveloppe la ville de côté de la terre ; cinq batteries en défendent l'approche du côté de l'eau et de grands ouvrages extérieurs, en forme de couronne, couvrent les faubourgs du côté de l'est. L'enceinte principale du côté de la terre se compose de huit fronts bastionnés, d'après la méthode italienne, avec de longues courtines et des flanquements perpendiculaires à celles-ci.

Le profil est celui d'un parapet ordinaire, sans chemin de rempart, avec des fossés de 14 mètres de large et 6 mètres de profondeur. Les escarpes et les contre-escarpes sont en maçonnerie ; il n'y a ni glacis, ni ouvrages extérieurs autres que ceux du front de l'Est qui est lui-même bastionné et se compose de trois fronts avec trois bastions complets et un demi-bastion. Quatre portes font communiquer la ville avec l'extérieur ; la plus à l'est aboutit à la route de Silistrie, celle du sud fait communiquer la place avec la route de Schumla. Trois profondes tranchées conduisent au Lom et vont rejoindre la route de Tirnova. Toutes les communications, du côté de l'eau, sont masquées par des ouvrages extérieurs.

La gare du chemin de fer de Varna se trouve près du fleuve devant l'ouvrage extérieur à couronne. A partir de ce point, la voie ferrée passe sous un tunnel, et croise la route de Silistrie.

Une ceinture d'ouvrages détachés couvre le pont de terre entre le Danube et le Lom, à environ mille mètres de l'enceinte principale. Sur les hauteurs dominantes du sud, se trouvent trois forts étoilés ; à l'est, cinq redoutes en terre ; au centre, un grand fort étoilé et trois redoutes. En 1876, ces différents ouvrages, construits en terre, tombaient en ruines ; ils n'ont été réparés qu'au moment de la guerre. Les Turcs exhaussèrent les parapets des ouvrages situés à l'est (dans le voisinage de la gare) et au sud ; y établirent des traverses à l'intérieur et améliorèrent leur propriété défensive ; y construisirent une deuxième ligne d'ouvrages détachés à un kilomètre de distance en avant de la première, et une troisième composée de deux ouvrages avancés situés au sud et au sud-est. Enfin, ils élevèrent des abris couverts dans tous les ouvrages détachés et, en arrière de ceux-ci, des huttes recouvertes de terre, pour y loger la garnison.

Les batteries du Danube étaient armées de pièces Krupp, de 15 centimètres, se chargeant par la culasse ; l'enceinte était armée de 80 pièces de différents calibres. Dans les ouvrages détachés, il y avait de 100 à 210 pièces, dont 20 du système Krupp, se chargeant par la culasse.

Des deux corps d'armée, sous les ordres du tsarevitch Alexandre, le XIIe avait pour mission d'investir Routschouk, et d'entreprendre le siège, avec le concours de la grosse artillerie installée sur l'autre rive du Danube, à Giourgewo et Solobodjia ; le XIIIe corps était chargé d'observer l'armée turque de Schumla, et de couvrir le corps d'investissement.

Quatre rivières qui se rejoignent en un seul tronc, avant de se jeter dans le Danube, portent le nom de Lom : ce sont, en allant de l'ouest à l'est : le Baniska-Lom, le Kara-Lom ou Tcerni-Lom (Lom noir) ; le Selenik-Lom et l'Ak-Lom (Lom blanc). Le pays est constitué par un enchevêtrement de collines, couvertes de bois et faciles à défendre.

Nous allons exposer succinctement les opérations offensives de l'armée russe, de ce côté, du 5 au 30 juillet.

Après la prise de Biéla (23 juin/5 juillet), le corps de Routschouk (XIIe) se porte de la Yantra sur la ligne du Kara-Lom et de l'Ak-Lom, afin de couvrir le flanc gauche de l'armée russe de l'est. Des corps volants et des reconnaissances soutenues en arrière par des détachements composés de troupes de toutes armes, enlèvent des convois, exécutent des *raids*, coupent les voies ferrées et les communications télégraphiques, accentuant peu à peu leurs mouvements et poussant, dans les premiers jours d'août, leur ligne d'avant-postes jusqu'au Kara-Lom.

Il serait trop long d'entrer dans le détail de toutes les opérations du corps de Routschouk ; contentons-nous d'énumérer, en suivant l'ordre chronologique, les combats livrés par cette armée dans le courant du mois de juillet.

Le 23 juin/5 juillet, le jour même où cette armée enlevait Biéla, les cosaques d'avant-garde sont engagés avec l'ennemi, au village de Tcherstchek, près duquel ils enlèvent au convoi turc près d'une centaine de voitures. Trois jours après, nouvel enlèvement, par un parti de hussards, d'un convoi composé d'un millier de voitures, près de Tchaïrkieueï.

Du 13 au 14 juillet, des détachements de la 12ᵉ division de cavalerie, envoyés sur le Lom inférieur, détruisent le chemin de fer de Rasgrad-Routschouk, aux stations de Tchernovada et de Vetovo. Tout l'espace compris entre Rasgrad et Routschouk n'étant pas occupé par l'ennemi, le XIIᵉ corps peut investir la forteresse de Routschouk dès le milieu du mois de juillet. Quant au XIIIᵉ corps, il peut à la même date couvrir cet investissement, soutenu par la 8ᵉ division de cavalerie qui explore à sa droite. Ainsi, dès le 15 juillet, les deux corps russes de l'armée du tsarevitch occupaient les rives du Kara-Lom, sans y rencontrer de résistance sérieuse.

Le 5/17 juillet, les éclaireurs russes rencontrent un parti ennemi près de Pop-Kieuï ; escarmouche insignifiante qui se termine par la retraite de l'ennemi. Le 9/21 juillet, la cavalerie, dirigée par le grand-duc Vladimir en personne, pousse une reconnaissance sérieuse du côté de Kadi-Kieuï, détruit le réseau télégraphique de l'ennemi, et fait sauter la voie ferrée à l'aide de la dynamite. A la suite de ce coup de main, 7 escadrons et une batterie, sous les ordres du général Woronzof-Daschkow, arrivent jusqu'à Tchernovada, qui marque la ligne des avant-postes turques.

Le 22 juillet, le XII⁰ corps pousse ses avant-postes sur le Lom inférieur, entre Pirgos et Damogila, où s'établit le quartier général du grand-duc héritier. Et Dick de Lonlay de dire dans ses souvenirs, en parlant de ce dernier : « Le tsarevitch est adoré de son armée, qui est excellente, pleine d'entrain et d'enthousiasme. »

Pendant ce temps-là, le XIII⁰ corps s'était porté le 18 juillet sur la ligne Popkieuï-Solenik, face à Rasgrad et Eski-Djouma. Le 10/22 juillet, le général Manvelow rencontrait l'ennemi à Pissantza, et se heurtait, en ce point, à des forces turques considérables ; le 14/26 juillet, le général-major Tikhmeneff était engagé contre l'en-nemi, avec 7 compagnies et 8 bouches à feu, auprès du village d'Ezersi à 14 kilomètres de Rasgrad, l'en chassait et le rejetait dans la direction de cette ville, perdant 7 officiers et 241 hommes de troupe. Mais les Turcs étaient enveloppés par l'armée russe et menacés de perdre leur ligne de retraite.

L'armée russe de l'Est ou de Routschouk avait donc, en un mois, rejeté les Turcs de l'autre côté du Kara-Lom, obligé les défenseurs de Routschouk à se resserrer autour de la place, et réussi à assurer la sécurité du flanc gauche du gros de l'armée d'opérations de l'Est.

Rasgrad, où s'était refugiée l'armée turque, est une ville ouverte comme Plewna, et tout aussi importante que cette dernière ; elle n'est qu'à deux heures de marche de Routschouk, d'Eski-Djouma, de d'Osman-Bazar et de Tuturkaï dont elle est le nœud de communication. Cette ville était donc tout indiquée pour servir de base d'opé-rations à l'armée turque, et cependant, on n'y avait même pas ébauché une tranchée.

Que serait-il arrivé si les Russes avaient poussé vigou-reusement sur Rasgrad, en attaquant une position sans retranchements et une armée vaincue d'avance ? Mais le tsarevitch procédait avec la plus extrême prudence ; il déploya ses troupes le long du Kara-Lom, poussa ses avant-postes sur le Solenick-Lom que l'infanterie ne dépassa point, et donna tous ses soins au siège de Routschouk, son objectif de ce côté. Les cosaques détruisirent la station de Guvemli-Yenizekieuï, sur le chemin de fer de Routschouk à Varna ; firent sauter le pont de la voie ferrée, et complétèrent ainsi l'isolement de la place.

A la fin de juillet, l'armée russe de l'Est occupait une étendue de 80 kilomètres, sans réserves en arrière d'elle pour parer aux éventualités.

Pour transporter le gros matériel de siège sur la rive bulgare, il fallut installer un bac à vapeur à Parapan et à Pirgos ; les pièces de siège se firent attendre et ne purent arriver sous les murs de Routschouk, dans les emplacements qui leur étaient réservés, qu'à la fin d'août. Le prétendu siège de Routschouk se borna donc à des canonnades intermittentes entre les pièces mises en batterie à Giurgewo et Slobodjia, et l'artillerie de la place, pendant que la flottille russe entreprenait sur le Danube une série de reconnaissances dont la plus hardie est assurément celle qu'exécuta, le 2/21 juillet, le lieutenant Doubassoff.

***

Les souffrances qu'endurèrent les soldats russes pendant cette campagne, les hécatombes de Plewna, la mort de son cousin, le prince de Leichtenberg, devant Routschouk, laissèrent dans l'esprit du futur empereur Alexandre III des impressions profondes. Il comprit tout ce que la guerre avait de cruel, de barbare, et il se promit de ne jamais engager légèrement l'épée de la Russie.

« Elles sont atroces, ces luttes d'homme à homme,

Un cosaque vint annoncer au général Leonoff qu'on voyait un grand
nombre de Circassiens. (Page 140.)

pensait le tsarevitch. Au moment de l'action on saute in-
souciant au-dessus des cadavres ; le soldat rit en voyant
un voisin tomber d'une façon grotesque. Pour chacun, la
douleur se traduit différemment : celui-ci s'affaisse en
lançant un juron au moment où une balle vient lui fra-
casser la mâchoire ; celui-là se traîne sans rien dire au
pied d'un arbre, le bras brisé ; cet autre pousse un
cri strident, suraigu, lorsque le plomb fait *floch*, en s'in-
crustant dans les chairs. Puis, la lutte finie, si l'on passe
à travers le terrain où le combat s'est livré, chaque détail se présente dans son atroce réalité. Cet homme est à
terre, étendu les bras en croix, portant au front le trou
de la balle qui l'a terrassé ; il est presque beau. Celui-là
gît en forme de boule. Plus loin, c'est un amas de débris
qui n'a rien d'humain : une jambe, un bras, des lambeaux de chair, un fragment de botte, des morceaux de
fer : tout cela répandu dans une mare de sang. Tous
ces êtres humains, brisés à jamais, gémissent dans
toutes les langues ; aussi bien ceux qui lèvent les bras
pour réclamer un peu d'eau que ceux qui demandent une
main amie pour les achever d'un coup de fusil, ou d'un
coup de crosse.

Puis encore, lorsque la nuit arrive, les ambulances
se remplissent. Des maisons d'école, des églises servent
d'asile au travail des chirurgiens dans la chair humaine.
Un drapeau blanc marqué d'une croix rouge flotte au-
dessus du bâtiment ; des torches circulent autour des
bottes de paille, ou des matelas ensanglantés ; des médecins, un tablier autour des reins, les bras nus, rougis
par le sang, scient, coupent, tailladent. De temps à autre,
au milieu des beuglements et des invocations de toutes
sortes, un bras, une jambe, un paquet informe traversent la fenêtre ogivale ouverte, pour aller grossir une
masse sans nom jetée pêle-mêle, sur un gazon qui était

encore frais, il y a quelques heures seulement.

Qu'on parcoure ces mêmes lieux, huit jours après : des débris de cartouches indiquent les places occupées par les troupes ; la terre est devenue rougeâtre, boursouflée, granuleuse ; elle a bu du sang. Ici, ce sont des affûts brisés, des armes, des sacs, des bonnets, des casques... Là, des arbres coupés, brisés, criblés de balles ; des maisons percées à jour, des portes enfoncées, des champs ravagés ; plus loin, sur ce tertre, au milieu d'une couche de chaux, un bras, un pied qui n'ont pas été suffisamment enfouis, et que la pluie a découverts. — Partout, des papiers boueux sanglants ; lettres d'une mère, d'une épouse, d'une fiancée... Il y en a pour tous les goûts... Qui les a semées ainsi à plaisir ?... Les maraudeurs, — et il y en a dans toutes les armées.

II. — Opérations dans la vallée du Lom. — Le *Lom-Blanc* prend sa source à Rasgrad, traverse dans son cours supérieur une vallée large et bien cultivée, allant en se rétrécissant de manière à former en avant de Nisova, à son confluent avec le *Lom-Noir*, un défilé resserré entre des escarpements presqu'à pic ; son lit est à sec la plus grande partie de l'année ; sa largeur à Nisova est d'environ vingt-cinq pas ; sa profondeur moyenne de sept mètres. Cette rivière, dont la vallée n'est qu'un long défilé, est un obstacle sérieux à franchir ; car elle ne peut être traversée que sur les points où il existe des communications d'une rive à l'autre. Son affluent le plus important est le *Solenick-Lom* qui prend sa source au sud de Spahihar, dont la vallée marécageuse par endroits mesure de 300 à 500 pas, dont le lit a une largeur moyenne de douze à quinze pas, et dont la profondeur moyenne est de cinq mètres. Cette rivière n'est pas un obstacle sérieux à la marche des troupes.

Le *Lom-Noir* prend sa source à Yazlar ; son cours est

très sinueux ; sa vallée a une largeur de deux mille pas entre Yazlar et Popkieuï, et de 600 à 800 entre Opaka et Kaceljevo. Sa profondeur est de cinq mètres, en moyenne ; ses rives sont plates, basses et souvent marécageuses. Son seul affluent remarquable est le Banicka-Lom formé de la réunion de la *Tcherkotna,* de la *Sipa* et de la *Koprivtza* dont la vallée, resserrée entre de hautes montagnes escarpées et boisées, forme un long défilé, jusqu'à son confluent avec le *Lom-Noir.*

Il résulte de ce qui précède que la vallée du Lom, depuis le point de réunion des deux rivières qui le forment, n'est guère qu'un défilé continuel entre des hauteurs escarpées de plus de cent mètres d'élévation, et qu'il n'y a que la vallée du *Lom-Blanc* en avant de Nisova, et celle du *Lom-Noir,* depuis son confluent, avec le *Banicka-Lom,* qui soient une bonne ligne de défense, en s'appuyant par une de ses ailes à la place de Routschouk. Partout ailleurs, les affluents du Lom peuvent être traversés sans difficulté par l'infanterie et la cavalerie.

A partir du 18/30 juillet, jour où se livrait la deuxième bataille de Plewna, les Turcs, complètement battus et obligés de battre en retraite, reprennent l'offensive.

Au début, ce ne sont que les avant-gardes qui se rencontrent, que des colonnes volantes qui s'engagent l'une contre l'autre ; mais à partir du mois d'août, le gros de l'armée de Rasgrad entre en ligne.

Pendant la dernière quinzaine du mois de juillet, les Turcs essaient chaque jour de prendre l'offensive, le long du *Kara-Lom,* au nord dans la direction de Kadikieuï, au centre de Rasgrad à Sadina ; au sud, du côté de Yaslar, et sur la route d'Osman-Bazar ; toutes ces tentatives échouent complètement.

Le 13 août, une reconnaissance turque, composée de 700 cavaliers appuyés par de l'artillerie et de l'infanterie, se heurte à Jidina (12 kilomètres de Rasgrad) contre un escadron de hussards de Loubno, un bataillon d'infanterie et deux canons, et est obligée de battre en retraite, après avoir essuyé des pertes sensibles.

Deux jours après, les XII⁰ et XIII⁰ corps, commandés par le grand-duc héritier, s'avancent sur le Tcerni-Lom, poussant leurs avant-postes jusque sur le Beli-Lom, face aux troupes turques qui ont pris position sur les hauteurs à l'ouest de Rasgrad, couvrant l'espace compris entre Routschouk et Adakieuï, en suivant la ligne Schumla-Kadikieuï-Tourlak. Le général Hahn, qui commande le XIII⁰ corps d'armée, a son quartier général à Popkieuï, point de jonction de trois routes qui mènent à Schumla, Routschouk et à Biéla, et qui est après cette dernière ville la bourgade la plus considérable des vallées de la Yantra et du Lom.

* *
*

Combat de Yaslar-Kizilar (21-22 août). — Le 21 août, dès l'aube, deux bataillons russes quittent Yaslar, se dirigeant sur Kizilar par la hauteur boisée qui longe la vallée du Lom, et qui sépare celle-ci de la position de Yenikieuï occupée par les Turcs. Quelques postes d'observation seuls s'y trouvent ; ils se retirent sur Kizilar dès qu'ils aperçoivent les avant-gardes ennemies, cette hauteur n'étant pas comprise dans la ligne qu'ils doivent défendre. Les bataillons russes, en y arrivant, se déploient et essuient le feu des batteries turques postées sur le côté ouest des hauteurs de Kirizen. Quelques patrouilles descendent les pentes Est de la colline et un combat d'avant-postes s'y engage.

Il est neuf heures du matin lorsque cesse le combat d'artillerie ; le feu de mousqueterie entre alors en action. Vers onze heures, un officier d'état-major russe gravit la colonne, s'oriente et y amène, peu de temps après, une demi-batterie de quatre pièces qui ouvre immédiatement son feu contre les trois canons turcs placés en face d'elles. Pendant ce temps-là, les deux bataillons russes ont gravi le versant ouest de la hauteur, ont pris position à gauche de la demi-batterie russe, se sont déployés en colonnes de compagnie, ont pris le pas gymnastique, et disparaissent bientôt dans les fourrés de la partie boisée.

Arrivés dans le ravin, les Russes font une demi-conversion à gauche, se forment en colonne d'assaut, et enlèvent le premier versant de la montagne; à une heure et demie, l'infanterie turque est obligée de reculer, abandonnant la hauteur à son adversaire qui, de ce côté, devient maître du champ de bataille.

A ce moment, il peut être quatre heures de l'après-midi.

Pendant que se passaient à l'aile droite les événements que nous venons d'esquisser, le combat à l'aile gauche ne commençait qu'à midi, heure à laquelle quelques tirailleurs turcs se montrèrent du côté d'Arablar. Le combat de mousqueterie s'engage aussitôt et ne cesse que vers quatre heures de l'après-midi, pour faire place au feu de l'artillerie russe qui, postée à Kizilar, canonne vivement le flanc gauche de l'ennemi, le forçant à une retraite précipitée.

Les bataillons russes peuvent ainsi se former en colonne d'attaque et fondre sur l'ennemi qui vient de se renforcer de trois bataillons venant d'Eski-Djouma, sous la conduite de Salich-pacha. De ce côté le feu de mousqueterie dure jusqu'à huit heures du soir. Puis, tout rentre dans le silence, et à part quelques coups de fusil échangés entre les avant-postes et les patrouilles, on peut dire que rien ne troubla la nuit.

Ce combat de Kizilar fait le plus grand honneur à l'infanterie russe. Les Turcs y perdirent environ cent cinquante hommes; il y avaient engagé huit bataillons, un escadron, cent Tcherkesses et sept bouches à feu ; les Russes avaient mis en ligne six bataillons, un escadron et six pièces.

Si le général Hahn, au lieu d'engager peu à peu ses six bataillons, eût attendu leur réunion pour les déployer et se-porter en avant, peut-être aurait-il pu s'emparer de l'entrée la plus importante du défilé qui débouche sur Eski-Djouma.

Quant à Salich-pacha, frappé du danger que courait la position de Yenikieuï, tant que les Russes tiendraient à Yaslar, il fit attaquer ce village le 22, de grand matin. Une colonne turque passa le Lom et délogea de leurs positions les deux bataillons russes qui gardaient Yaslar. Le général Hahn, menacé dans Popkieuï, ordonnait alors au général Proskhorow, dont les mauvaises dispositions avaient gravement compromis sa division (1re du 13e corps), de reprendre Yaslar, coûte que coûte.

L'attaque sur ce point recommence à l'entrée de la nuit ; elle est tentée par sept bataillons des régiments de la Néva, de Sophia et de Balkhof ; à dix heures du soir, la position était enlevée.

Mais l'ennemi, qui a massé sur ce point seize à vingt bataillons, attache une telle importance à la possession de Yaslar qu'il tente huit attaques successives pour reprendre les hauteurs. Le lendemain matin, les sept bataillons russes, épuisés par une lutte acharnée qui a duré toute la nuit, après une journée de fatigue, mourant de soif, accablés par une chaleur torride, abandonnent la position que jusque-là ils ont défendue avec tant de courage. Ils se retirent à trois kilomètres plus loin, vers Sultankieuï, afin de couvrir Popkieuï.

La victoire de Yaslar dégageait Rasgrad, refoulait l'aile droite de l'armée russe, fournissait à Mehemet-Ali des renseignements précieux sur la dislocation de celle-ci et achevait de réconforter le moral des troupes ottomanes.

Pendant la dernière semaine du mois d'août, les Turcs firent encore trois reconnaissances, pour tâter le front de la ligne russe : une le 25 sur Sadina ; une le 26 sur Spahilar ; la troisième, le 27, sur Kadikieuï. Les deux premières servirent de prétexte et de préambule à la bataille de Karahassan-kieuï, livrée le 30 et que nous allons raconter.

*
* *

Combat de Karahassan-kieuï (30 août 1877). — A cette date, l'armée du tsarevitch s'étendait de Routschouk à Tirnova, décrivant une courbe renflée, en face de Rasgrad et d'Eski-Djouma. Le XIIᵉ corps face à Routschouk formait l'aile gauche ; le XIIIᵉ corps, face à Eski-Djouma, le centre, et le XIᵉ corps, le centre, face à Karavitza. Cette ligne était trop étendue : une lacune de douze à treize kilomètres existait entre les XIIᵉ et XIIIᵉ corps d'armée, en face de Rasgrad, là précisément où se trouvait le gros de l'armée turque. La lacune était plus forte encore entre les XIIIᵉ et XIᵉ corps, en face d'Osman-Bazar, et les détachements volants qu'on y envoyait étaient trop faibles pour défendre certains points menacés, tels que : Solenik, Kaceljevo et Kostanza.

Le métier de la guerre, dans ses applications multiples, demande une improvisation perpétuelle, un esprit décidé, un coup d'œil prompt ; Mehemet-Ali, si heureux dans sa récente victoire de Yaslar, allait l'apprendre à ses dépens. Il n'osa pas, ne sut pas frapper un coup décisif, et perdit ainsi tout le fruit de ses combinaisons qui consistaient à jeter Suleyman-pacha avec 35,000 hommes dans la trouée entre les XIe et XIIIe corps, pendant qu'il se jetterait lui-même entre le XIIIe et XIIe corps, et d'écraser ce dernier entre Suleyman et lui, de façon à arriver à Biéla avant le XIIe corps russe. C'étaient 60,000 Russes qui allaient avoir 100,000 Turcs sur les bras.

Mehemet-Ali n'osa rien. Au lieu de tenter la fortune, et d'essayer de battre isolément les XIIe et XIIIe corps, il préféra peser sur la ligne russe par des opérations partielles, sans grandes envergures, ramenant l'armée du tsarevitch, jusque sur la ligne de partage des eaux entre la Yantra et le Banicka-Lom, évitant de le gêner dans sa retraite, et ne s'arrêtant pour lui livrer bataille que le jour seulement où l'armée russe, suffisamment concentrée, put l'accepter avec l'avantage de la position.

Le 28 août, le généralissime turc était venu au camp de Schumla, après une tournée d'inspection à Rasgrad et à Eski-Djouma. Salich-pacha avait reçu l'ordre de se concentrer entre Sarnasouflar et Yenikieuï, et la division de Nedjib-pacha de se porter de Rasgrad dans la direction de Baschister. Ce sont les mouvements de ces escarmouches qui donnent lieu, le 29, aux escarmouches de Sadina et de Spahikar. Ce même jour, Mehemet-Ali se transportait à Sarnasouflar, et prenait ses dispositions pour le combat qui allait se livrer le lendemain. Voici quelles étaient alors les positions des deux adversaires :

Les positions russes étaient Sultankieuï, où s'était concentrée la 1re division après son échec de Yaslar ; Popkieuï, quartier général du XIIIe corps. La ligne se rapprochait ensuite du Lom, passait par Haïdarkieuï et Gagova, quartier général de la 35e division d'infanterie (général Baranow) ; en face de Gagova, elle traversait le

Lom, passait par Karahassan-kieuï et finissait à quinze
kilomètres de cette dernière position, à Sadina et Kizil-
Moura. Le nœud de ces positions était Karahassan,
objectif de Mehemet-Ali.

Les lignes turques s'étendaient sur la rive droite du
Kara-Lom, de Yaslar à Kizilar, et occupaient une suite
de hauteurs escarpées et fortifiées dans différents endroits, surtout en face de Sultankieuï et de Popkieuï.
L'artillerie turque dominait les positions russes ; mais à
partir de Karahassan, village construit au nord du plateau qui contourne la rivière, les Russes commandaient
à leur tour la vaste plaine qui s'étend de Baschister à
Sadina, par laquelle les Turcs devaient les attaquer. Au
moment de la bataille, cette plaine était couverte d'immenses champs de blé et de maïs ; les pentes de la montagne et le plateau sur lesquel est bâti Karahassan
étaient également couverts de cultures, sauf quelques
bouquets de bois parsemés çà et là. Tout ce pays est
mamelonné, mais on ne le dominait d'aucun côté, ce
qui en rendait la défense excessivement facile, d'autant
que le tsarevitch avait ordonné de fortifier Karahassan-kieuï, au moyen de batteries, et de couvrir Sadina, par de nombreuses tranchées abritant des tirailleurs.

Le général Leonoff, qui commande la 2ᵉ brigade de
la 8ᵉ division de cavalerie, y faisait depuis un mois le
service très fatigant des avant-postes. Les mouvements
de l'armée turque lui ayant été signalés, on lui avait envoyé il y avait peu de jours le régiment de Zaraïsk, de
sorte que lorsque s'engage la bataille du 30 août, il n'a à
sa disposition pour défendre la ligne qui va de Karahassan à Kizil-Moura, qu'environ 3,000 hommes d'infanterie,
dix canons et cinq cents cavaliers (hussards de Loubno
et cosaques du Don). C'est avec ces faibles forces qu'il

résiste énergiquement toute une journée, contre douze mille Turcs déployés en lignes.

Mehemet-Ali a disposé ses troupes comme il suit : à l'aile gauche la brigade Assim-pacha, postée en face de Popkieuï et de Sarnasouflar ; à l'aile droite, la brigade Sabit-pacha, en face de Haïdarkieuï, menaçant Karahassan ; au centre, une brigade de la division Nedjib-pacha, chargée de faire sa jonction avec la brigade de Sabit, en face de Karahassan. Assaf-pacha et une brigade égyptienne étaient en réserve sur le Sahar-Tépé, et se tenaient à la disposition du généralissime turc.

Le 30 août, à huit heures du matin, un cosaque vint annoncer au général Leonoff qu'on voyait un grand nombre de Circassiens, au travers des bois qui entourent Sadina. Le village n'a qu'une rue : deux files de masures allant en s'espaçant à droite et à gauche de la route ; mais là, au coude que fait la route, les prés s'élargissent, de grands arbres couvrent le fond de la vallée d'ombrages qui en rendent les abords dangereux.

A droite et à gauche, des bois épais montent sur les pentes, emplissent l'horizon d'une mer de verdure. Un ruisseau du nom de Bulbück descend des bois de Sadina, et il semble, en y pénétrant, qu'il prenne le froid des feuillages sous lesquels il circule ; il apporte aux sentinelles russes l'ombre glacée et recueillie de la forêt, et les bruits murmurants des eaux courantes qui chantent sous la feuillée. En bas, les prairies sont trempées. Au bord des prés, de longs rideaux de platanes séculaires alignent leurs tentures bruissantes. Dans cette terre continuellement arrosée, les herbes grandissent démesurément ; c'est comme un fond de parterre, entre deux coteaux boisés. Les prairies en sont les pelouses, les arbres géants en dessinent les colossales corbeilles. Quand le soleil marque midi, les ombres bleuissent, les herbes dorment dans la chaleur ; un frisson glacé passe sous les feuillages.

Comprenant qu'il pouvait être attaqué par les bois, le tsarevitch Alexandre prescrit au général Leonoff de porter immédiatement sa cavalerie sur les deux flancs de la montagne qui descend de Sadina, pendant que l'artillerie cosaque, se portant en avant à travers les bois, établirait deux de ses canons à gauche, dans un champ de blé, sur la crête de la hauteur, et deux autres à droite, près de Karahassan.

Les premiers coups de canon sont tirés par les Turcs : c'est le signal du combat ; le XIII° corps russe s'ébranle et marche à l'ennemi.

Pendant ce temps-là, la division Nedjib a traversé le Lom à gué, à quatre kilomètres en avant de Sadina que les Turcs occupent vers une heure et demie de l'après-midi.

L'artillerie russe abandonne alors ses premières positions, cesse son feu, et se porte plus au sud, vers Karahassankieuï. De ce côté, la brigade Sabit (cinq bataillons) s'est déployée à l'ouest de Bachister, vers deux heures de l'après-midi, et marche en deux colonnes sur Haïdarkieuï et Karahassankieuï ; la première composée de deux bataillons ; la deuxième de trois ; toutes les deux couvertes de front et en flanc par une ligne de Tcherkesses, et manœuvrant en liaison avec la division Nedjib.

Deux escadrons russes de la division Leonoff se portent à la rencontre de ces derniers, et des deux côtés, on combat avec un égal acharnement ; les Turcs parviennent à repousser l'infanterie russe derrière ses tranchées-abris. Le mouvement en avant des Turcs s'arrête là.

Il est alors trois heures et demie de l'après-midi.

A ce moment-là, un orage de poussière dans la direction ouest de Karahassankieuï annonce l'arrivée des renforts russes ; un régiment de cavalerie russe, suivi de quatre pièces d'une batterie à cheval, arrivait de Gagova. Les pièces sont mises en batterie : deux au nord, deux à l'est de Karahassan, et arrêtent la marche en avant de la brigade Sabit. Un moment de calme relatif succède à l'acharnement de la lutte des premières heures de la journée. Sabit en profite pour se rapprocher de Karahassan, et Nedjib-pacha pour rallier ses troupes et se préparer à une nouvelle attaque. Mais par un oubli inexplicable, il n'appelle pas sa brigade de réserve, commandée par Assaf, et semble s'obstiner à vouloir prendre Karahassan à lui tout seul. Sabit opère néanmoins sa jonction avec sa brigade de droite. La fusillade ne tarde pas à s'engager sur toute la ligne ; le combat continue avec des chances variables et, à quatre heures et demie, l'avantage était du côté des Russes qui gardaient leurs positions et faisaient rétrograder les Turcs.

Le moment était arrivé pour Mehemet-Ali de faire venir des renforts. Du haut du Sahar-Tépé, il a suivi les péripéties de la lutte. Il faut en finir ; l'ordre d'un assaut général est donné. La division Nedjib doit assaillir le plateau de Karahassankieuï par le nord ; la brigade Sabit avec les réserves, par le sud-est. Ces troupes s'avancent rapidement vers Karahassan, soutenues à l'aile gauche par six bataillons que commande Backer-pacha.

La batterie russe de Haïdarkieuï ouvre son feu contre les pièces turques établies sur le Sahar-Tépé.

L'attaque générale de Karahassan a lieu vers cinq heures. La brigade Assim-pacha attaque la position en flanc ; les divisions Nedjib et Sabit l'attaquent de front, et la brigade Assaf s'engage à l'extrême droite.

Une brigade russe se montre au loin, sur la route de Biéla, venant au secours de Leonoff. Backer-pacha se porte contre elle, et la courageuse garnison de Karahassan est isolée et prend seule part au combat. Elle n'en résistera pas moins pendant plus d'une heure, faisant bravement son devoir, jusqu'au bout. Sans secours et écrasé par le nombre, le général Leonoff se décide enfin à évacuer le plateau et à se retirer sur Gagova.

Pour bien apprécier ce combat de Karahassankieuï, il est nécessaire de faire remarquer que les troupes russes se battirent pendant six heures contre un ennemi trois fois supérieur en nombre ; et que, de plus, la longueur de la ligne de défense, coupée en deux parties par une rivière, rendait très difficile la communication entre les troupes et leurs réserves.

Quoi qu'il en soit, la prise de Karahassan-kieuï par les Turcs rendait intenables les positions que les Russes occupaient à Opaka et à Gagova.

Le grand-duc héritier, dont le quartier général était à Hodjekikieuï, le comprit, et, accourant le lendemain à Gagova, ordonnait à la 35e division russe de se retirer sur Palamartza. Ce fut là tout le résultat stratégique immédiat de la bataille du 30 août.

*
* *

Combats de Kaceljevo et d'Ablava : 5 septembre. — La journée de Karahassan avait eu pour conséquences de forcer l'aile gauche russe à se replier en arrière et préparait ainsi la séparation des XIIe et XIIIe corps d'armée, séparation qui était l'un des objectifs de Mehemet-Ali. Restait l'aile droite formée par le XIIe corps qu'il fallait aussi faire reculer. Cette aile droite, répartie à Kaceljevo, à Ablava, et entre ces deux localités, se composait de

la 33ᵉ division d'infanterie (général-major Timolaïew) ;
de la brigade de la 12ᵉ division de cavalerie (général-
major Arnoldi).

Jetons un coup d'œil sur le terrain. Le plateau de
Kaceljevo est très escarpé du côté de la vallée du Solenick-Lom ; le terrain n'est pas favorable à une défense
opiniâtre, en ce sens que la vallée est très étroite, que
les pentes y sont très raides et que les nombreuses ondu-
lations du sol sont des couverts tout indiqués pour
mettre l'assaillant à l'abri des coups de feu du défenseur.
Mais cet inconvénient est compensé par le champ de tir
étendu qui règne tout le long de la vallée. Deux mauvais chemins y conduisent et, l'un et l'autre sous le feu
des défenseurs, rendent tout mouvement en avant
de l'assaillant presque impossible, tellement le terrain
est coupé. Quant à la position de Kaceljevo, en elle-
même, elle est située sur la rive droite du Lom et protégée par des ouvrages assez considérables, constituant
trois lignes de défense occupées par une batterie d'artillerie, trois escadrons du régiment Bender et trois escadrons du 12ᵉ dragons, sous les ordres du général
Arnoldi. Cette position avait son importance ; elle couvrait la route du Lom à Ostritza et à Stroko, et barrait
aux Turcs le passage de la rivière.

Le premier soin du tsarevitch fut donc de renforcer
les troupes qui gardaient le pont, en y envoyant successivement, du 31 août au 4 septembre, trois bataillons du
régiment de Kherson, trois *sotnias* de cosaques.

Le gros des forces russes se tenait à Ablava, prêt à
tout événement, savoir :

7 bataillons ;
33 pièces d'artillerie à pied ;
6 pièces d'artillerie à cheval ;
4 mitrailleuses.

Les régiments qui occupent cette position sont :

Le 129ᵉ régiment d'infanterie de Bessarabie ;

Le 131ᵉ   —   —   de Tiraspol ;

Le 1ᵉʳ bataillon du régiment de Kherson ;

Les 2ᵉ, 3ᵉ, 4ᵉ et 6ᵉ batteries de la 33ᵉ brigade d'artillerie, avec ses mitrailleuses ;

La 19ᵉ batterie à cheval ;

Le 12ᵉ régiment de lanciers de Belgorod.

La ligne de défense de l'armée russe s'étendait ainsi en demi-cercle du Beli-Lom au Tcerni-Lom. La ligne de retraite était indiquée sur Strocko.

Le 5 septembre, à quatre heures du matin, une batterie russe ouvre le feu contre le camp turc que l'on aperçoit.

Bientôt, tout là-bas, derrière ce rideau de collines dénudées qui dominent le plateau, on entend le roulement des voitures de l'artillerie ennemie, et à peine si l'aube matinale éclaire l'horizon que des éclairs lumineux, rapides, traversent l'espace, marquant l'emplacement des batteries turques qu'entourent de petits flocons de fumée blanche qui s'élèvent en moutonnant. Des éclairs jaillissent au ras du sol, presque coup sur coup.

La surface de la terre, d'un vert profond, s'est débarrassée des ombres de la nuit et n'attend que les premiers rayons du soleil pour étinceler d'un joyeux éclat et dorer les champs de maïs. Dans le camp russe, l'activité du jour a remplacé peu à peu la tranquillité de la nuit. Ici, un détachement de soldats va renforcer l'action des troupes placées en première ligne ; on entend cliqueter leurs fusils ; un médecin se dirige au galop de son cheval vers le lieu de son ambulance ; un *moujick* se tourne vers l'orient et fait sa prière, avant de prendre son rang dans la colonne qui tout à l'heure marchera à l'ennemi. Là, un énorme et lourd fourgon dont les roues

grincent sur le sol, arrive à Kaceljevo, chargé de munitions de toutes sortes ; les pièces d'artillerie, avant de se
mettre en batterie, roulent en cahotant, sautant par-
dessus les sillons. Arrivés sur leur emplacement de
batterie, les servants se rangent symétriquement
autour de leurs lourdes machines ; en arrière, les chevaux groupés à hauteur des caissons se cabrent, ruent
sous les détonations terribles qui ébranlent le sol ; leurs
naseaux sont dilatés, leurs flancs palpitent.

Entrons pour quelques instants à Kaceljevo. Sur la
place, une foule de soldats en capotes grises ; des pay-
sannes leur vendent du pain ; des marchands, à côté de
leur *samovar*, leur offrent du *sbitêne* chaud (1) ; un cosaque à cheval, un général en *drochki* traversent cette
foule bigarrée. A droite, au débouché d'une rue qui donne
accès sur la place, s'élève une barricade ; dans ses embrasures, des canons montrent leur long tube de bronze.
A gauche une jolie maison sur le fronton de laquelle
sont marqués des chiffres romains ; au bas du perron,
sont assis des soldats ayant à côté d'eux des bran-
cards tachés de sang. C'est l'ambulance du XII° corps
d'armée.

Il est six heures du matin, lorsque la fusillade commence à crépiter. Des deux côtés, la lutte d'artillerie est
dans toute son intensité. Les coups de canon se succè-
dent avec une rapidité effrayante. Les balles et les boulets fouettent l'air en bourdonnant, en sifflant et tombent
dans les rangs.

Ces luttes d'homme à homme sont atroces pour quicon-
que les a vues de près. Un camarade tombe, le voisin ne
s'en émeut pas, il saute par-dessus le cadavre, continue à
charger son fusil, et fait le coup de feu aussi sûrement

(1) Boisson populaire.

que s'il s'agissait d'exécuter un tir à la cible à Toula ou à Smolensk.

Les bataillons turcs se sont à peine montrés devant le fort de la batterie russe de Kaceljevo, que le général Arnoldi reçoit un renfort de deux bataillons du régiment de Kherson, qui sont placés à droite et à gauche de l'entrée du village.

A sept heures, quatre batteries turques, couvertes par deux bataillons en première ligne, ouvrent le feu à trois mille mètres de la batterie russe, dont les pièces, quoique couvertes par des épaulements en terre, souffrent cruellement ; un grand nombre d'hommes et de chevaux sont mis hors de combat, en très peu de temps ; le capitaine commandant s'y fait tuer. Une civière passe ; elle porte le canonnier Soltykoff qui a les deux mains emportées ; l'une par un boulet, l'autre trouée par une balle. Les chairs effrangées sont pendantes et sanguinolentes. Ce vaillant ne se plaint pas. Le lendemain, il fait écrire à sa mère ce billet laconique, après avoir subi l'amputation des deux mains : « Je n'ai plus de mains ; mais à cela près, je me porte bien. Dieu soit loué ! »

Une première fois, le général Arnoldi ramène sa batterie de 4, en arrière, pour la placer un peu plus loin, sur le versant de la hauteur, à hauteur d'une batterie de 9 que son aide de camp, le capitaine Salomirsky, lui amène vers dix heures et demie. A ce moment-là, l'infanterie turque, animée par le désir d'égaler le succès de Karahassankieuï, descend le ravin, gravit la pente opposée, se jette sur la première ligne d'infanterie russe et engage une lutte où elle perd beaucoup de monde. Voyant qu'il avait affaire à un ennemi quatre fois supérieur en nombre, qui le presse sur ses deux flancs, le tsarevitch, qui vient d'arriver sur le champ de bataille, fait replier ses troupes en arrière, en leur prescrivant de se mainte-

nir en seconde ligne, afin de pouvoir permettre aux
brancardiers de relever les blessés, et à l'artillerie de
quitter ses positions pour s'établir ailleurs, hors des
atteintes de l'ennemi. Pendant que les troupes russes se
retirent, la cavalerie turque tourne leur aile gauche ;
mais est bientôt arrêtée par les charges des cosaques et
des dragons qui combattent surtout avec la lance, et la
forcent à son tour à reculer sur son infanterie, en la
poursuivant et lui faisant subir des pertes sensibles.

Repliée sur sa seconde ligne, l'infanterie russe se met
à l'abri, dans les fossés et les tranchées creusés autour
de Kaceljevo. Les batteries de 4 et de 9 se retirent sur la
route d'Ostritza. Mais les deux bataillons du régiment de
Kherson, commandés par le major Caponow, ont l'ordre
de tenir à Kaceljevo coûte que coûte, et de ne battre en
retraite qu'à la dernière extrémité.

Lorsque les Turcs arrivent sur le bord sud du ravin,
ils sont épuisés par une lutte acharnée qui a duré plus de
deux heures avec une égale opiniâtreté de part et d'autre,
et il est dix heures du matin quand le premier coup de
canon, tiré par la division Sabit-pacha, se fait entendre
du côté du sud.

L'aile droite russe, qui n'a aucun point d'appui, se
retire alors jusque dans la vallée escarpée du Tcerni-
Lom, se portant au secours de son artillerie placée au
sud du plateau en arrière d'un pli de terrain, pendant
que le centre russe et l'aile gauche prennent l'offensive
contre Fuad-pacha. Aussi, lorsque l'infanterie de la division Sabit se déploie, elle trouve les troupes russes qui
lui sont opposées sur une nouvelle ligne de défense renforcée par des épaulements de batterie et des tranchées-
abris qui y avaient été élevées pendant la nuit et dans
la matinée. Celle-ci résiste victorieusement aux efforts
combinés des divisions Sabit et Fuad. Mais à midi et

demi, la brigade Reschid, s'étant réunie à la division
Fuad, les Russes se sentirent écrasés par le nombre et
durent se replier sur le plateau, à l'ouest de Kaceljevo.

Ce plateau est relié à la plaine par des pentes très raides. Il est donc de ce côté favorable à une défense énergique ; d'autant que la lisière de ce plateau est entourée
de tranchées-abris appuyées à une forte redoute élevée
au sud du chemin qui mène à Strocko.

C'est sur ce plateau que s'avance la division Fuad, et
une brigade de la division Sabit, vers une heure de
l'après-midi. L'autre brigade de cette dernière division
prend position à l'est de Kaceljevo, face à Ablava. Enfin
la brigade Reschid se dirige par un chemin détourné
sur Strocko.

L'infanterie russe est postée dans d'excellentes positions ; la protection de son artillerie dispute à l'ennemi le
terrain pied à pied, de telle sorte que l'infanterie turque
ne peut faire aucun progrès de ce côté. Jusqu'à deux
heures et demie le combat a donc des alternatives diverses ; l'heure à laquelle le régiment de Kherson qui
occupe Kaceljevo est obligé lui-même de battre en retraite sur Ostritza, écrasé par des forces supérieures,
et exténué par une lutte de six heures qui a décimé ses
effectifs.

Sur la droite, le 3e bataillon du régiment de Bender,
serré de très près par les Turcs, se retire sur Ablava,
ainsi que trois sotnias du 31e de cosaques du Don.

Vers trois heures de l'après-midi, la journée pouvait
être considérée comme terminée. Fuad-pacha avait perdu
plus de mille hommes, mais le but que se proposait
Méhemet-Ali était rempli : il avait pris Kaceljevo et
délogé les Russes de la rive droite du Lom.

Restait à enlever la position d'Ablava. Ibrahim-pacha
s'en charge avec les troupes qu'il a sous sa main.

Le régiment de Bessarabie était établi sur les hauteurs qui environnent la position d'Ablava, abrité dans des vignes qui en garnissent les versants ; trois batteries russes ont pris position sur le sommet. Finalement, les bataillons turcs furent repoussés, poursuivis par le feu de l'artillerie russe qui leur fit subir des pertes cruelles. A quatre heures, le combat de mousqueterie cessait ; une demi-heure après, une ondée mettait fin à celui de l'artillerie.

Ce jour-là, Mehemet-Ali avec soixante *tabors* (bataillons d'infanterie), six escadrons et cinquante-quatre bouches à feu avait attaqué un corps russe fort de six régiments d'infanterie, cinq escadrons de cavalerie et quarante pièces d'artillerie. Pendant onze heures les troupes sous le commandement du tsarevitch Alexandre résistèrent aux efforts d'un ennemi supérieur en nombre, et si à la fin le général de Driesen dut abandonner Kaceljevo, il n'en resta pas moins le soir maître d'Ablava, dont on ne parvint pas à le déloger.

Les Russes accusent dans cette affaire du 5 septembre, une perte de 10 officiers et 288 hommes de troupe tués ; 40 officiers et 950 hommes blessés. Les Turcs de leur côté 1,300 hommes environ. C'est certainement le combat le plus meurtrier de toute la campagne du Lom.

. .

Combat de Popkieuï : 27 août/7 septembre. — Le quartier général du grand-duc héritier est à Trestenick, sur la route Routschouk-Biéla ; le XII° corps, dont la plus grande partie a pris part au combat de Kaceljevo, a pris position entre Damogila et Batintza ; le XIII° corps s'étend de Gorny-Monastir, au Banicka-Lom ; enfin la 32° division du XI° corps, occupe Ischian-Kieuï.

Deux routes praticables aux voitures conduisent de Kaceljevo sur la ligne Routschouk-Biéla ; une passe par Strocko et Damogila ; l'autre par Ablava-Ostritza-Batintza.

Le 6 septembre, Mehemet-Ali recevait à Solenik le comte Tschermetieff, aide de camp du tsarevitch, à l'effet de prendre des renseignements sur le sort du colonel de Duesen, du 12ᵉ régiment de hussards, disparu dans le combat de la veille, et pour se plaindre de la manière dont les Turcs faisaient la guerre. Ces négociations, qui avaient lieu dans un *konak* voisin, restèrent sans résultat, et la suspension d'armes demandée par l'état-major russe, pour enterrer les morts de la veille, n'ayant pas été accordée, les Russes évacuèrent Strocko, le lendemain, pour se porter à 6 kilomètres à l'ouest, s'y fortifier, tout en renforçant leurs positions d'Ablava et d'Ostritza. Les Turcs pensèrent naturellement que les Russes avaient reçu de nouvelles troupes, voulurent s'en assurer et se portèrent en avant, le 7 septembre.

La 1ʳᵉ division du XIIIᵉ corps se trouvait à Popkieuï, avec une artillerie considérable. Or, en même temps que l'aile droite turque avait attaqué Kaceljevo, le 5, l'aile gauche avait fait un mouvement dans la direction de Popkieuï. Le but de cette manœuvre était de rendre impossible la retraite des troupes russes, sur Biéla, par Opaka-Kreptsé-Orendzih-Sinankieuï, afin de les empêcher de rejoindre le XIIᵉ corps.

Du côté des Turcs l'attaque de Popkieuï fut donc résolue, et le 6 septembre Salich-pacha n'eut à faire que quelques kilomètres dans la matinée, pour se trouver, vers onze heures du matin, en face de ce village qu'il attaquait en le faisant tourner, à droite et à gauche, par son infanterie, en même temps que son artillerie le criblait d'obus.

De son côté, le tsarevitch, après les insuccès des deux affaires de Karahassan et de Kaceljevo, pressentant les inconvénients que présentait l'éparpillement des deux corps d'armée sous ses ordres, sur une ligne de soixante-quinze kilomètres, allant de Routschouk à Yaslar, comprit que son rôle devait être purement défensif, depuis surtout que toutes les forces agressives de la Russie étaient dirigées contre Plewna. Dans ces conditions aucune hésitation à avoir, il fallait ordonner une concentration de son armée plus en arrière. Aussi, dès le 6 septembre, bien que l'affaire d'Ablava eût été un succès pour ses troupes, il ordonnait l'abandon complet du Kara-Lom et une retraite générale sur la ligne de la Yantra. Le bac de Pirgos fut replié jusqu'à un point du Danube, situé entre Petrosani et Batintza ; le parc d'artillerie ramené plus en arrière.

En conséquence, l'armée du tsarevitch abandonna Popkieuï dès la matinée du 8 septembre, pour se retirer sur Biéla ; manœuvre d'autant plus habile qu'elle se faisait en présence de l'ennemi ; mouvement de retraite stratégique des plus remarquables, en ce sens qu'il se fit dans le plus grand ordre, sans perdre un canon et avec autant d'aisance que sur un terrain de manœuvres.

Lorsque les Turcs se portèrent en avant, les Russes occupaient déjà leurs nouvelles positions. Il n'y eut de rencontre sérieuse qu'à Sinankieuï, où le centre russe pressé de trop près par Assaf-Pacha, essaya de se dégager en refoulant les avant-postes turques.

*
* *

Combat de Sinankieuï : 14 septembre. — Le 13 septembre, à sept heures du matin, l'avant-garde de la division Salich, trois bataillons de *redifs*, un bataillon d'irréguliers sous le commandement de Bacher-

Canons, équipages, voitures d'ambulances, roulaient dans une mer de boue
noire gluante... (Page 163.)

Pacha, quittait Popkieuï et se mettait en marche sur Sinankieuï. Le gros de la division se mettait en route à huit heures, et la division Ismaïl, vers onze heures. Ce même jour l'aile droite de l'armée turque, sous Achmet-Eyoub, se dirigeait sur les derrières du XIIe corps russe qui occupait Trestenick ; l'aile gauche, avec Mehemet-Ali et le prince Hassan, marchait sur Biéla.

C'était une marche concentrique sur Biéla qui se dessinait : deux divisions et demie d'infanterie, trois régiments de cavalerie et huit batteries vont prendre part au combat de Sinankieuï qui est loin d'avoir les proportions gigantesques que les contemporains lui attribuent.

Le 14 septembre au matin, les troupes russes couronnent les hauteurs de la rive gauche du Banicka-Lom, près de Golbunar, et descendent dans la direction de Sinankieuï qu'occupent les Turcs, avec douze bataillons et cinq batteries. La conquête de ce point devait forcer le centre turc à battre en retraite.

Un petit plateau de forme presque triangulaire s'élève à une demi-lieue de Sinankieuï. Les Russes, partant de Banicka, essaient d'enlever cette hauteur qui était la clef des positions turques. Tous les assauts livrés par eux restèrent infructueux et, lorsque la division Sabit-pacha entre en ligne avec ses six bataillons, pour prêter son appui à la division Assaf, les Russes, attaqués de front et sur les flancs, se retirent pour ne pas être coupés de leur ligne de retraite.

Le terrain s'élève insensiblement de Popkieuï à Kopatza ; mais à l'ouest de cette localité, il monte brusquement et forme la hauteur de Voditza ; une petite forêt faisant saillie au sud flanque le pied de cette hauteur. L'artillerie était postée sur la hauteur de Voditza, les tirailleurs russes occupaient le bouquet de bois et le ruisseau de Kalagoc.

Pendant que Backer-pacha envoyait un de ses bataillons faire une démonstration contre le front de la position ennemie, il descendait dans la vallée du Banicka-Lom, avec deux autres bataillons de *redifs* et un bataillon d'irréguliers, de façon à tourner le flanc droit de la position russe. Les trois bataillons traversèrent le ruisseau de Kalagoc, près de son embouchure, puis arrivèrent sur l'objectif prévu, protégés par la forêt qui les masquait à la vue des fantassins russes.

Le tsarevitch, par sa présence d'esprit, sut déjouer ce mouvement tournant et gagner Voditza, sans être inquiété.

Bien que battus en réalité, les Russes n'en obtenaient pas moins le résultat qu'ils cherchaient. Mehemet-Ali, compromis par son avant-garde qui était trop en l'air, replia ses troupes en arrière, les concentra sur son aile gauche, et les pays aux environs de Sinankieuï furent, depuis, si bien dégarnis de soldats ottomans qu'une partie de la 26ᵉ division d'infanterie qui venait d'arriver de Russie, sous les ordres du général baron Delingshausen, put exécuter des reconnaissances jusqu'à Polomartza, sans rencontrer de résistance.

⁎
⁎ ⁎

Le 14 septembre au soir, Mehemet-Ali avait son quartier général à Voditza, qu'occupait la division Ismaïl, gardé en avant par la division Salich et la brigade irrégulière établies aux avant-postes, dans la direction d'Osikova et de Karadasch.

A cette date, la situation de l'armée du grand-duc héritier était certainement meilleure qu'il y avait trois semaines. Au lieu d'occuper un front de soixante-quinze kilomètres, avec une trouée par laquelle l'ennemi pouvait la couper en deux à tout instant, elle était maintenant fortement retranchée sur le plateau, entre le Banicka-Lom et la Yantra : le XII° corps avait son quartier général à Ablanova ; le XIII° à Kopritza, et le tsarevitch à Dolny-Monastir. De Matchka à Tcherkovna, le front de l'armée de l'Est ne mesurait pas plus de quarante kilomètres ; et elle se trouvait massée de manière à donner tout entière, en cas d'attaque. De plus, à Tcherkovna, elle était en contact avec le XI° corps, dont la cavalerie faisait le service d'avant-postes, en cet endroit même ; cette concentration et les renforts qui commençaient à arriver de Russie, rendaient les forces du tsarevitch égales, sinon supérieures, à celles que Mehemet-Ali avait mises en ligne jusqu'à présent. La possibilité d'une grande bataille livrée à vingt-cinq kilomètres de Biéla, et à soixante de Sistova, restait certainement une éventualité très grave, mais les chances de défaite étaient infiniment moindres qu'avant.

Les Russes avertis, depuis quelques jours, de l'attaque qui se préparait, par les mouvements des Turcs, du côté de Tcherkovna, étaient prêts à recevoir l'ennemi : seize pièces avaient été mises en batterie, en arrière d'épaulements construits à cet effet, en avant de Tchaïr-kieuï, et le 21 au matin, leurs troupes étaient disposées comme il suit : le 1er bataillon du 101° régiment d'infanterie occupait la ligne des avant-postes ; le 1er bataillon du 125° régiment d'infanterie de Koursk, les tranchées à droite de la position ; le 2° bataillon du 126° régiment d'infanterie de Rylsk gardait les retranchements du centre ; le 2° bataillon du 1er régiment d'infanterie de la Néva, les retranchements du flanc gauche. Le 2° escadron du 11° régiment de dragons était à droite, gardant la hauteur située en face de Verboka ; le 4° escadron du 11° lanciers occupait le village de Verboka.

La 1re batterie de la 32e brigade d'artillerie flanquait l'extrême droite ; la 1re batterie de la première brigade d'artillerie, l'extrême gauche. Le reste des troupes : huit bataillons, six escadrons, vingt-quatre pièces d'artillerie à pied et six pièces d'artillerie à cheval, bivouaquait à Tchaïrkieuï.

Le combat commença à onze heures par une salve générale des cinq batteries turques établies à Tcherkovna, et qui tirèrent sans discontinuer jusqu'à une heure de l'après-midi.

Le plateau de Tchaïrkieuï est pour ainsi dire de niveau avec la position de Tcherkovna. Le terrain en avant est découvert, et, entouré comme il l'était de tranchées-abris, en forme de glacis, tout l'avantage était pour le défenseur, qui pouvait y exécuter à son aise un tir rasant des plus meurtriers contre l'assaillant. De plus, les batteries russes, couvertes par de forts épaulements en terre, tiraient par des embrasures masquées par des feuillages ; ce qui rendait l'appréciation des distances difficile pour les artilleurs turcs.

La première attaque eut lieu sur la droite. A une heure, les tirailleurs de la division Salich-pacha, déployés sur un large front, débouchent des bois de Yurukler, et tournent le village de Tchaïrkieuï, au sud et au nord, refoulent le 2e escadron du 11e dragons et se précipitent sur la 1re compagnie du régiment de Perm, dont les tirailleurs se replient sur leurs réserves.

Le tsarevitch, présent sur les lieux au début de l'action, ne doute pas de l'intention de l'ennemi qui était de tourner sa droite. Immédiatement, il prescrit au général de Tatischeff de prendre les dispositions suivantes :

Le 3e bataillon du régiment de Koursk et une division de la 4e batterie de la 32e brigade d'artillerie appuieront la 1re compagnie du régiment de Perm. Le colonel de

Vick, commandant le régiment des dragons de Riga, est chargé de prendre l'ennemi en flanc, en s'établissant avec une section de la 18e batterie à cheval au village de Kilitchiliar ; le 11e régiment de lanciers et quatre pièces d'artillerie à cheval s'établiront au sud de Tchaïrkieuï et soutiendront les dragons. Enfin la 2e division de la 4e batterie de la 32e brigade d'artillerie renforcera la position de l'aile droite.

Le lieutenant Mikhaïlow, qui commande la 1re division de la 4e batterie à cheval, se lance au grand trot sur la grande route de Yasukler, dépasse la ligne des tirailleurs de la compagnie du régiment de Perm, et se met en batterie à courte distance de l'ennemi. Le major Dombrowski vient ensuite avec le 3e bataillon du régiment de Koursk, et se précipite baïonnette en avant sur l'ennemi qu'il met en fuite. Les dragons du colonel de Vick franchissent au galop la distance qui les sépare de Salich-pacha, et sont accueillis par une fusillade intense. Les cavaliers mettent pied à terre, et engagent le feu, sous la protection de la 18e batterie à cheval qui tire à mitraille sur le flanc des réserves ennemies qui faiblissent et reculent un moment. Mais l'arrivée de renforts donne une nouvelle ardeur aux Turcs, qui à leur tour font rétrograder les dragons russes sur Tcharkieuï.

Prévenu de ce qui se passe, le général Tatischef envoie immédiatement au colonel de Vick le 2e bataillon du régiment de Koursk, et une batterie que le général-major Gorschkow amène lui-même sur la ligne du combat.

Il était alors une heure trois quarts de l'après-midi.

Sur la gauche, deux bataillons turcs emportaient d'assaut le village de Verboka. La situation devenait critique ; il n'y avait pas de temps à perdre, si on voulait chasser l'ennemi des positions qu'il venait de conquérir.

Le général Tatischef montra, à cet effet, une grande habileté. Ayant ses réserves directement sous sa main, et suivant minute par minute les péripéties de la lutte, qui s'engageait du reste sur un terrain assez restreint, il sut faire appuyer ses troupes, par des renforts, toutes les fois qu'il en était besoin. Le général Gorschkow n'étant pas assez fort pour repousser l'ennemi, il lui envoie encore un bataillon du régiment de Perm. Ce renfort lui permet de chasser les Turcs qui s'enfuient en désordre, dans la direction de Yurukler, pendant que le colonel de Vick, rejette sur Kilitchliar les forces ennemies qu'il a devant lui.

Il était environ trois heures, lorsque la brigade Ali-Riza entrait en ligne, menaçant de couper l'infanterie russe à son centre. Pendant qu'une partie de cette dernière est engagée dans les vignes en terrasse qui couvrent les flancs de la colline de Tchaïrkieuï, les lanciers russes disputent dans les vignes le terrain à l'ennemi. Mais ils faiblissent, les munitions commencent à leur manquer ; la 1re batterie de la 1re brigade d'artillerie qui les soutient a perdu trois de ses officiers : le lieutenant-colonel Laikine qui la commande, le lieutenant Kvostchinsky et l'enseigne Schenbeck ; deux canons ont été démontés et la batterie a éprouvé de grandes pertes en hommes et en chevaux. Impossible de tenir plus longtemps. Le général Tatischef la remplace par une batterie nouvelle, et un bataillon du régiment de Néva, prend le pas gymnastique pour se porter au secours des lanciers.

Le combat sur la gauche avait donc été opiniâtre de part et d'autre, mais la gauche russe conservait ses positions. Un seul escadron russe avait sauvé cette fraction de l'armée russe, par sa résistance héroïque.

Les Turcs descendirent dans la vallée ; fatigués par

une lutte incessante, écrasés par des forces supérieures, sans réserves, sans soutien, ils durent reculer. La bataille était perdue pour eux. Vers quatre heures et demie les Russes reprirent possession de Verboka et poursuivirent l'ennemi jusqu'au delà du pont.

A huit heures du soir, Salich-pacha rallia les débris de sa division sur le plateau de Tcherkovna ; le combat d'artillerie cessa sur tous les points. Le Banicka-Lom sépara les combattants à droite et au centre ; la forêt de Tchaïrkieuï fut occupée par la brigade Ali-Riza. Les Egyptiens bivouaquèrent sur les deux rives du Jordan.

Les Russes fortifièrent le plateau de Tchaïrkieuï et s'y installèrent le 23 septembre, en prévision d'un retour offensif de l'ennemi.

Le lendemain la division Sabit prenait position au sud-ouest d'Osi-Kova. Les divisions Ismaïl et Salich se dirigèrent sur Voditza, Kopatza Popkieuï, et se portèrent sur le plateau de Karahassankieuï et le Sahar-Tépé, où elles arrivèrent le 25 au soir.

De leur côté, les troupes russes se mettent en marche, le 26, entrent à Kopatza le même jour, à midi, et s'emparent le 30 septembre de l'important plateau de Kaceljevo, annulant ainsi le succès remporté le 5 par les Turcs.

Le combat de Sinankieuï mettait fin à la première période des opérations défensives de l'armée de l'Est ou de Roustschouk.

Si nous résumons en quelques lignes les opérations dont nous venons de donner un court aperçu, il est facile de se convaincre qu'en août et septembre, l'armée du tsarevitch Alexandre ne perdit que le terrain compris entre le Lom et la Yantra. C'est peu de chose, eu égard à la faiblesse numérique des troupes dont il dis-

11

posait. De nombreuses escarmouches se livrèrent dans
tout cet espace, mais elles furent toutes sans grande
importance. Cette armée échelonnée sur un front défensif des plus étendus, résista énergiquement aux
attaques d'un ennemi qui avait pour lui la supériorité
du nombre, et la possibilité de toujours concentrer ses
forces, pour les lancer sur un point quelconque des
positions russes. On ne saurait nier, en effet, que dans
toutes ces rencontres, les troupes russes, qui voyaient
le feu pour la première fois, surent déployer partout
une grande bravoure et se distinguer par leur solidité
et leur sang-froid.

I. — DEUXIÈME PÉRIODE DES OPÉRATIONS OFFENSIVES DE MEHEMET-ALI.

Combat de Tchaïrkeuï : 9/21 septembre. — Les
Turcs reprirent l'offensive sur le cours supérieur de
l'Ak-Lom, le 21 septembre, dans le but de culbuter l'aile
gauche russe établie à Tchaïrkieuï, point où le XIᵉ corps
se reliait avec l'armée du tsarevitch, et dont les abords
étaient gardés par la 32ᵉ division, la 1ʳᵉ division du XIIIᵉ,
et la 26ᵉ division qui venait d'y arriver (deux brigades
et demie d'infanterie et une brigade de cavalerie). Le
lieutenant-général Tatischef, commandant la 11ᵉ division de cavalerie, était à la tête de ce détachement.

Les positions russes dessinent un angle qui va de
Tchaïrkieuï à Verboka, et sont couvertes par deux ruisseaux connus sous le nom de ruisseaux de Tcherkovna,
qu'on appelle aussi le Kaïadjik et le Jordan. Les pentes
qui y donnent accès sont très raides et la position, sur
beaucoup de points, notamment à gauche et sur le centre,
est protégée par des bois et des broussailles. Le village de
Verboka, situé en face de Tcherkovna, était considéré
comme la clef de la ligne. Les forces russes sur ce point

peuvent être évaluées à quatorze ou quinze mille hommes. Mehemet-Ali n'en dispose que de douze mille.

Il avait plu toutes les journées précédentes. Mais, le 21 septembre, le soleil s'étant levé radieux et ayant promptement séché les routes, Mehemet-Ali en profita pour prendre ses dispositions, et vers onze heures du matin, les troupes turques, leurs ambulances et leurs réserves étaient en position.

Après l'affaire de Tcherkovna, Mehemet-Ali, qui ne disposait plus que d'une trentaine de mille hommes, se décida à s'éloigner de Biéla et à rentrer dans ses anciennes positions. Les pluies d'automne avaient d'ailleurs commencé, les routes étaient d'effroyables fondrières, et une défaite se fût changée en une déroute désastreuse, si elle eût dû se faire sous le feu des Russes, et à travers un pays défoncé. Il donna donc l'ordre à toute son armée de rétrograder lentement sur la ligne Kaceljevo-Popkieuï-Yaslar.

Le temps était déplorable : canons, équipages, voitures d'ambulances roulaient dans une mer de boue noire gluante, adhérente, si bien qu'à chaque instant, l'infanterie était occupée à aider les chevaux à sortir des ornières des chemins.

La popularité de Mehemet-Ali se ressentit des événements qui donnèrent lieu à cette retraite précipitée. Il fut disgracié le 20 octobre et remplacé par Suleyman-pacha.

* * *

Le siège de Plewna se poursuivait, pendant que les troupes du général Gourko s'avançaient lentement, mais résolument, sur la route de Sophia. Une offensive vigoureuse de toute l'armée turque, — corps et détachements, — pouvait seule sauver la Turquie. L'armée de

Sophia manquait d'artillerie, et son action comme armée de secours devait être nulle, eu égard à sa faiblesse numérique. Osman-pacha, sous Plewna, ne pouvait donc rien attendre d'elle. Seuls les efforts combinés des armées turques du Lom et de la passe de Schipka pouvaient encore sauver la situation.

Au commencement de novembre, Suleyman-pacha disposait de 80,000 hommes, de deux cents pièces d'artillerie et de plusieurs milliers d'irréguliers. Il lui était possible, sans trop dégarnir la ligne Routschouk-Schumla, de réunir 50,000 hommes en avant d'Osman-Bazar et de Kotel, face à Tirnova, et d'attirer à lui la moitié de l'armée de Schipka qui était forte de 45,000 hommes. Avec 70,000 hommes et 200 canons, il pouvait s'interposer entre le grand-duc héritier et le général Radetzky qui opérait dans la passe de Schipka, prendre position sur le flanc du tsarevitch et sur les derrières du général Radetzky. Il était ainsi sur la ligne la plus courte qui conduisait aux positions russes de Simnitza, dont il n'était séparé que de soixante-cinq kilomètres.

Le grand-duc héritier ne pouvait opposer à Suleyman-pacha que trois divisions d'infanterie sur cinq. Le XII° corps à Pirgos, et à Metchka, était maintenu sur place par les nécessités du siège de Routschouk; une partie du XIII° corps devait rester sur la ligne d'opérations Biéla-Rasgrad, pour ne pas laisser aux troupes turques de Rasgrad l'occasion de s'emparer du passage de la Yantra à Biéla.

La dislocation de cette armée est la suivante : quartier général du grand-duc héritier à Bousowtza (16 kilomètres au nord-est de Biéla, XII° corps (33° et 12° divisions d'infanterie, 12° division de cavalerie) à droite et à gauche d'Ablanova. — XIII° corps (1re et 35° divisions d'infanterie partie de la 8° division de cavalerie) : gros, à Bousovtza-Sinankieui-Tcherkovna (23 kilomètres au sud-est de Biéla); avant-postes, sur la ligne Kaceljevo-Opaka-Polamartza-Kopaka. Sur le front : les régiments de cosaques du Don, nᵒˢ 27, 36, 37 ,avec les 5ᵉ et 21ᵉ batteries du Don ; au sud, la 26ᵉ division d'infanterie avec la moitié de la 11ᵉ division de cavalerie à Tchaïrkieuï-Voditza-Kopatza-Kosabina.

La 4ᵉ brigade de chasseurs était en réserve générale, à Tirnova. Du commencement d'octobre au milieu de novembre, le contact entre les deux armées ennemies ne se manifeste, sur le cours inférieur du Lom blanc et du Lom noir, que par des reconnaissances suivies d'escarmouches plus ou moins vives.

Il serait fastidieux d'énumérer ces petites rencontres, sans conséquences stratégiques d'aucune sorte, où l'on perdait, tant d'un côté que de l'autre, cinq ou six cents hommes environ. Mentionnons cependant la reconnaissance du 12/24 octobre dans laquelle fut tué un des neveux du tsar Alexandre II, le prince Serge de Leuchtenberg, petit-fils par sa mère du prince Eugène de Beauharnais.

Les reconnaissances du 24 octobre avaient été poussées jusque sur le Lom noir, le Lom de l'Ouest et sur le Solenick. Le prince était parti de Brestovitz, monté dans une calèche, vers les six heures du matin, accompagné du lieutenant-colonel Sander, son aide de camp. A neuf heures, il était rendu à Bazarbova et montait à cheval, se dirigeant vers les réserves. La lutte était engagée depuis le matin, et la fusillade était dans son plein. Arrivé au village de Jovan-Ciflick, le prince s'arrête sur une hauteur garnie d'une chaîne de tirailleurs russes, appuyée à droite par une batterie. L'ennemi était à une distance de trois mille pas environ. Voulant voir ce qui se passe en avant de lui, le prince demande sa jumelle au cosaque de son escorte chargé de la lui présenter. Mais à peine a-t-il porté la jumelle à ses yeux qu'il la laisse tomber, en poussant un léger cri. Le lieutenant-colonel Sander saute à bas de son cheval, s'approche vivement de Son Altesse et reçoit le jeune prince dans ses bras. Il était mort : une balle l'avait frappé en plein front, à un doigt et demi au-dessus du sourcil (1).

*
* *

Le 1er décembre, les divisions russes occupaient les positions suivantes :

12e division d'infanterie : Metchka et Trestenick ;
33e   —   — Damogila et Obirtenik ;
35e   —   — Bukovtzcha et Sinankieuï ;
1re   —   — Tcherkovna ;
26e   —   — Tchairkieuï ;
11e   —   — Novozelo et Slataritza.
32e   —   — Lefedei et Derjtin.

La ligne des avant-postes s'étendait du Danube au Lom noir, par Pirgos-Tchernevi-Tabaschkra (aile gauche que gardait la 12e division de cavalerie) ; par Kaceljevo-Kovaltchetza-Tulabeler (centre, couvert par la 13e division de cavalerie) ; et finissait à Bebrova, bien au-delà de la Yantra (aile droite, où rayonnait la 11e division de cavalerie).

La supériorité numérique de Suleyman-pacha devait

(1) Le prince de Leuchtenberg, né le 8 décembre 1849, n'avait que vingt-huit ans. Il était le troisième fils de la grande-duchesse Marie, fille de l'empereur Nicolas Ier et du duc Maximilien de Leuchtenberg, fils du prince Eugène de Beauharnais. Son corps fut transporté à Saint-Pétersbourg ; on lui fit des funérailles splendides. La cour prit le deuil pendant six semaines.

engager ce dernier à prendre l'offensive énergique qu'il avait abandonnée en octobre.

Le grand-duc héritier devait, au contraire, rester sur la défensive, tant que les circonstances actuelles de son armée n'auraient pas changé. C'est dans cette disposition stratégique que vont se dérouler les faits de guerre de ce côté, pendant les deux derniers mois de l'année 1877.

La situation critique de Plewna, vers le milieu de novembre, décida la Porte à donner l'ordre à Suleyman-pacha de sortir de son inaction relative, de se porter sur la Yantra et d'essayer, coûte que coûte, de donner la main à Osman-pacha, pour l'aider à sortir de la trappe où il s'était volontairement laissé prendre. Les engagements d'avant-postes furent dès lors fréquents et eurent, dans plusieurs cas, un caractère très opiniâtre ; il en fut ainsi le 15 à Kaceljevo et le 16 à Novoselo et Slataritza, où les Turcs essayèrent de se retrancher, mais sans succès, grâce aux efforts combinés des XI⁰ et XIII⁰ corps.

Le 17 novembre, les Turcs essaient de forcer la ligne russe à Pirgos et à Metchka avec dix à douze bataillons ; les avant-postes de cavalerie les y arrêtent. Le 16, ils se portent sur le bas Lom avec seize bataillons, franchissent la rivière en deux points, attaquent la gauche russe à Pirgos, et sur la route de Routschouk à Biéla. Une brigade du XII⁰ corps, sortie de Metchka, les rejette de l'autre côté du Lom.

*
* *

Première bataille de Metchka : 26 novembre. — D'après les résultats obtenus par la reconnaissance du 19, il avait semblé à Suleyman-pacha que les lignes de défense du tsarevitch manquaient de solidité dans le voisinage du Danube ; il conçut dès lors le plan de déloger les forces de son adversaire à Metchka et à Trestenick, et de s'emparer du pont de Batin, situé à douze kilomètres de

Trestenick, et qui établissait la communication directe
du XIII° corps avec la rive droite du Danube.

La route de Routschouk-Biéla court dans le triangle
formé par la réunion. du Danube et du Lom ; triangle
dont la base est une ligne qui va de l'est à l'ouest de
Popelesse à l'embouchure de la Yantra, par Damogila et
Obirtenick. Le terrain qui occupe le sommet de ce
triangle forme une série de collines étagées, donnant
naissance à deux petits cours d'eau allant se jeter dans
le Danube, et formant, en quelque sorte, deux secteurs
tactiques. Tous les deux sont encaissés dans deux vallées étroites, limitées par des hauteurs qui ne s'élèvent
pas à plus de cent mètres au-dessus de celle-ci.

Le cours d'eau le plus rapproché du Lom serpente,
parallèlement à ce dernier, à une distance de sept kilomètres du Danube. La position de Pirgos se trouve près
de son confluent avec le Danube, sur la route de Routs-
chouk-Sistova. Le cours d'eau le plus long prend sa
source entre Damogila et Obirtenick, traçant son lit parallèlement et à cinq kilomètres du premier. Trestenick
est situé au centre des hauteurs qui s'élèvent entre ces
deux ruisseaux, à l'est de la chaussée, à deux kilomètres
de Metchka et à sept kilomètres seulement du Danube.
La petite ville de Metchka est située au sud-ouest de
Pirgos ; un pont établi à l'ouest de Trestenick fait communiquer Petroskanié avec Batin.

Le XII° corps s'était fortifié dans ces trois positions.
Les soutiens de la ligne des avant-postes qui s'étendait,
sur la rive gauche du Lom, de Basarbova à Popelène,
sur une distance de vingt kilomètres, s'étaient retran-
chés dans les positions de Pirgos, de Gol-Tschémé, et sur
tout le terrain entre Damogila et Popelène. La deuxième
ligne dé défense était située entre les deux cours d'eau
dont nous avons parlé ci-dessus, à Metchka, Trestenick,

Damogila. La dernière ligne, la plus forte, était située sur les hauteurs qui entourent les derniers cours d'eau. Ces lignes, qui vont du Danube, vers le sud, courent du nord-est au sud-ouest, allant en diminuant progressivement de l'extérieur à l'intérieur, de telle sorte que la troisième ligne de défense n'a guère qu'une étendue de dix kilomètres. Leur peu d'étendue augmentait naturellement leur force ; la première était la plus faiblement fortifiée ; surtout sur une longueur de sept kilomètres, entreles deux points d'appui de Metchka et de Trestenick.

Le tableau suivant fait connaître les dispositions prises, le 26 au matin, par le grand-duc héritier, ayaut sous ses or dres le grand-duc Vladimir.

Avant-postes

METCHKA	TRESTENICK	DAMOGILA
de Pirgos à Tschermé : 1 escad. du 35ᵉ cosaques du Don ; 1 escad. du 12ᵉ uhlans.	jusqu'à Khaschero : 1 escad. du 37ᵉ cosaques du Don ; 1 escad. du 12ᵉ hussards.	jusqu'à Popeleine : 12ᵉ rég. cosaques du Don ; 1/2 batterie de la 5ᵉ de cosaques du Don.

Première ligne

1ʳᵉ, 2ᵉ, 3ᵉ et 4ᵉ comp. du 45ᵉ rég.; 1/2 batt. de la 4ᵉ, de la 12ᵉ brigade à pied. *Renfort* : 1ᵉʳ bat. du 46ᵉ rég.; 1/2 batterie de la 4ᵉ de la 12ᵉ brigade à pied.	2ᵉ bat. du 45ᵉ rég.; 1/2 batt. de la 6ᵉ brigade à pied ; 1ᵉʳ et 3ᵉ bat. du 45ᵉ rég.; 2 batt. de la 12ᵉ brigade à pied.	1ᵉʳ et 3ᵉ bat. du 130ᵉ régiment ; 5 batteries de la 33ᵉ brigade d'artillerie, à Tabaschka, sur le Lom.

Deuxième ligne

AU NORD DE METCHKA	A METCHKA	A TRESTENICK	A DAMOGILA
A l'extrême gauche : 10ᵉ et 12ᵉ comp. du 45ᵉ rég.; 1/4 batt. de la 4ᵉ, de la 12ᵉ brig.	2ᵉ batt. du 46ᵉ rég.; 3ᵉ, 4ᵉ, 9ᵉ et 11ᵉ comp. de tirail. du 46ᵉ r.; 1/4 batt. de la 12ᵉ brig.	2ᵉ bat. du 46ᵉ rég.; 1ʳᵉ batter. de la 12ᵉ brigade à pied.	1ʳᵉ et 3ᵉ bat. du 48ᵉ régiment ; 2 batail. du 129ᵉ; 3ᵉ et 6ᵉ batt. de la 12ᵉ brigade.	132ᵉ rég.; 2 batteries de la 33ᵉ brigade à pied ; 12ᵉ hussards; 2/3 batterie du Don.

A OBRETENICK

134ᵉ rég.; 3ᵉ et 4ᵉ batteries de la 33ᵉ brig. à pied ; 19ᵉ batterie à cheval.

En résumé :

1er et 3e bataillons du 129e régiment d'infanterie ; 1re batterie 1/3 de la 33e brigade d'artillerie ; 12e dragons ; 3/4 de la 5e batterie de la 12e brigade d'artillerie à pied.

Le 14/26 novembre, l'armée d'Assaf-pacha, forte de 51 bataillons, 9 batteries, 8 escadrons de cavalerie et de 500 à 600 Tcherkesses (30,000 hommes et 54 canons), passe le Lom en trois colonnes. Salim-pacha, qui commande l'aile gauche, doit attaquer Pirgos ; Ibrahim-pacha, le commandant du centre, marche sur Metchka, et Osman-bey, à l'aile droite, se dirige sur Trestenick. Hassan-pacha commande la réserve. L'effort principal doit porter sur Trestenick.

* *

A huit heures du matin, huit bataillons turcs se portent en avant et attaquent toute la ligne des avant-postes russes qui reculent promptement, sauf à Gol-Tschémé où deux bataillons des régiments d'Ukraine et d'Odessa résistent avec une grande bravoure. Pendant ce temps-là, Selim-pacha enlève Pirgos et s'efforce de tourner la position de Metchka, en la prenant à revers, et en passant derrière le Danube.

Un premier assaut est repoussé à la baïonnette par le régiment de Dnieper. Ibrahim-pacha fait effort sur le front de la position, n'est pas plus heureux que son collègue Salim, et est obligé de se retirer sur Trestenick après avoir essuyé des pertes sensibles, tant à la baïonnette que par le feu de l'artillerie russe. Selim reforme ses troupes entre Metchka et Pirgos, mais pris en flanc par le régiment d'Odessa et menacé d'être acculé au Danube, il se replie sur Pirgos et de là, dans la direction de Routschouk, après avoir vainement essayé de résister.

On connaît la panique de cette armée, dont le chef avait pu se croire un instant victorieux. Canons, caissons, tout fut abandonné pour se débarrasser des lourdes voitures. Les Turcs s'étouffaient dans les fossés creusés autour de la position de Metchka ; ils grimpaient les uns sur le dos des autres ; le fort précipitait le plus faible en bas de l'étroite chaussée qui y conduisait ; ni le grade, ni l'âge, ni le rang n'étaient respectés.

A une heure de l'après-midi, la 1re et la 2e batteries du 48e régiment, le 12e dragons et 2 escadrons du 12e uhlans gagnaient les hauteurs qui font face à Trestenick, prêts à toute éventualité.

De ce côté, en effet, Osman-bey avait attaqué la position russe avec dix bataillons, à la même heure où Selim et Ibrahim assaillaient celle de Metchka. Un bataillon du régiment de l'Ukraine et un d'Odessa, soutenus par les hussards d'Akhtyrsk et deux canons, résistèrent longtemps, mais finalement furent obligés de se retirer sur leur deuxième ligne, après avoir perdu près de 300 hommes. Là, ils furent recueillis par les 1re et 2e batteries du 45e régiment et la 2e batterie de la 12e brigade, qui se déployèrent de façon à protéger la retraite sur Trestenick.

« Cette position, dit le rapport du grand-duc Vladimir, était gardée par cinq bataillons, dont deux aux avant-postes.

» L'intervalle entre Metchka et Trestenick était ouvert, et le flanc gauche, à Trestenick, facilement occupé. L'ennemi, en raison de sa supériorité numérique, enveloppait la position de Trestenick sur les deux flancs.

» Les Turcs escaladèrent les hauteurs et tournèrent notre droite à Metchka. Dans tout le village, il n'y avait pas un endroit qui fût à l'abri d'un éclat d'obus ; les ambulances avaient dû changer de place et se porter plus en arrière ; toute la population s'était enfuie ; l'arrivée des munitions et des cartouches devenait difficile. »

Ajoutons à cela qu'il faisait un temps affreux. Le froid était glacial ; une pluie mêlée de neige ne cessa de tomber toute la journée et le vent, très violent le matin, avait redoublé à partir de midi, de façon à fouetter la figure des soldats d'une manière désagréable.

A cette heure, le général Tsitlidzen, qui en avait fini avec Selim-pacha, fit charger sa brigade sur le flanc droit d'Ibrahim ; puis la position de Trestenick reçut, coup sur coup, les renforts de deux bataillons de Bessarabie et de deux régiments de la 2ᵉ brigade de la 33ᵉ division venant de Damogila et d'Obretenick, et amenés par le général Timotew lui-même.

La bataille resta indécise jusqu'à trois heures et demie. Mais lorsque tous les renforts furent arrivés sur le lieu du combat, le général baron Firsk jugea le moment opportun de tenter un effort énergique et toutes les troupes, — celles de Metchka comme celles de Trestenick — reçurent l'ordre de prendre l'offensive.

Deux bataillons des 47ᵉ, 48ᵉ et 129ᵉ d'infanterie engagent le feu au centre, aidés par le feu de l'artillerie ; à l'aile droite, ce sont les 1ᵉʳ et 3ᵉ bataillons des 47ᵉ et 129ᵉ ainsi que les 2ᵉ et 6ᵉ batteries de la 12ᵉ brigade d'artillerie et la cavalerie du général Staël de Holstein ; à l'aile gauche, le 45ᵉ régiment, les 1ᵉʳ et 3ᵉ bataillons du 48ᵉ, se portent également en avant.

Les Turcs sont repoussés ; leur droite attaquée de front par les bataillons d'Odessa, de Bessarabie et de l'Ukraine, en flanc par les bataillons d'Azow, plie et entraîne toute l'armée à sa suite. Continuer le combat était, du reste, impossible ; les terres étaient tellement détrempées, que les soldats y enfonçaient jusqu'aux genoux, et que l'artillerie ne pouvait plus manœuvrer.

Assaf-pacha donna à ses troupes l'ordre de repasser le Lom. La retraite se fit sous la protection des réserves d'Hassan-pacha.

Ainsi finit le combat de Metchka-Trestenick. Suleyman-pacha accuse, dans ses dépêches, une perte de 1,200 hommes (300 tués, 700 blessés et 200 prisonniers). Les Russes, dans leurs rapports, n'avouent que 700 hommes mis hors de combat; 100 tués et 150 blessés dans la brigade de Metchka; 86 tués, 487 blessés et 14 disparus dans celle de Trestenick.

*
**

L'attaque de l'extrême-gauche de l'armée russe ayant échoué, Suleyman-pacha tenta une attaque sur l'extrême-droite, estimant que le tsarevitch avait dû dégarnir les autres points de sa ligne pour renforcer celle qu'il venait d'attaquer.

Combat d'Elena (4 décembre). — Au commencement du mois de novembre, les Russes n'avaient qu'un seul régiment à Elena ; mais lorsqu'ils apprirent que Suleyman-pacha concentrait des forces considérables autour d'Osman-Bazar, le régiment d'Orel alla rejoindre celui de Sievsk, et la garnison se trouva ainsi composée de la 1re brigade de la 9e division d'infanterie, du régiment de dragons de l'ordre militaire et de trois batteries d'artillerie ; soit environ 6,000 hommes avec 18 canons.

Le détachement avancé de ces troupes occupait une forte position dont le centre était Marian, à cinq kilomètres d'Elena, couvrant à la fois la route de Slivno et celle de Tvarditza. Ce détachement, fort de 5,000 hommes, sous les ordres du prince Sviatopol-

Mirski (XIe corps), se composait des régiments n°s 34 et 36, de trois compagnies du 14e bataillon de tirailleurs, du 13e dragons ; des 4e et 5e batteries de la 9e brigade d'artillerie ; de la 5e batterie de la 14e brigade à pied et de la 30e batterie à cheval.

Les troupes de renfort les plus proches étaient à Tirnova, à vingt kilomètres en arrière ; le flanc gauche de la position de Marian était appuyé à la 11e division de cavalerie.

Le 17 novembre, les avant-postes de Slataritza, qui étaient occupés par un détachement du XIIe corps, avaient été surpris et chassés par les Tcherkesses ; l'infanterie turque s'y établit et s'y fortifia ; mais en fut chassée pendant la nuit par le 42e régiment d'infanterie. Deux jours après, les Tcherkesses faisaient encore reculer les avant-postes russes établis à Novoselo ; mais pour quelques heures seulement.

Ces entreprises hardies se passaient à une journée de marche de Tirnova. Le 30 novembre, les bivouacs de l'armée turque arrivaient jusqu'à Achmeldi, à dix-sept kilomètres d'Elena. C'était Fuad-pacha avec 20,000 hommes d'infanterie, 8,000 Tcherkesses et 20 pièces de canon. Les grand'gardes russes ne s'en aperçurent que dans la nuit du 3 au 4 décembre, alors qu'il était déjà trop tard pour donner l'éveil, et prendre de nouvelles positions défensives.

Les troupes établies dans la position d'Elena sont sous les ordres du général Delinghausen, dont le commandement s'étend de Marian à Kopatza, par Novoselo et Tcheserevo. Les troupes sont disposées comme il suit :

A NOVENA ET AUX AVANT-POSTES A NOVACKA ET A MARIAN	A SLATARITZA 1 bataillon, 1 escadron, 2 canons.		RÉSERVE GÉNÉRALE A TIRNOVA
6 bataillons de la 9ᵉ division d'infanterie (XIIIᵉ corps); le 13ᵉ régiment de dragons (XIIIᵉ corps); 24 pièces des 3ᵉ et 14ᵉ brigades d'artillerie; 20 pièces de la 2ᵉ batterie à cheval.	SECTION DENOVESELS, TCHESEROVO ET DJUTEIN 3 bataillons; 6 escadrons et 12 canons (13ᵉ division d'artillerie) XIIIᵉ corps.	En arrière de SLATARITZA A MORDA ET DRAGIEVO 3 bataillons; 5 canons. A LESKOZITZA ET RABYIZA : la 3ᵉ brigade de la 11ᵉ division d'infanterie ; 5 escadrons de la 13ᵉ division de cavalerie. 8 canons.	la 4ᵉ brigade de tirailleurs. Sur le chemin de Tirnova à Popkieuï : la 36ᵉ division d'infanterie et la 1ʳᵉ brigade de la 11ᵉ division de cavalerie; 12 bataillons, 6 escadrons et 54 canons. A Tchaïrkieuï : la 1ʳᵉ brigade de la 26ᵉ division d'infanterie; 24 canons.

Le 4 décembre, vers six heures et demie du matin, deux coups de canon se font entendre du côté d'Achmedli; c'est ainsi que les avant-postes russes apprennent que les Turcs s'avancent en masses compactes contre Marian, qu'occupent les 1ᵉʳ et 2ᵉ bataillons du 31ᵉ régiment de Sievsk, soutenus par 4 canons de la 20ᵉ batterie à cheval, et éclairés par trois escadrons du 13ᵉ dragons de l'ordre militaire. C'est le VIIIᵉ corps qui garde la position d'Elena, et un détachement du XIᵉ corps qui garde celle de Slataritza.

Au premier coup de canon, les soldats russes garnissent les tranchées qui leur ont été préparées, et se disposent à recevoir l'ennemi. Une chaîne épaisse de fantassins turcs se montre sur la crête des hauteurs en face du centre et du flanc gauche de la position de

Marian. Cette chaîne est soutenue par de fortes réserves appuyées en arrière par quelques centaines de Tcherkesses. Peu après, une batterie russe de douze canons à longue portée ouvre le feu contre Marian. Les compagnies du régiment du Sievsk reçoivent bravement cette première attaque, et, de part et d'autre, le feu s'engage avec une grande intensité.

Néanmoins, le centre de la position russe est enlevé et le lieutenant-colonel Oulegaïw, du régiment de Sievsk, se fait bravement tuer en défendant pied à pied, à la tête de ses troupes, le terrain qui lui est confié.

Ce premier résultat obtenu, Suleyman-pacha dirigea ses colonnes d'assaut sur la gauche de Marian. Là encore, après deux heures d'une lutte inégale et bien qu'ils eussent été renforcés par un bataillon du régiment d'Orel, dont le commandant fut blessé en arrivant dans la zone d'action des feux, les Russes durent se résigner à battre en retraite et à se replier de Marian sur Elena. Pour couvrir cette retraite, le colonel Klevessahl, commandant du régiment d'Orel, se mit à la tête du bataillon de renfort et chargea les Turcs à la baïonnette. Ceux-ci plièrent devant l'impétuosité du soldat russe ; mais les Tcherkesses, peu à peu, enveloppèrent les assaillants qui n'eurent qu'à vendre chèrement leur vie. Un officier et quelques soldats réussirent seuls à percer les rangs des irréguliers turcs ; le reste du bataillon fut massacré ou fait prisonnier.

Averti de ce désastre, le général Dombrowski envoie aussitôt ses réserves au secours du détachement de Marian : trois compagnies du régiment d'Orel, une compagnie du 14e bataillon de tirailleurs, et deux canons. Le colonel Jirjuski en prend le commandement. Entraînés par le colonel, ces soldats se précipitent sur les Turcs, dont la ligne entière recule un instant. Mais que

Le lieutenant-colonel Oulegaïw, du régiment de Sievsk, se fait
bravement tuer... (Page 176.)

pouvait le courage contre des masses profondes de
troupes fraîches se renouvelant sans cesse. Entouré
de toutes parts et écrasé par le nombre, le détachement
de Marian, malgré ce renfort, dut reprendre son mouvement en arrière, ne cédant chaque pouce de terrain
qu'après une résistance des plus opiniâtres.

A midi, le détachement avait regagné Elena, position
fortifiée d'avance sur laquelle les Russes comptaient
pour prolonger leur résistance. Elle était occupée par
sept compagnies fraîches des régiments de Sievsk et
d'Orel, flanquées à gauche par neuf canons, et à droite
par quinze. Ces troupes, établies dans les tranchées-abris
de la première ligne, recueillirent celles qui battaient en
retraite, et purent s'abriter dans les retranchements de
la seconde ligne.

Dès le matin, Suleyman-pacha avait envoyé quel-
ques-unes de ses troupes se frayer un chemin dans les
montagnes, entre Slataritza et Elena, de façon à couper
la route entre ces deux villes et fermer cette voie de
retraite à la garnison russe d'Elena. Aussi, lorsque le
détachement de Marian se fut replié sur le corps principal, Suleyman-pacha prescrivit à son aile gauche de
déborder Elena et d'occuper la route qui mène à Tirnova. Le général turc avait tiré profit des derniers
combats, où les Russes avaient fait un usage si heureux
des mouvements tournants ; il était visible qu'il cherchait à les imiter. Mais les officiers et les soldats turcs
sont loin de valoir les officiers et les soldats de l'armée
russe. Ceux-ci ne se laissèrent pas envelopper. Suleyman-pacha ne produisit pas l'effet qu'il attendait de ses
opérations. Trois escadrons de dragons et deux canons
suffirent au général Dombrowski pour empêcher l'ennemi de lui couper son unique voie de retraite, et à deux
heures de l'après-midi, une lutte s'engageait autour

d'Elena, tant sur les hauteurs que dans la plaine.

Ce combat dura près de huit heures ; il fallait coûte que coûte garder le défilé de Saint-Nicolas, d'une longueur de six lieues, et qui était l'unique voie de retraite de l'armée russe ; il importait en outre de gagner du temps, dans l'espoir de voir arriver des renforts avant la nuit. « Une pareille tâche, — écrit le grand-duc héritier au tsar dans son rapport, — était hérissée de difficultés ; elle ne pouvait être accomplie que par des régiments aussi aguerris que ceux d'Orel et de Sievsk. Ceux-ci ne se retirèrent que pas à pas, malgré le mouvement tournant des Turcs, et je crois de mon devoir de constater que cette tâche a été accomplie avec un calme et un sang-froid admirables. Cette ténacité a arrêté les Bachi-Bouzouks et les Tcherkesses, prêts à fondre sur les derrières du détachement d'Elena.

« Six bataillons d'infanterie et quatre escadrons de cavalerie ont donc soutenu une lutte sanglante de huit heures, contre un ennemi cinq fois supérieur en nombre ; ils y ont perdu le tiers de leur effectif (1807 hommes et la moitié de leurs officiers mis hors de combat, 52), ont arrêté la marche offensive des Turcs, et ne leur ont pas permis de pénétrer dans le défilé au delà duquel s'ouvrait pour eux une route entièrement libre et non défendue jusqu'à Tirnova. »

Pour conserver la poignée d'hommes qu'il avait encore avec lui, le général Dombrowski fit battre en retraite jusqu'à Yakobitza, à cinq kilomètres à l'ouest d'Elena.

Cette retraite n'était pas facile, car il fallait passer sous le feu de l'infanterie turque qui avait pris position sur les hauteurs, à droite de la route, et repousser les charges de 3,000 Tcherkesses, harcelant sans cesse le flanc et les derrières du détachement russe. Les treize premiers canons réussirent à passer ; mais il fallut en abandonner deux aux mains des cavaliers ennemis. A cinq heures du soir, ces canons purent se mettre en batterie dans des positions fortifiées d'avance, et contenir l'ennemi, et vers huit heures, l'infanterie avec ses blessés arrivait dans la position de Yakobitza, où elle s'établissait dans des tranchées-abris et des trous de tirailleurs prêts à recevoir par un feu des plus nourris l'ennemi s'il se présentait.

Maître d'Elena et de Slataritza, Suleyman-pacha tenait, en quelque sorte, les deux clefs de Tirnova. Une attaque de front contre Yakobitza, un mouvement tournant en partant de Slataritza, pouvaient le mettre en possession de cette petite ville; il ne tenta rien, si ce n'est des démonstrations insignifiantes et sans succès.

*
* *

Deuxième bataille de Metchka : 12 décembre. — Aussitôt après la prise d'Elena, Suleyman-pacha laisse à Fuad-pacha le commandement des troupes sous cette place, et revient à Kadikieuï préparer une nouvelle attaque contre le XIIe corps russe. A cet effet, il appelle à lui toutes les troupes disponibles de Silistrie, de Rasgrad, Silenick, Tourtoukaï; il forme ainsi avec les troupes de Roustchouk et du camp de Kadikieuï une armée assez importante, forte de plus de 40,000 hommes et composée de soixante bataillons, dont il donne le commandement à Fazli-pacha, en remplacement d'Assaf, disgracié depuis la bataille du 26 novembre.

Pendant que Suleyman-pacha rassemble ses troupes, Osman-pacha signe la capitulation de Plewna, le 10 décembre. A cette date, trente-huit bataillons turcs franchissent le Lom et se concentrent sur la rive gauche de la rivière ; une trentaine sortent de Roustchouk et s'établissent sous les murs de la ville, dans les ouvrages avancés construits vers le sud. C'était une nouvelle bataille de Metchka-Trestenick qui se préparait.

Le XIIe corps en entier avait été distribué entre ces deux points, ayant pour réserve la 2e brigade de la 35e division d'infanterie du XIIIe corps. Comme la première fois, le général Tsiliadzew commandait à Metchka et le général Tirsk à Trestenick

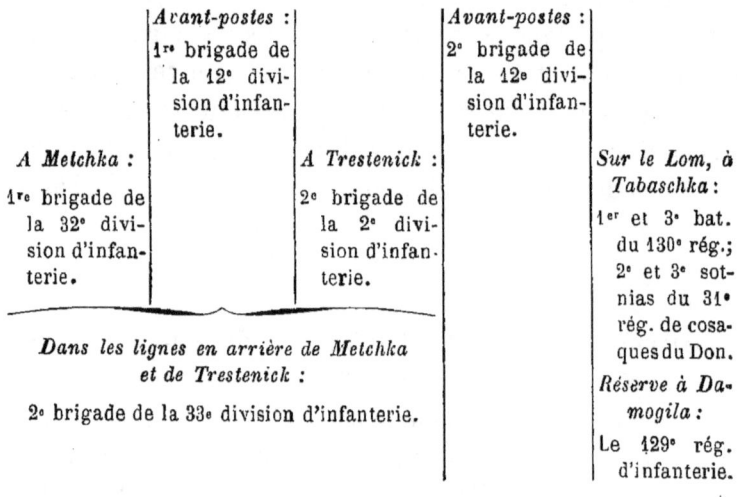

Avant-postes : 1re brigade de la 12e division d'infanterie.	Avant-postes : 2e brigade de la 12e division d'infanterie.	
A Metchka : 1re brigade de la 32e division d'infanterie.	*A Trestenick :* 2e brigade de la 2e division d'infanterie.	*Sur le Lom, à Tabaschka :* 1er et 3e bat. du 130e rég.; 2e et 3e sotnias du 31e rég. de cosaques du Don. *Réserve à Damogila :* Le 129e rég. d'infanterie.

Dans les lignes en arrière de Metchka et de Trestenick :

2e brigade de la 33e division d'infanterie.

Les troupes russes étaient disposée comme il suit le 11 décembre.

Le grand-duc héritier donna ses ordres, d'après la formation que Suleyman-pacha laissait apercevoir dans la journée du 11. Le lendemain, il fit prendre à ses troupes les dispositions suivantes : le 129e régiment d'infanterie se porta de Damogila sur Trestenick, et la 2e brigade de la 35e division d'infanterie (139e ; 1er et 3e bataillons du 140e régiment d'infanterie, 1 sotnia du 36e régiment de cosaques du Don et une batterie) se dirigea sur Damogila ; le 7e bataillon de sapeurs du génie passa sur la rive gauche du Danube, dans une position de réserve en arrière de Metchka.

Pendant que ces mouvements s'exécutaient, les Turcs arrivaient devant Pirgos, Gol-Tschim et Metchka.

Il était alors huit heures du matin, et pendant que Suleyman-pacha attaquait la droite de la position de Metchka, Fazli-pacha faisait une démonstration contre Trestenick.

Le XII⁰ corps russe, qui défend le plateau entre le Lom et le Danube, est couvert par une ligne de retranchements qui, faisant face à l'est, court parallèlement à la route conduisant de Routschouk à Biéla. Elle a une longueur de un kilomètre sur une profondeur de sept cents mètres ; les tranchées-abris peuvent abriter chacune une compagnie d'infanterie ; elles sont précédées de deux lignes de trous de loup, pouvant contenir quatre tirailleurs chacune. En arrière de la route se trouvent deux longues lignes en forme de redan, entre lesquelles ont été établies des batteries et plus loin, en arrière encore, une lunette servant de refuge à la réserve, et défendue par de l'infanterie et de l'artillerie.

Le terrain en pente de la vallée du Lom était ainsi parfaitement utilisé ; cette ligne de retranchements donnait à la défense des feux étagés d'une valeur réelle. A l'ouest, en arrière de la crête, un camp baraqué parfaitement abrité pouvait contenir plusieurs bataillons.

Les Turcs se précipitèrent sur cette longue ligne de retranchements avec leur courage habituel ; ils devaient être infailliblement repoussés.

Vers dix heures du matin, les artilleurs turcs installent une batterie entre Pirgos et Metchka ; le duel d'artillerie ne tarde pas à s'engager entre les combattants. Protégés par le feu de leurs canons, les Turcs déployés en tirailleurs attaquent l'aile gauche et le centre des troupes du général Tsiliadzew. Descendus des hauteurs, ils s'engagent hardiment dans le ravin où ils sont reçus par un feu violent d'artillerie qui les décime et les oblige à se retirer. Une seconde attaque, avec des renforts de plus en plus pressés, n'a pas plus de succès. Ces tentatives sur la gauche et le centre russe n'ayant pas réussi, Suleyman-pacha essaie trois assauts consécutifs sur le flanc droit de la position russe ; ces bataillons se brisent contre la ténacité des régiments russes.

Du côté de Trestenick, le tsarevitch Alexandre, aidé du grand duc Vladimir, dirige le combat, pendant toute la journée, et en suit les péripéties avec un réel intérêt.

Le régiment russe n° 45 occupe le village de Trestenick ; le grand-duc héritier, tout entier à la tactique qui lui avait si bien réussi le 26 novembre dernier, passe à l'offensive dès que l'ennemi lui en laisse la possibilité. Ne voulant pas donner aux Turcs le temps de préparer leur attaque contre Trestenick, ni de concentrer de trop grandes forces contre cette position, le grand-duc héritier les attire dans le ravin, puis il passe à l'offensive en tombant sur le flanc gauche des Turcs, pour les tourner et leur couper la route de Routschouk si c'était possible.

Quand la 2ᵉ brigade de la 35ᵉ division d'infanterie arrive à Trestenick, venant des lignes en arrière, il est neuf heures du matin ; c'est le moment de passer à l'offensive. Le tsarevitch donne alors les ordres suivants : la 2ᵉ brigade de la 35ᵉ division d'infanterie, soutenue par le régiment de l'Ukraine de la 12ᵉ division d'infanterie, marchera de Trestenick dans la direction de Routschouk en suivant la chaussée, l'aile droite en avant, de façon à tourner l'aile gauche turque. Il faut qu'on sache, à ce sujet, que la route de Routschouk, en se rapprochant du Lom, fait brusquement (à Gol-Tchisme) un coude dirigé vers le Danube ; disposition qui permettait un mouvement tour-

nant contre les derrières et le flanc gauche du détachement de Fazli-pacha. Jusqu'à midi, le combat devant la
position de Trestenick n'est qu'un engagement de
mousqueterie peu important, jusqu'au moment où entre
en ligne la 2ᵉ brigade de la 12ᵉ division de cavalerie, à
laquelle on a ajouté trois escadrons du 12ᵉ uhlans, une
sotnia du 37ᵉ régiment de cosaques du Don, deux du
36ᵉ et les 5ᵉ et 21ᵉ batteries à cheval des cosaques du Don.
Cette masse de cavalerie s'avança vers le Lom, en prenant la chaussée qui part de Trestenick, changea deux
fois de direction à gauche, et fut assez heureuse pour
rejeter l'infanterie ennemie sur les hauteurs, entre le
plateau de Gol-Tchisme et de Jovan-Tschiflik, à droite.
Cette cavalerie fut secondée par les 1ᵉʳ et 3ᵉ bataillons du
136ᵉ régiment d'infanterie, suivis de la 2ᵉ brigade de la
35ᵉ division venue de Damogila, en longeant l'est de la
chaussée, et qui avait été renforcée à cet effet par le
2ᵉ régiment d'infanterie, les 3ᵉ et 6ᵉ batteries de la 12ᵉ brigade d'artillerie à pied.

En première ligne se trouvent : le 47ᵉ à gauche ; les 1ᵉʳ et
3ᵉ bataillons du 139ᵉ à droite ; en deuxième ligne : le 12ᵉ
dragons et la 12ᵉ batterie ; à droite la 2ᵉ brigade de la
12ᵉ division de cavalerie. Les régiments de première
ligne s'élancent en avant, au son des tambours et des
clairons, surprennent les Turcs, les chassent de leurs
positions, enlèvent les tranchées à la baïonnette et occupent le terrain conquis avec leur artillerie. Quand le
tsarevitch vit que la 8ᵉ brigade de la 35ᵉ division avait
réussi à prendre position sur le flanc et les derrières de
l'armée de Fazli-pacha, il prescrivit au général Timofeiew,
qui commandait la 3ᵉ division, de faire avancer la 2ᵉ brigade de sa division (général Doktourow) contre l'épaisse
colonne ennemie qui s'était déployée entre Metchka et
Trestenick, et attaquait cette dernière position.

Il était deux heures de l'après-midi environ.

Les dispositions prises par la 2ᵉ brigade de la 33ᵉ division sont les suivantes : les régiments de Tiraspol et de Bender sont portés sur le versant escarpé du ravin qui va de Trestenick au Danube, passant derrière la position de Metchka qui se continue sur le versant opposé du ravin, sur lequel se sont déployés les tirailleurs turcs. Derrière cette hauteur, se trouve une autre élévation qui descend vers Gol-Tchisme ; plus loin encore, les hauteurs de Pirgos bordent le plateau. Ces troupes avaient donc à franchir deux ravins, avant d'arriver à celui que défendaient les Turcs.

Le général Doktourow, ayant expliqué le but de l'action aux commandants de régiment, désigna pour l'attaque le 131ᵉ régiment de Tiraspol et deux bataillons de celui de Bender. Toutes les compagnies de la première ligne devaient, à un signal donné, sauter de leurs fossés de tirailleurs et se précipiter sur la montagne, pendant que la 2ᵉ brigade de la 35ᵉ division d'infanterie recevait l'ordre de chasser les Turcs de position en position.

Au premier mouvement en avant de l'infanterie russe, les tirailleurs ennemis se levèrent et ouvrirent un feu meurtrier contre les assaillants. Aucun point de la ligne russe n'est à l'abri des projectiles de l'ennemi, même les vignes de Trestenick, au milieu desquelles se trouvent le tsarevitch et le grand-duc Vladimir. Les bataillons Tiraspol et de Bender s'élancent brillamment à l'attaque, descendent rapidement dans le ravin en escaladant le côté opposé ; mais le gros des forces turques ne peut aborder la crête qui est balayée par le feu des projectiles russes.

Profitant de l'élan que leur donne la descente, les Russes se jettent à la baïonnette sur l'ennemi qui ne peut résister au choc, et rétrograde sur le mamelon voisin. L'artillerie russe dirige alors son feu contre ces derniers, les couvre de schrapnels et d'obus qui éclatent au milieu des fuyards, mettant le désordre dans les rangs de l'armée turque. Les hauteurs et les ravins sont couverts de leurs morts et de leurs blessés.

Le succès de l'attaque du général Doktourow décide le tsarevitch à prescrire l'offensive sur toute la ligne. Ce mouvement est à peine commencé que les Turcs prennent la fuite dans toutes les directions, passant sous une pluie de balles pour retraverser le Lom. La nuit seule mit fin à la poursuite des Russes.

Cette affaire termine la série des tentatives offensives isolées faites par Suleyman-pacha ; trois d'entre elles, celles des 19 et 26 novembre et celle du 12 décembre, avaient été dirigées contre l'aile gauche extrême de l'armée russe de l'Est, c'est-à-dire contre les positions de Metchka et de Trestenick ; la quatrième, exécutée le 4 décembre, l'avait été contre l'extrême-droite, à Elena.

C'est à Kadikieuï que Suleyman-pacha apprit, le 12 décembre au soir, la capitulation de Plewna.

La situation générale exigeait, dorénavant, la concentration des troupes turques au sud des Balkans, sur la ligne Andrinople-Philippopoli, pour défendre la Roumélie que 100,000 Russes allaient envahir.

Les opérations de Suleyman-pacha contre le XIIᵉ corps devenaient nulles et sans effet, le 12 décembre, après la chute de Plewna. Elles n'avaient une importance stratégique importante qu'autant que le général turc eût pu infliger au grand-duc héritier une défaite éclatante avant la capitulation de cette place.

*
* *

Plewna pris, les Russes se préparèrent à franchir la chaîne des Balkans, malgré l'hiver et le froid. Tout le matériel de siège fut envoyé à l'armée du tsarevitch, qui reçut la mission d'investir Routschouk et d'en faire le siège. Le général Totleben, le même qui avait été, il y avait douze ans, le véritable défenseur de Sébastopol, fut adjoint au grand-duc héritier pour pousser les travaux autour de la place avec la plus grande célérité. Le reste de l'armée de l'Est, dit du Lom, devait rester en place et contenir l'armée turque, la faire reculer s'il était possible, de façon à rendre possible le passage des Balkans, et permettre l'offensive dès que la grande chaîne serait franchie.

A cette date, la situation générale de l'armée de l'Est est la suivante. L'armée du grand-duc héritier (32e division d'infanterie; XIIe et XIIIe corps; moitié de la 11e division de cavalerie; les 8e et 12e divisions de cavalerie; les régiments de cosaques nos 31, 36, 37 et 39) est immobilisée sur le Lom dans les positions d'avant-postes déterminées par la ligne Popkieuï-Solenick-Pirgos. Une partie de la 32e division d'infanterie et la moitié de la 11e division de cavalerie sont sur la ligne Giourgewo-Oltenitza.

Toutes les troupes de campagne restées au nord des Balkans, — à l'exception du détachement du général Zimmermann qui opère dans la Dobrutscha, — forment le corps de l'Est sous le commandement de S. A. I. le grand-duc héritier. Ce corps doit, une fois la prise de Routschouk opérée, marcher de Routschouk sur Rasgrad-Eski-Djouma-Osman-Bazar, dont elle a l'ordre de s'emparer, en rétablissant les communications entre Routschouk et Schumla.

Les troupes qui font partie de cette armée du Lom sont: les 12e et 33e divisions d'infanterie (XIIe corps); 1re et 32e divisions d'infanterie (XIIIe corps); la 32e division d'infanterie, dont une partie est laissée sur la rive gauche du Danube, en face de Routschouk et de Tourtoukaï, sous les ordres du lieutenant général Aller, avec la 1re brigade de la 11e division de cavalerie. En font partie également : la 12e division de cavalerie ; la 1re brigade de la 11e division de cavalerie ; les régiments de cosaques du Don, nos 31, 36, 37 et 39 et, pendant la traversée des Balkans, la 8e division de cavalerie.

Opérations de l'armée de l'Est et siège de Routschouk. — Jusqu'au 20 janvier 1878, ce sont des escarmouches continuelles, sur le Lom blanc comme sur le Lom noir, les Turcs cherchant seulement à se maintenir dans leurs positions, et ce n'est que lorsque la puissance militaire de l'empire ottoman s'effondre à la suite du désastre de Schipka, que le tsarevitch reçoit l'ordre d'exécuter sa marche offensive depuis Routschouk, par Rasgrad et Eski-Djouma, jusqu'à Osman-Bazar, son aile droite en avant, de façon à s'emparer de cette dernière ville.

Le grand-duc héritier n'éprouve aucune difficulté à remplir ce programme. L'armée turque du quadrilatère, affaiblie par des envois de troupes réitérés de la Bulgarie en Roumélie, n'est plus capable de tenir la campagne ; ses débris se replient devant les Russes, une partie allant grossir la garnison de Routschouk, où commande Achmet-Kaiserli-pacha, et l'autre celle de Schumla où se trouve Fazli-pacha. Le 27 janvier, les troupes du XIIIe corps entrent à Osman-Bazar ; le 28, à Rasgrad ; le 29, à Eski-Djouma, où la dévastation est horrible à contempler. La ville brûlait sur différents points et, près de Kalitza, gisaient plus de 200 cadavres de femmes et d'enfants égorgés et affreusement mutilés par les bachibouzouks.

Les troupes russes s'avancent ensuite sur Eski-Stamboul et Verbitza, route de Schumla à Andrinople.

Le XIIe corps et la 32e division d'infanterie investissent Routschouk, dont le général Totleben se prépare à faire le siège, qui se poursuit en même temps que le XII⁰ corps combat dans la vallée du Lom.

La masse de cavalerie russe employée dans le quadrilatère bulgare devait avoir peu à faire ; elle comprenait quatre divisions (les 8ᵉ, 12ᵉ et 13ᵉ, plus la moitié des 11ᵉ et 21ᵉ divisions de cosaques). Le gros de l'armée turque se trouvait à l'est ; le gros de cette cavalerie protégeait le flanc gauche de l'armée russe et couvrait le déploiement du détachement du grand-duc héritier. La tournure que prirent les opérations de ce côté ne permit pas à cette cavalerie de produire tous les effets que l'on attendait d'elle. Ce fut là un fait inattendu ; elle n'en rendit pas moins de grands services aux avant-postes par ses entreprises de reconnaissances, dans la direction des communications de l'ennemi, pour le harceler dans ses camps, ses cantonnements, ou encore, pour exécuter les démonstrations nécessaires sur un point quelconque de la ligne turque.

**

Siège de Routschouk. — La forteresse de Routschouk (en turc, *Rusçuk*) renferme, en temps normal, 25,000 habitants ; elle a une importance stratégique considérable, en ce sens qu'elle est le point de croisement des deux routes qui mènent, l'une au sud, sur la passe de Schifika, par Biéla et Tirnova ; l'autre dans les passages du Balkan oriental par Rasgrad.

En cet endroit, les berges escarpées du Danube ont une hauteur de 20 à 30 mètres au-dessus du fleuve ; à l'ouest, la vallée encaissée du Lom rend son approche difficile ; au sud et au sud-ouest, les hauteurs qui l'environnent sont à 160 mètres au-dessus du niveau de la mer ; au nord-est, le terrain s'aplatit ; le Danube, partagé en deux bras, rend le passage du fleuve facile. Le bras droit a une largeur de 500 mètres, l'îlot 800 mètres et le bras gauche 150 mètres ; il y a donc 1,400 mètres à 1,500 mètres entre les deux rives du fleuve. Le village de Slobodzia est sur la rive gauche, et à cinq kilomètres plus loin, la ville roumaine de Giourgewo.

Les Russes avaient établi leurs batteries de siège à Slobodzia, et occupaient ce village, ainsi que Giourgewo.

L'assiégeant, — comme on le sait, — se borna au bombardement de Roustchouk, au moyen des batteries établies à Slobodzia. Le blocus de la forteresse ne fut donc que partiel, l'investissement n'ayant pas pu et ne pouvant pas être exécuté partout d'une façon ininterrompue. Quarante pièces de 12 et de 13 centimètres, aidées de quelques gros mortiers, furent mises en batterie à la distance de quatre à cinq kilomètres. Les ouvrages extérieurs de la forteresse n'en souffrirent nullement ; mais la ville fut sérieusement endommagée. Les grands bâtiments et le palais du gouverneur furent complètement détruits, plusieurs maisons incendiées. Ce résultat n'influa en aucune manière sur la résistance de la place.

Un premier bombardement, qui a eu surtout pour but de masquer le passage du Danube par l'armée russe, a été exécuté le 24 juin 1877, avec le matériel suivant : 12 mortiers rayés et 16 canons longs de 24, concentrés dans d'anciens retranchements qui dataient de 1828 et répartis entre sept batteries construites à Slobodzia.

La défense de la place consista surtout dans la création, l'amélioration et la réparation des ouvrages extérieurs, ainsi que dans un tir continu destiné à contrebattre les batteries russes. Les Turcs firent plusieurs sorties pendant la durée du siège ; entre autres le 4 septembre sur Kadikieuï, pour appuyer les opérations de Mehemet-Ali.

La garnison se composait de 20,000 hommes; l'armement de l'artillerie atteignait deux cents pièces, dont soixante-dix se chargeaient par la bouche. Les munitions et les subsistances étaient en quantité suffisante pour un siège de plusieurs mois, et la forteresse ne se rendit au grand-duc héritier que le 20 février 1878, lorsque fut signé le traité de San-Stephano. La garnison se retira à Schumla et à Varna; l'armée russe occupa la ville après son évacuation.

*
* *

Le détachement de l'armée de l'Est, — moins les troupes chargées de l'investissement de Roustchouk, — commença le 13 janvier 1878, son attaque générale sur la ligne Roustchouk-Osman-Bazar, de façon à occuper le chemin de fer qui mène à Schumla.

A partir de ce moment, le plan des opérations turques prend une tout autre tournure; Suleyman-pacha reçoit l'ordre de ne laisser que peu de monde, en face du prince héréditaire, et de se retirer en Roumélie, pour la défense d'Andrinople, dont le général Gourko s'emparait le 22 janvier en faisant des miracles d'énergie et de vélocité. Ce succès était dû en partie à la discipline parfaite des troupes russes; à leur constance, à leur abnégation et au courage dont les soldats moscovites ont donné des preuves pendant toute cette guerre. La Russie peut donc porter la tête haute; ses soldats ont fait vaillamment leur devoir. Vaincus au nord des Balkans, le seul passage d'une petite rivière eût pu donner lieu à d'immenses désastres. Les mêmes hommes, invincibles à Andrinople, eussent été acculés sur le Danube, et auraient probablement payé un triste hommage à la fortune triomphante de la Turquie.

Aujourd'hui, plus que jamais, les premiers grands actes de la guerre sont dans la décision du chef. La première période de cette guerre se nomme Plewna et la vallée du Lom ; la suivante se résume dans le passage des Balkans, point stratégique dominant, et la troisième dans Andrinople, qui aurait dû être le grand objectif des deux adversaires et ne fut, au contraire, qu'un lieu de passage et une base logistique pour l'envahisseur.

Pendant que le lieutenant-général Zimmermann, dans la Dobrutscha, se portait contre Bazardchick, l'armée du grand-duc héritier se mettait en mouvement par son aile droite (XIIIᵉ corps) sur Rasgrad dont elle s'emparait le 26 janvier, sans résistance sérieuse, ainsi que contre Osman-Bazar qu'elle enlevait le 27 ; enfin, contre Eski-Djouma qu'elle occupait le 29. De là, elle se porta contre Schumla, poussant ses avant-postes jusqu'à Eski-Stamboul et Verbitza. C'est à ce moment-là qu'arrivait la nouvelle de l'armistice. Les petits détachements russes laissés sur le Lom, en face de l'ennemi, se replièrent alors sur Schumla. Tout le quadrilatère bulgare fut donc occupé, mais aucune forteresse ne fut sérieusement investie. La continuation de l'offensive eût nécessité le blocus de Varna ; du côté de terre, les XIIᵉ et XIIIᵉ corps d'armée, avec les 12ᵉ et 11ᵉ divisions de cavalerie et quatre régiments de cosaques eussent à peine suffi pour investir tout à la fois Roustchouk et Schumla. Le XIVᵉ corps (Zimmermann) eût été à peine enétat de bloquer Silistrie et de surveiller Varna.

Un armistice préliminaire de la paix était donc devenu absolument nécessaire à la fin du mois de janvier. Les cabinets européens en poursuivaient la réalisation depuis le 8 janvier 1878 ; ce n'est que le 31 que fut

13

signée à Andrinople la convention d'armistice, et que furent posées les bases préliminaires de la paix.

Les opérations militaires cessèrent immédiatement. Le grand-duc héritier rentra à Saint-Pétersbourg avec son frère, le grand-duc Vladimir. Le général Vanowski reprit le commandement du XII° corps et le général Totleben prit celui de l'armée de l'Est, à la tête de laquelle il entra, le 20 février, dans la place de Roustchouk évacuée la veille par Achmed-Kaiserli-pacha. Quelques jours après, Totleben quittait à son tour la Bulgarie et laissait le commandement au prince Korsakow, chef du XIII° corps.

Les résultats de cette guerre de 1877-78 sont connus : ce furent l'indépendance de deux royaumes proclamés ; deux principautés nouvelles fondées ; les Macédoniens et les Arméniens soulagés ; la frontière du Caucase russe rectifiée avec Kars et Batoum comme postes avancés en Asie-Mineure ; la Bessarabie redevenant province russe.

CHAPITRE V

I

LE PANSLAVISME.

E panslavisme est tout un système politique, en vertu duquel la Russie aspire à expulser les Turcs de l'Europe et à réunir sous sa domination tous les peuples de race slave aujourd'hui dispersés dans l'empire ottoman. Ce programme est-il réalisable ? Peut-être ; mais, dans tous les cas, le moment où il pourra être mis à exécution est encore bien loin de nous.

Essayons de définir brièvement la situation des Slaves en Europe. Dans les premiers siècles de l'histoire, ils nous apparaissent comme un vaste océan humain, s'étendant de l'Adriatique et du Danube à l'Elbe et au Volga.

Ils étaient alors divisés en tribus, ou clans, assemblage de familles sans organisation politique et vivant sous un régime patriarcal.

Plus tard les tribus se fondirent en nation. Les Slaves du nord-est se laissèrent subjuguer par les Varègues, Russes venus de la Scandinavie ; ceux de la Vistule, par les Lakhs ; ceux de l'Elbe, par les Allemands ; ceux de la Moesie, par les Bulgares, tribu souranienne du Volga. Les Serbes et les Croates quittèrent leurs campements dans les plaines de l'Oder, pour aller s'établir sur les bords du Danube et de la Save. Plus tard encore, la fusion de tous ces éléments un peu épars s'opéra, et le christianisme ne fut pas étranger à cet amalgame. Les Russes, les Serbes et les Bulgares embrassèrent le catholicisme grec, autrement dit le *pravoslavisme*. Les Polonais, les Tchèques et autres Slaves de l'Allemagne, ainsi que les Serbes de la Dalmatie, se convertirent au catholicisme romain.

Désormais, chaque nationalité cherche son centre de gravitation dans la sphère que lui tracent les lois historiques de son origine. La Russie lutte alors pendant deux siècles contre les Tartares ; le mélange des usages asiatiques et de la civilisation bizantine, donne naissance au régime centralisateur et autocratique qui l'unifie et augmente sa puissance.

Au dix-huitième siècle, la situation des Slaves offre un étrange spectacle. On dirait un vaisseau qui se disjoint de toutes parts. La Russie restée seule debout parvient à entrer dans le concert européen ; mais complètement livrée à l'influence des usages occidentaux, elle n'a plus de slave que sa religion et sa langue. La Pologne est livrée aux mains de ses voisins ; les Slaves de l'Elbe ont disparu de la carte de l'Europe. La Bohême est absorbée et agonise sous les coups que lui porte le germa-

nisme. Les Croates se vendent corps et âme à l'Autriche.
Les Bulgares et les Serbes sont écrasés par les Turcs,
dont ils supportent le joug péniblement. En un mot,
l'unité de la grande famille slave a disparu; chacun de
ses membres vivra dorénavant d'une vie isolée, individuelle, perdant tout souvenir d'origine commune, toute
notion de solidarité entre eux.

Ainsi, au commencement du dix-neuvième siècle, les
Slaves ont perdu le fil de leurs traditions historiques.
Ce n'est que vers 1840 qu'ils commencent à s'agiter, et
c'est alors qu'on voit naître pour la première fois le panslavisme, dont le but apparent était d'absorber tous les
Slaves et de les grouper autour de la Russie, de façon à
les fusionner avec un peuple fort et puissant, susceptible
de les amener à reconquérir leur antique splendeur. Deux
événements arrivèrent fort à propos pour démontrer
combien le panslavisme avait peu de chances de réussir :
le congrès de Prague et la révolution de 1848. Le premier démontra que l'unité ethnographique d'une race
n'était rien, et qu'il y avait loin entre la théorie et la
pratique, vu l'impossibilité où en étaient les savants de
se comprendre.

La révolution de 1848 ne fit qu'accentuer l'impuis-
sance du panslavisme. Les Polonais aidèrent les Hongrois révoltés contre l'empereur d'Autriche ; les Croates,
par haine des Magyars, prirent fait et cause pour la maison des Habsbourg. Les uns et les autres étaient encore
peu faits pour la vie politique.

Ceci démontre que les peuples longtemps malheureux
ou opprimés, ressemblent à des jeunes gens délivrés du
joug paternel ; ils ne songent, une fois libres, qu'à affir-
mer plus hautement leur personnalité, sans se laisser
lier les mains par qui que ce soit.

Si nous descendons dans le domaine de la pratique

ou dans l'arène politique, les Slaves ne sont autres que
des Russes, des Polonais, des Tchèques, des Croates...
étrangers entre eux, et même ennemis lorsque leurs intérêts sont divergents et opposés.

*
* *

La plupart des hommes politiques, en Europe, s'ima-
ginent que la Russie se cache derrière les Slaves dans
toutes les guerres qui s'agitent dans la presqu'île des
Balkans ; que c'est elle qui se met derrière les Bos-
niaques, les Serbes, les Monténégrins, pour les pousser
à l'insurrection; c'est là une erreur. La politique peut jusqu'à un certain point jouer de sympathie en faveur des
Slaves, mais ce n'est pas toujours elle qui fait vibrer les
sentiments qui les agitent. Le vent révolutionnaire qui
depuis plus d'un demi-siècle souffle sur les contrées sla-
vones de la Turquie, ne vient pas toujours des steppes
moscovites.

En Turquie comme en Autriche, le slavisme a des ra-
cines séculaires provenant des traditions, de l'histoire,
et ce sont des poètes, des philologues, des historiens,
des érudits qui réveillent la conscience nationale des petits peuples slaves, en remettant en honneur chez eux
les idiomes, les légendes, la poésie et l'histoire de la
race morcelée en de nombreuses petites nationalités. En
fait, les Tchèques de la Bohême ont plus fait pour le réveil
du slavisme que les Russes de Saint-Pétersbourg et de
Moscou.

De tous les peuples slaves, la Russie est le seul assez
indépendant et assez puissant pour venir en aide utile-
ment aux apôtres de cette grande race déchue, mais qui
aspire à renaître, comme une des branches de la grande
famille chrétienne. De là cette nécessité de regarder

Moscou comme la ville sainte nationale, une sorte de
Jérusalem slavone, d'où doit venir un jour leur rédemp-
tion. De là aussi, toute une doctrine qui a reçu des Allemands et des Hongrois le nom de panslavisme. C'est
ainsi que la protection des petits peuples de même race
et de même religion est devenue, petit à petit, un dogme
de la politique russe en Orient.

Partant de cet ordre d'idées, le peuple russe veut le
triomphe de la croix sur le croissant ; le gouvernement,
un libre débouché sur la Méditerranée, afin de communiquer avec le monde entier. C'est là, on en conviendra, une
sorte de poésie romanesque et d'idéal traditionnel qui
peuvent être très utiles à la grandeur de la nation russe.
Les volontaires russes qui se sont fait tuer sur les hauteurs de Diunis, en combattant dans les rangs des mi-
lices serbes, sont réellement morts pour une idée ; il y a
dans ce fait une réminiscence de l'esprit des croisades et
de l'esprit de la révolution ; car dans cet intérêt passionné
de la nation russe pour le peuple slave, les instincts religieux se joignent aux visées politiques ; les tendances
mystiques du passé aux pensées humanitaires du présent. Orthodoxes et *Raskolnicks*, croyants et nihilistes,
tous regardent la Russie comme ayant en Orient une
mission sainte ; *tous rêvent de délivrer la coupole de*
Sainte-Sophie des quatre minarets qui la dominent, et
d'où les navires chrétiens ancrés dans le Bosphore
voient le *muezzin* appeler le musulman à la prière.

Quoi qu'il en soit, le panslavisme n'est qu'un rêve ; il
y a, de ce côté, des barrières successives difficiles à franchir, sous le rapport ethnographique, géographique, et
même dans la conscience des peuples que la Russie voudrait soumettre à ses lois. La région des Balkans ne serait guère, en somme, qu'une seconde Pologne, car les
habitants ne sont pas tous des Slaves. Au nord de la pé-

ninsule de l'Hœmus, il y a les Roumains, qui sont comme
un avant-poste de l'Occident. Au sud, il y a les Grecs jaloux de leur nationalité et peu soucieux de se laisser
submerger dans un océan panslave. Roumains et Hel-
lènes sont trop fiers de leur nom pour abdiquer jamais
leur antique et glorieuse nationalité.

Aux yeux des plus clairvoyants, le panslavisme est
donc aujourd'hui une chimère. Le nom de slave indique
une race, nullement une nationalité. Le gouvernement
russe a toujours désavoué les rêves du panslavisme ; il a
toujours nié toute velléité d'agrandissement territorial
en Europe ; personne n'a le droit de douter de la sincérité de la Russie. Le tsar Alexandre II a donné une
preuve de modération et de bonne foi, en 1870, lors de la
revision du traité de Paris, en ne cherchant pas à reprendre la bande de terre de Bessarabie, enlevée à la
Russie en 1856.

Depuis l'énorme accroissement de la population russe,
la question s'est complètement déplacée. De 15 millions
tout au plus d'orthodoxes que possédait la Russie sous
Pierre le Grand, elle est passée au chiffre de 100 millions. Mais l'aristocratie russe reçoit une éducation toute
différente de celle des hautes classes balkaniques. En
grande partie d'origine allemande, constamment mêlée
à l'Occident, si elle était livrée à elle-même, peut-être
verserait-elle plus volontiers du côté de Luther que de
Photius. Elle a aussi de puissantes sympathies catholiques entretenues, tout naturellement, par la présence
de plus de 20 millions de Polonais dans l'empire des
tsars.

Pierre le Grand et ses successeurs se sont toujours
servis du clergé orthodoxe comme d'un instrument de
domination destiné à compléter leur police. Le clergé
est organisé de façon à être forcé d'obéir servilement à

La mère du prisonnier tomba à ses pieds, en protestant de l'innocence
de son fils... (Page 207.)

la Cour. On lui accorde le commerce des sacrements, mais il est sans influence sur le peuple, qui ne voit que par les yeux du tsar et lui obéirait, comme il obéit à l'empereur Wladimir, lorsque celui-ci le fit chrétien en bloc dans l'espace de quarante-huit heures.

Aujourd'hui, cependant, malgré la concentration de tous les pouvoirs entre les mains de l'empereur de Russie, les choses n'iraient pas aussi vite, parce qu'il existe quelque chose de plus fort que toutes les autocraties de ce monde : c'est *la force de l'habitude.*

Nous répétons donc qu'aucun être vivant actuellement, ne verra la réconciliation des deux Eglises ; mais, comme le fait est aussi certain qu'il est lointain, il ne sera jamais trop tôt pour en préparer l'accomplissement.

C'est ce que semble avoir compris la Russie, en commençant par réconcilier la France, tout d'abord, avec l'esprit catholique. Dans des manifestations auxquelles le clergé russe est resté, d'ailleurs, parfaitement étranger, l'aristocratie russe orthodoxe a fait au catholicisme français des courtoisies auxquelles celui-ci a été on ne peut plus sensible.

Une messe pour le repos de l'âme du président Carnot a été célébrée dans l'église russe de Paris ; les protestants et les juifs en ont si bien compris la portée, que, quoique au fond ils soient tout autre chose que les amis de l'orthodoxie russe, ils ont ordonné dans leurs temples et synagogues des prières pour la santé du tsar ; l'archevêque de Paris ne pouvait se laisser devancer en cette circonstance, car rien ne saurait impressionner plus favorablement les couches populaires russes, et les préparer à renoncer à leurs préjugés contre l'Eglise occidentale, que ce désir sincère de rapprochement entre les deux Eglises.

La situation du Souverain Pontificat se trouverait réglée ainsi d'elle-même, par celle qu'il possédait à l'heure de la rupture.

Si nombreuse que soit l'Eglise orthodoxe russe, elle n'est, comme les Eglises de Grèce, de Bulgarie, de Roumanie et de Serbie, qu'un *exarchat* ou province de l'orthodoxie.

Il n'existe que quatre Patriarcats apostoliques, c'est-à-dire institués par les Apôtres eux-mêmes.

Ce sont ceux de Rome, de Jérusalem, d'Alexandrie et d'Antioche.

Ceux d'Alexandrie et d'Antioche se trouvent aujourd'hui dans des pays où prédomine de beaucoup l'islamisme. Depuis la conquête musulmane ils ont donc perdu toute influence sur le monde orthodoxe, et ils n'ont aucune chance de la reconquérir. Le nombre de leurs fidèles est si restreint, qu'il n'existe plus que comme souvenir archéologique de leur grandeur passée.

Le patriarcat de Jérusalem se tiendrait exactement dans les mêmes conditions, s'il n'était le berceau du christianisme. Mais, malgré cette recommandation, il est trop excentrique, par égard au reste du monde catholique, pour pouvoir en devenir le centre.

Or, avant la séparation, ces trois patriarcats reconnaissaient la suprématie de Rome, au moins comme *primus inter pares*.

Aussi n'est-ce pas eux, mais le Patriarcat de Constantinople, qui a fait la séparation. Eh bien ! nous étonnerons autant de catholiques que d'orthodoxes, en leur démontrant par un seul mot que cette séparation, il n'avait pas qualité pour la prononcer.

En effet, malgré son titre d'œcuménique, le patriarcat de Constantinople n'est pas apostolique. Il n'a pas été établi par les apôtres, mais par Constantin, qui, en sa

qualité de laïque, ne pouvait créer qu'un exarchat
comme celui créé plus tard par les Russes.

Apostoliquement, c'est-à-dire religieusement, le patriarcat de Constantinople n'est pas l'égal des trois
autres patriarcats de l'Empire ottoman. Il ne saurait
donc prétendre à aucune égalité avec celui de Rome.
Ainsi se trouve écartée, *a priori*, une des questions les
plus irritantes qui séparent les deux Eglises.

La Russie a son centre de gravité qui la fait pencher
vers l'Asie ; les éléments dont se compose sa population
l'obligent à plier son système d'administration selon
les exigences locales et les nécessités politiques. Le
jour où la fusion sera établie, il n'y aura plus de
Slaves, mais bien des Russes.

Il y a, du reste, une énorme difficulté à vaincre pour
arriver à une entente entre l'Eglise orthodoxe russe et
l'Eglise grecque proprement dite ; l'histoire prouve en
effet que l'obstacle infranchissable pour le rapprochement de ces deux Eglises se trouve du côté des patriarcats grecs, sans distinction.

Ceci nous amène naturellement à parler du nihilisme
qui, depuis une vingtaine d'années, fait tant parler de
lui en Europe.

II

LE NIHILISME.

Le développement peut-être trop précipité des
réformes d'Alexandre II, a engendré le nihilisme, faux
libéralisme, sans direction aucune ; conspiration des
classes relativement éclairées, écartées du pouvoir, rappelant celles ourdies en France, au siècle dernier, par la
franc-maçonnerie bourgeoise importée d'Angleterre, et

ayant pour but de battre en brèche les croyances populaires et de démolir l'Eglise établie, au moyen du bélier
de l'athéisme. Peu à peu, des sectes socialistes plus ou
moins incohérentes se sont greffées sur des idées de
liberté mal comprises ou mal définies, et aujourd'hui le
plus grand mal dont souffre la Russie est un défaut complet d'harmonie entre les hautes classes et les classes
inférieures. Sans doute le tsar, et le système politique
dont il est le chef, ont pour eux le nombre ; mais la
classe mécontente est celle qui l'approche de plus
près.

Le nihilisme n'a jamais revêtu une forme bien précise,
et n'a jamais rédigé bien clairement le programme de
ses revendications. Néanmoins, il a recruté quelques
adeptes, et parmi ceux-ci, les juifs ont joué un rôle
prépondérant, en raison de leurs relations plus intimes
avec le peuple russe. L'arrestation à Berlin, en 1879,
des nihilistes Garewitch, Liebermann et Arensohn,
a démontré la propagande qui se fait en Russie,
dans toutes les classes de la population israélite, parce
que les juifs parviennent beaucoup plus difficilement
que les autres sujets russes aux emplois élevés et
lucratifs. Mais il n'y a pas qu'en Russie où pareil
phénomène social se produise. Partout, en Europe, la
race israélite semble sacrifier ses traditions au plaisir
d'anéantir une société qui l'a si longtemps persécutée et
à la joie de la renverser.

En 1879, la *Gazette de Moscou* racontait l'étrange
anecdote que voici : « Un étudiant de Saint-Pétersbourg
avait fondé, avec des amis, un cercle littéraire dans
lequel on lisait et discutait les œuvres des économistes
et philosophes.

» Un agent de la police secrète dénonça ce cercle
comme une organisation révolutionnaire. Son président

fut arrêté et enfermé dans une forteresse de Saint-Pétersbourg, puis condamné sommairement par la cour
martiale et envoyé en Sibérie.

» Toute la famille alla supplier les personnages les
mieux en cours auprès du tsar, qui était alors Nicolas Ier,
pour essayer d'intercéder en faveur d'un innocent : vains
efforts. Enfin, lorsque Alexandre II monta sur le trône,
la mère du prisonnier s'arrangea de façon à rencontrer
le tsar dans une de ses promenades habituelles au
jardin d'été, tomba à ses pieds, en protestant de l'innocence de son fils, dont elle implorait la grâce.

» L'empereur profondément ému releva la vieille
dame avec la plus chevaleresque courtoisie, lui promit
de faire reviser le procès de son fils.

« Le lendemain, le jeune homme fut extrait de son
cachot pour comparaître devant son souverain. Celui-ci
lui prit la main, le conduisit devant une image du christ
accrochée dans un coin de la salle, et l'ayant fait age-
nouiller, lui dit :

» — Pouvez-vous jurer en présence du Tout-Puissant
que ni vous, ni vos amis n'avez nourri aucun projet
contre la vie du tsar Nicolas ? Pouvez-vous jurer que
vous croyez à la sainteté et à l'éternité de l'autocratie
russe ?

» — Je puis jurer à Votre Majesté, reprit immédiatement l'étudiant que ni moi, ni aucun de mes amis,
nous n'avons jamais conçu le moindre dessein contre
la vie du tsar.

» Quant à la forme autocratique du gouvernement,
nous ne pouvons jurer en conscience que nous croyons à
son éternité. L'histoire des autres peuples nous apprend
qu'en Russie, comme partout ailleurs, un temps doit
venir où le peuple prendra part à la direction de ses
affaires.

» Le tsar ne répondit pas un mot, embrassa le jeune homme, puis, retirant une bague de son doigt la lui donna en disant :

» — Voici un gage de l'estime que votre tsar a pour vous. Vous avez été franc et sincère, et il n'est rien au monde que j'abhorre comme le mensonge. »

Quelques jours après, le jeune étudiant était remis en liberté, par ordre d'Alexandre II.

Cet acte de clémence n'est pas le seul qui puisse être attribué à la générosité et à la grandeur d'âme du père d'Alexandre III ; nous pourrions en citer plusieurs autres.

*
* *

Il est constant que le nihilisme, en Russie, a recruté des adhérents parmi les étudiants des différentes universités. Mais la jeunesse est partout la même, enthousiaste d'une idée, sans trop savoir pourquoi, facile à entraîner par la lecture malsaine des sociologues et autres songe-creux allemands. Deux journaux surtout ont fait beaucoup de mal à la Russie, en propageant sur une large échelle le nihilisme qui ne saurait, en somme, être autre que le socialisme européen : *le Contemporain*, et une revue littéraire, *la Parole russe (Rooskoja Slovo)*, fondée par un Mécène, le comte Koosheleff, et qui est devenue depuis l'organe d'idées très avancées sous la direction d'un socialiste pur-sang, Blagosvethof. Supprimés par le gouvernement d'Alexandre II, comme entachés de radicalisme trop prononcé, ils reparurent quelque temps après, *la Parole russe*, sous le nom de *Dielo* (l'œuvre), *le Contemporain* sous celui d'*Annales de la patrie (Otêchesstvennujia Zappiski)*.

En somme, qu'est-ce que représente le nihilisme, si nous l'envisageons, non, comme un système, mais comme un mouvement? On ne saurait nier qu'il est l'évolution progressive de la Russie. L'essentiel pour le tsar, c'est de donner une direction aux idées nouvelles, en les faisant siennes, au lieu de les enrayer. Nous verrons plus loin si le successeur d'Alexandre II a su comprendre le libéralisme de son père qui était, en somme, un réformateur judicieux et avisé.

Tout progrès dépend de l'émancipation des intelligences par l'influence des conceptions raisonnées et positives. La Russie est la contrée où l'individualisme ne domine nulle part : paysans et propriétaires, marchands et ouvriers, l'administration impériale : tout le monde accepte ce qui constitue l'élément social du progrès. Les seuls adversaires de ce mouvement de solidarité sont les grands seigneurs formant l'aristocratie du pays, qui constituent seuls les champions de l'ultra-individualisme.

« Alexandre II, au temps de sa jeunesse studieuse, avait parcouru les provinces qui devaient être un jour son héritage. Il s'était rendu compte des souffrances du peuple, et remontant aux sources du mal, il s'était bien promis d'y porter un remède dès son avènement au trône ; et si une constitution n'est pas venue régler les droits et les devoirs du pouvoir vis-à-vis de la multitude, on le verra plus loin, la faute doit être attribuée non à lui, mais aux violents, à ceux qui ont voulu aller trop vite (1). »

Si les sectaires de notre temps voulaient être justes, ils reconnaîtraient que la religion orthodoxe, qui est une branche dévoyée du catholicisme, s'accommode facilement des espérances les plus hardies du libéralisme. Le progrès véritable dans la marche ascendante de l'humanité

_____

(1) *Alexandre III et son entourage.* — Nicolas Notovitch.

s'accomplit par la doctrine du devoir prêché aux uns et aux autres. Quels abîmes ne creuserait-on pas, si on ne parlait aux souverains et aux peuples que de leurs droits ? Les premiers deviendraient bientôt indignes de gouverner ; les seconds seraient ingouvernables. Ceux-là s'enivreraient de leur pouvoir ; ceux-ci ne supporteraient aucun joug, quelque léger qu'il pût être. C'est l'idée du devoir qui a émancipé la conscience humaine.

*
* *

Le nihilisme, dans sa période d'incubation, tient entre les années 1868 et 1878. Dès le début, il se divise en deux fractions distinctes : l'une, la plus nombreuse, veut la régénération sociale par les moyens pacifiques, en se recommandant de son patriotisme ; l'autre, se recrutant parmi tous les déclassés : étudiants renvoyés des universités, ouvriers sans travail, officiers sortis de l'armée par la mauvaise porte, les violents, tous ceux enfin résolus à tous les crimes, parce qu'ils sont les ennemis de la société.

Le général Mezentzoff, chef de la gendarmerie, tomba le premier sous les coups de ces derniers ; puis ce fut le tour du prince Krapotkine, gouverneur de Kharkow, et enfin celui de l'empereur Alexandre II, à la vie duquel attentèrent deux énergumènes, Karakosoff et Berezowski ; le premier par un sentiment de vengeance personnelle, le second par l'exaltation d'un patriotisme mal conseillé.

Le gouvernement russe s'inquiéta alors et entra dans la voie de la répression. C'est de cette époque que datent tous les attentats ayant pour objet la personne même d'Alexandre II.

Le 2 avril 1879, un jeune nihiliste. dont on ne peut tirer

aucun aveu, décharge cinq fois son revolver sur le tsar et ne peut l'atteindre.

Le 19 novembre de la même année, une explosion formidable éclate sur la ligne du chemin de fer qui va de Saint-Pétersbourg à Moscou, et où le train impérial vient de passer. Le compartiment qui renfermait les domestiques de la cour fut seul atteint ; les blessés furent nombreux. La police russe se mit à la recherche du coupable et parvint à le découvrir. Il se nommait Hartmann. M. de Giers, ministre des affaires étrangères, télégraphia à Paris. Précisément Hartmann s'y était réfugié. Le préfet de police l'arrêta et aussitôt l'ambassadeur de Russie à Paris, le prince Orloff, demanda qu'on le lui livrât. Fallait-il considérer ce misérable comme un réfugié politique, hôte respecté de toutes les nations civilisées, ou comme un assassin ordinaire susceptible d'extradition ? Les journaux radicaux combattirent violemment cette dernière opinion ; le gouvernement français recula devant les criailleries du parti socialiste, et, après de nombreux pourparlers entre le prince Orloff et le doux Freycinet, on déclara que l'identité de Hartmann n'était pas suffisamment établie, de sorte qu'on lui facilita les moyens de se diriger sur Dieppe, pour de là passer en Angleterre. Le prince Orloff fut blâmé, reçut l'ordre de remettre la direction de l'ambassade à un de ses chargés d'affaires et de quitter Paris (20 mars 1880).

Le général Chanzy était alors ambassadeur de France à Saint-Péterbourg ; il laissa passer l'indignation de la première heure, fit appel au sang-froid et à la magnanimité d'Alexandre II, en lui présentant l'affaire sous un jour moins défavorable. Deux mois après, le prince Orloff retournait à son poste diplomatique (23 mai). Ce prompt retour était une preuve des bons rapports du général français avec l'empereur de Russie.

Quelques mois après, le 5/9 février 1881, une violente détonation ébranlait le palais d'hiver au moment où toute la famille impériale réunie fêtait la visite d'un parent, le duc de Hesse. La voûte sur laquelle reposait la salle à manger s'était littéralement effondrée ; les meubles qui les garnissaient, broyés ; le gaz éteint ; et les gens de service qui se trouvaient dans la pièce voisine étaient renversés. Si le train amenant le duc de Hesse n'avait pas subi un retard fortuit, la famille impériale était tout entière exterminée.

Mais ce n'était là qu'une catastrophe ajournée.

Le 1er mars 1881, une grande revue devait être passée au manège par le tsar Alexandre II qui avait promis de s'y rencontrer avec le grand-duc Constantin, fils de la grande-duchesse Alexandra-Joséphowna, qu'on devait lui présenter comme officier d'ordonnance. Comme il allait sortir, vers onze heures du matin, sa petite-fille Catherine l'arrêta sur le seuil de la porte de sa chambre, en lui disant :

— « Tu ne m'as pas embrassée aujourd'hui, papa !

— » Quel terrible créancier, fit l'empereur en l'enlevant dans ses bras. Eh bien ! embrasse-moi, ma fille, ton baiser me portera bonheur ! »

Le tsar Alexandre II sortit de son palais dans une voiture fermée, escortée et entourée par un escadron des cosaques de la garde. Le cortège parcourut au galop la perspective Newsky, la rue Malaïa-Sadovaïa. La foule amassée sur les places et les carrefours fit retentir l'air de ses acclamations. Rien ne faisait présumer un danger immédiat. L'empereur passa la revue, félicita le jeune grand-duc Constantin de son entrée au service, et rentra à son palais par les rues les moins fréquentées, ne soupçonnant pas que les nihilistes devaient l'attendre dans les endroits déserts, où la surveillance était facile et où la cour ne passait pas habituellement.

Alexandre II se trompait. Les terroristes prévenus attendaient son passage sur le quai du canal Catherine ; et à peine la voiture y était-elle engagée qu'un jeune homme vêtu en *moujick* jette une bombe explosible sous l'équipage. Elle éclate, tue le cosaque assis sur le siège, blesse le cocher, deux hommes de l'escorte et un garçon boucher qui passait là par hasard, portant un panier sur sa tête.

La voiture brisée gît sur le pavé, et ce n'est pas sans difficultés que l'empereur peut sortir du coffre de sa voiture, aidé du général Dvorjewski, qui vient de s'approcher.

— Que Votre Majesté daigne prendre place sur mon droschky, — lui dit ce dernier, en l'entraînant.

— Ma place est à côté des blessés, répond l'empereur, se dirigeant vers les hommes étendus sur la neige rouge de leur sang ; je ne quitterai le terrain que lorsque je me serai assuré que tous ont les soins nécessaires.

A ce moment, une seconde bombe éclate sous les pieds du monarque ; tout disparaît dans un nuage de fumée, et ce n'est que quand on peut voir clair, au milieu du désordre occasionné par ces deux détonations successives, que l'on peut apercevoir le tsar étendu dans une mare de sang, l'estomac enlevé, les genoux arrachés, la figure déchiquetée, la colonne vertébrale brisée, son uniforme en loques. Une dizaine d'officiers et de soldats blessés gisaient autour de lui et parmi eux, le général Dvorjewski, maître de la police, le capitaine Kokh, le chef de l'escadron d'escorte.

Transporté à bras d'hommes dans un traîneau, un cosaque lui couvre la tête de son mouchoir ; le comte Guendrikoff, s'accrochant derrière le traîneau, soutient sa tête chancelante ; le capitaine Koulebiakine, à genoux dans le fond du véhicule, soutient le corps. On se met ainsi en route pour rentrer au palais.

— Mon fils, où est mon fils ? demanda Alexandre II au grand-duc Michel Nicolaïewitch, accouru en toute hâte sur le lieu de la catastrophe.

Ce fut là tout le testament politique du restaurateur des libertés publiques en Russie. Quelques minutes après, il expirait, laissant au grand-duc héritier Alexandre-Alexandrovitch, le soin de continuer son œuvre de régénération sociale qu'un crime odieux venait d'interrompre brusquement.

***

L'histoire de Russie a enregistré bien des morts tragiques, parmi ses tsars. Depuis Pierre-le-Grand, l'empereur Alexandre II est le seul qui ait péri dans la rue, victime d'une main inconnue et de colères anonymes, en plein jour et en public, au nom de ce minotaure que l'on nomme la révolution, faute d'un mot national pouvant servir à mieux le désigner.

Il disparaissait victime d'une odieuse cabale, moins d'un an après le jour où la Russie célébrait le vingt-cinquième anniversaire de son avènement au trône, et récapitulait toutes les réformes accomplies par lui, en ce quart de siècle. Peu de règnes ont, en effet, été illustrés par une œuvre aussi grande et aussi multiple que le sien. Pierre Ier et Catherine II occupent seuls une place comme la sienne dans l'histoire ; d'un côté, le cerf russe affranchi de l'esclavage, après trois siècles de servitude ; de l'autre, le slave bulgare rappelé à l'existence nationale après cinq ou six cents ans d'extinction historique. Quel beau sujet d'étude pour les historiens russes de l'avenir : les Solovieff et les Kostomaroff !...

Ce qui doit diriger le nouvel empereur, dans la ligne de conduite à suivre, c'est avant tout l'intérêt du pays dont la providence lui confie inopinément les destinées. Son père ayant fait l'émancipation des cerfs, il devait nécessairement poursuivre cette tâche et essayer d'introduire en Russie l'émancipation politique. Tout délai, en ce sens, profitait indubitablement au nihilisme. C'est l'âme de son peuple et de la jeunesse russe qu'il devait réconcilier avec l'esprit fin de siècle, et pour cela, il fallait à la Russie une réforme administrative entendue dans le sens le plus large ; c'est-à-dire atteignant tous les organes du pouvoir, depuis les ministères jusqu'à l'administration provinciale et municipale, s'étendant de la police du district à celle des communes rurales.

Un cabinet collectivement responsable devant le souverain, en attendant qu'il le soit devant la nation : telle devait être une des premières réformes qu'on attendait d'Alexandre III, après l'avoir vainement espérée de son père.

En Russie, un Richelieu ou un Bismarck est tout aussi impossible qu'un Cavour et un Robert Peel. Mais si l'autocratie est un soleil qui n'admet point de satellites, l'empire n'en a pas moins un besoin impérieux d'un cabinet homogène, assurant au gouvernement l'unité de direction indispensable à la bonne solution des affaires courantes.

En montant sur le trône, Alexandre III avait encore une périlleuse tâche à accomplir, celle de déraciner les abus administratifs dont son grand-père et son père n'avaient pas pu purger le sol de la patrie. Ennemi des hommes corrompus, profondément honnête, peu accessif aux séductions féminines, alliant les vertus de l'homme privé aux plus nobles aspirations d'un prince, incapable d'une faiblesse, scrupuleusement économe des deniers de l'Etat, tout entier à la sainteté de sa mission, nul n'est plus capable que lui de délivrer l'empire des tsars du hideux cancer qui le ronge. Sous ce rapport, Alexandre III avait à remanier toute l'œuvre de son père.

Pour l'empire du Nord, les libertés provinciales sont un besoin physique, autant qu'un besoin moral : de la Baltique à la mer Caspienne, tout le monde le sentait alors, la bureaucratie avait fait son temps ; il fallait lui substituer l'action organique du pays.

Soldats de l'escorte du tsar.

CHAPITRE VI

I

LES DÉBUTS DU RÈGNE D'ALEXANDRE III.

E tsar Alexandre III montait sur le trône dans des conditions particulièrement tristes. Son père venait d'être tué par un de ces misérables, affranchis du servage par une libéralité dont les masses populaires ne semblaient pas lui tenir compte. La catastrophe du premier mars était bien faite pour frapper son esprit, le rendre hésitant, craintif. La Russie était-elle mûre, pour accepter des réformes qui avaient cours dans les autres nations de l'Europe? Son père s'était-il trompé? Ne valait-il pas mieux attendre à un autre moment, pour donner à son pays l'ordre dans la liberté, et continuer les vieilles traditions de Pierre-le-Grand?...

Le nouvel empereur se renferma dans son palais de Gatschina, pour y méditer tout à son aise, et s'y livrer aux méditations que comportait la gravité de la situation. La résidence qu'il s'est choisie est située au centre d'une forêt d'arbres séculaires, et la surveillance en est très facile. Aucun Russe ne peut y venir, sans une permission spéciale; chacun y est dès lors connu et il faut subir un interrogatoire très minutieux avant d'entrer au palais ; les plus haut placés même subissent tout un système d'inspection et de contrôle qui en rend l'accès très difficile. Les bagages, quand il y en a, sont visités par des personnes de service qui examinent, sous leur responsabilité personnelle, chaque robe, chaque objet de toilette, et fouillent dans les nécessaires de voyage.

Le palais de Gatschina est célèbre par ses Gobelins ; il comprend un vaste salon en forme de hall sur lequel donne un cabinet dans lequel travaille l'empereur ; un salon de conversation ; un billard, une salle à manger et un théâtre. Les alentours sont, la nuit, éclairés à ce point qu'un voyageur pourrait croire que l'étoile du Nord est tombée là, sur la neige, pour ne jamais s'éclipser ; il n'y fait jamais nuit et cependant on est à deux heures de marche de Saint-Pétersbourg.

Le service militaire est généralement fait par les cuirassiers jaunes ; les convois particuliers du tsar par des Circassiens mahométans.

Aucun souverain n'a certes hérité de la couronne dans des circonstances plus tragiques que l'empereur Alexandre III, et jamais un souverain à son début n'a été l'objet de sympathies plus vives et plus sincères, non seulement en Europe, mais aussi en Russie. C'est qu'aucun des fils de la maison de Holstein-Gottorff-Romanof n'avait encore apporté sur le trône de ses pères une plus grande somme de qualités et une expérience plus complète que le nouvel empereur, qui n'était âgé que de trente-six ans. Il joignait l'énergie de son grand-père Nicolas Ier aux sentiments humains de son père, et ce qui avait pu manquer dans l'éducation de sa jeunesse, le monde le lui avait appris. Ayant grandi dans des temps d'ébranlements redoutables, où l'ordre de choses établi en Russie était battu en brèche de toutes parts; ayant été admis de bonne heure à prendre part aux affaires importantes, soit comme chef d'armée, soit comme administrateur, on peut dire qu'il s'était fait lui-même et était devenu homme avant l'âge où mûrissent d'ordinaire les princes de sa maison.

Plus on a le caractère solide et l'habitude de la réflexion, plus on a le sentiment des difficultés à vaincre et le désir de se recueillir avant d'agir.

Quoi que l'empereur Alexandre III fasse, il était condamné d'avance à ne satisfaire personne. Les uns prêchaient la politique des concessions et des réformes : c'était alors pour eux l'ère des révolutions ; ceux-là pensaient qu'il fallait à tout prix restaurer les principes d'autorité sapés dans leurs fondements par une jeunesse impie et perverse. Mais que fallait-il attendre d'un pays où l'Eglise n'a aucune action sur les gens lettrés, où il n'y a pas de véritable bourgeoisie et dans lequel les classes dirigeantes sont plus exposées à accélérer le mouvement qu'à le ralentir ; sans compter que la population se compose d'une dizaine de nationalités qui représentent tous les degrés de la civilisation et se détestent réciproquement.

Le prisonnier de Gatschina ne tarda pas à révéler ses intentions, et dans un manifeste daté du 11 mai 1881, il disait clairement : « Nous sommes appelés à consolider, dans l'intérêt de la nation, la puissance autocratique que la divine providence nous a confiée et à la protéger contre toutes les tentatives hostiles. »

La vieille Russie se réveillait. Mais l'avenir nous a fait connaître depuis que si le nouvel empereur désirait conserver intacte sa puissance souveraine, c'était surtout pour accomplir à son aise les réformes économiques et sociales, bien plus urgentes selon lui que les réformes politiques.

Pendant ses treize années de règne, il s'est occupé, toutes affaires cessantes, d'améliorer les conditions des paysans qui sont les plus dévoués serviteurs de la couronne, de changer l'assiette de l'impôt, de se procurer des ressources pour remplacer la taxe de la capitation, dont le poids est si lourd pour les pauvres, de faire justice de la corruption administrative, en nettoyant les écuries d'Augias et en faisant la guerre aux voleurs.

Toutefois, les réformes politiques s'imposaient à leur tour. Cela peut paraître superflu dans un pays où les neuf dixièmes de la population ne s'en soucient pas ; mais tôt ou tard, le dixième qui les désire oblige le gouvernement russe à compter avec lui.

A partir de cette époque, l'ère du nationalisme se levait en Russie, qui allait devenir elle-même forte de ses traditions et de la part de liberté qu'elle tenait de la magnanimité d'Alexandre II. Le manifeste du nouvel empereur déjouait tous les faiseurs de projets et débarrassait la cour de tous ceux qui se faisaient les instruments de la vieille politique. Les paysans, rassurés sur l'éventualité d'une révolution, n'en demandaient pas moins une nouvelle répartition des biens fonciers. La récolte s'annonçait mauvaise. Des incendies éclataient sur beaucoup de points. On craignait l'action nihiliste dans les provinces... L'étranger essayait de profiter de ces commencements de désordres intérieurs en créant des embarras extérieurs. L'Angleterre intriguait. L'Allemagne pesait sur le cours des valeurs russes pour frapper le crédit national. Enfin, le roi Milan et le prince de Battenberg, mais non point les peuples des Balkans, oubliant le passé, faisaient cause commune avec les ennemis de la Russie.

Le rôle d'Alexandre III était hérissé de difficultés : il lui fallait conquérir l'affection de son peuple, lui inspirer confiance, le maintenir sous son autorité absolue tout en réalisant les progrès qui, dans notre siècle, sont rendus indispensables par la diffusion de l'instruction et le mouvement général des esprits. Il lui fallait enfin prendre vis-à-vis de l'Europe une attitude nouvelle inspirant le respect et garantissant les droits de la Russie.

L'empereur, dédaigneux du faste dont s'entourait son prédécesseur, foncièrement honnête dans le sens strict du mot, voulant couper court aux abus dont bénéficiait l'entourage, prétendant tout voir, tout juger, tout diriger, devait s'entourer d'un personnel nouveau. Il le choisit parmi des hommes connus par la notoriété de leur dévouement et l'ardeur de leurs sentiments slaves. Cela ne faisait l'affaire ni des théoriciens libéraux, ni des anglophiles, ni des germanophiles, mais le peuple russe comprit et fut satisfait.

A l'intérieur, le comte Ignatieff et plus tard le comte Dimitri Tolstoï; à la guerre, le général Vanowsky qui avait été son chef d'état-major à Roustchouk; au ministère de la cour, le comte Worontzof-Dashkoff; aux finances, M. de Bunghé qui fut plus tard remplacé par M. Vichnegradsky, lequel devait céder la place à M. Witte; à l'instruction publique, le comte Delianoff; comme grand-procureur du Saint-Synode, M. Pobedonostzef; aux affaires étrangères, M. de Giers, qui avait déjà la confiance de l'empereur défunt : tels furent les hommes choisis par Alexandre III et gardés par lui jusqu'à sa mort.

Pour répondre aux sentiments et déjouer les projets d'Alexandre III, M. de Bismarck, dès 1879, avait conclu avec l'Autriche-Hongrie un traité d'alliance tenu secret, et dirigé contre la Russie qui, cependant, faisait encore partie de l'alliance des trois empereurs. A Skiernewice ou à Kremsin, les diplomates austro-prussiens cherchèrent en vain à lier le tsar à la politique suivie par son père. Alexandre III, avec cette fermeté qui fut un des traits saillants de son caractère, resta insensible à toutes les avances. Il voulut inaugurer « la politique des mains libres ». Les menaces ne réussirent pas mieux que les avances. La rupture, où plutôt le dégagement fut complet. Dès lors, aux affaires étrangères, M. de Giers apporta, dans l'orientation de la nouvelle politique, autant de finesse et de bon vouloir qu'il en avait mis naguère à entretenir avec l'Allemagne un ensemble de relations que l'empereur défunt avait jugées utiles à son empire.

*
* *

Ce fut après deux ans de règne qu'Alexandre III, répondant aux vœux populaires, se fit sacrer à Moscou (15 mai 1883). Depuis cette époque, la population de l'empire s'est élevée de 20 millions ; elle atteint aujourd'hui 120 millions ; les revenus de l'État ont passé de 680 millions de roubles à un milliard ; l'instruction publique a fait d'énormes progrès ; le commerce et l'industrie ont pris un puissant essor ; dans la seule Russie d'Europe, onze mille kilomètres de chemins de fer ont été construits ; l'armée a été réorganisée et considérablement augmentée ; la flotte s'est accrue dans des proportions étonnantes. Alexandre III tenait à être vraiment le chef de son armée et rien de ce qui la touchait ne le laissait indifférent. En un mot, le règne d'Alexandre III, au point de vue de la politique intérieure, a été une marche lente, mais sûre et sans arrêts, vers le progrès ; marche répondant au caractère, aux tendances, aux besoins matériels et moraux du pays.

Avec Alexandre III, le ton de la cour changeait en Russie. Autant celle de son père était opulente et fas-

tueuse, autant la sienne dut devenir simple. Le tsar
défunt n'aimait, en effet, ni le luxe, ni le bruit ; il ado-
rait vivre dans l'intimité. Point de recherches de table.
Le nécessaire et le confortable : voilà tout.

Le tsar, dès les débuts de son règne, s'occupa des
paysans. Les réformes qu'il fit en leur faveur lui valurent
d'être appelé en Russie le père des paysans.

Lors de l'émancipations des serfs, il avait été décidé
que les anciens serfs deviendraient possesseurs d'un
morceau de terre suffisamment grand pour leur permettre d'en tirer leur substance ; on avait compté sans
leur manque de fortune. Se trouvant dans l'impossibilité
de payer, ils durent s'acquitter en corvées et redevances
à l'égard de leurs anciens seigneurs (catégories des obligés) ou ils devinrent les débiteurs de l'État qui avait
indemnisé certains propriétaires.

Le tsar rendit un ukase daté du 28 décembre (19 janvier 1882) améliorant la situation de ces deux catégories
de paysans. L'État paierait en billets de banque, aux
seigneurs, les terres des anciens serfs. Ceux-ci deviendraient propriétaires à partir du 1er janvier 1882, à
condition de s'acquitter envers l'État en quarante-neuf
annuités.

En juin 1883, l'empereur décida que l'impôt personnel des classes de paysans les plus pauvres serait aboli
à partir du 1er janvier 1884 et que les autres classes de
paysans ne payeraient plus que la moitié de la taxe.

L'égalité pour tous devant l'impôt vint, en 1889, remplacer ce système mal équilibré.

Mais, ce qui prouvait que l'empereur ne voulait pas
dépouiller l'un au profit de l'autre sans avantage pour ce
dernier, alors qu'il reprenait la terre aux nobles pour la
rendre aux paysans, c'est qu'il remit la noblesse locale
à la tête de l'administration.

15

Le rôle d'Alexandre III, en Asie, a été considérable.
Il a accompli la première partie du programme de Pobedonostzef, Skobelef, Tchernaïeff et Dondoudoff-Korsa-
koff. La Russie d'Europe, avec ses chemins de fer, ses
canaux, ses grands fleuves, est comme le cerveau de ce
grand corps informe, la Russie d'Asie, auquel le Transsibérien donnera seulement une colonne vertébrale. La
Russie est prédestinée à civiliser certains peuples asiatiques ; elle a tous les caractères d'une race de transi-
tion. C'est ce qui fait sa force. Passons de l'université de
Moscou aux campements cosaques les plus reculés, nous
restons en Russie, et cependant quelles différences ! La
pente est insensible ; elle descend par la Sibérie jusqu'aux Mongols et aux Mandchous ; par le Caucase jusqu'aux Turkmènes et aux Afghans.

Voilà ce que fut, pour la Russie, le tsar Alexandre III.
Nous n'avons point remis en lumière ce qu'il a été pour
l'Europe et particulièrement pour la France. Et qu'avons-
nous besoin, du reste, sous le coup de la terrible nouvelle, de rappeler à des Français la grande signification
de ces noms : Cronstadt, Moscou, Nancy, Toulon ? Nous
aurons à faire ressortir la portée de ces actes et nous n'y
manquerons pas. Mais la tombe d'Alexandre III est à
peine fermée ; la France s'est associée, par ces démonstrations, au désespoir d'une tsarine qui fut la compagne la
plus tendre et la plus vaillante du tsar défunt, et
à l'immense douleur de celui qui hérite du glorieux mais
écrasant fardeau sous lequel succombe le grand souverain
qui, inaccessible aux influences d'entourage, étranger à
l'esprit d'intrigue, fidèle à ses amitiés, a emporté, dans
la tombe, l'estime, le respect absolu de tous et les douloureux regrets de bien des peuples au nombre desquels,
aussitôt après la Russie en deuil, la France désolée se
place.

II

LES RÉFORMES DANS L'ARMÉE

Malgré toutes les améliorations apportées par la loi de 1874 dans le régime militaire d'un aussi vaste empire que celui de la Russie, de grandes choses restaient encore à accomplir au général Milioutine, lorsque la mort de son auguste souverain est venue l'empêcher de réaliser les transformations qu'il méditait encore d'y introduire, pour parfaire son œuvre, et la mettre à l'abri de toute critique. Le général Vanovsky, son successeur, s'en chargea, et voici ce qu'écrivait le grand organisateur de la puissance militaire de la Russie à l'auteur de ce livre, dans une lettre datée de Simeïs (Crimée), le 1/13 mars 1882 :

« Monsieur,

» L'exemplaire du 7e fascicule de votre intéressant ouvrage sur la dernière guerre d'Orient, que vous avez bien voulu m'envoyer, ne m'est parvenu que ces derniers jours par l'entremise du ministère de la guerre. Vous excuserez donc, monsieur, le retard involontaire de ma réponse à votre lettre du 1/13 février. Veuillez accepter encore une fois mes sincères remerciements pour votre aimable attention.

» Selon votre désir, j'ai recommandé votre ouvrage au nouveau ministre de la guerre, et si, après avoir achevé votre travail, vous vous adressez au général Vanovsky, en lui envoyant un exemplaire complet pour S. M. l'Em-

pereur, j'ai tout lieu d'espérer qu'il saura apprécier les
mérites de cet ouvrage remarquable.

» Je saisis cette occasion pour vous réitérer, monsieur, l'expression de mes sentiments les plus distingués.

» Comte D. MILIOUTINE. »

Les perfectionnements apportés par Alexandre III à
la loi de 1874 sont nombreux. Nous n'indiquerons ici que
les principaux.

Depuis longtemps, l'opinion et la presse dénonçaient,
flétrissaient les malversations des fournisseurs de l'armée ; le nouveau tsar y apporta le remède nécessaire, en
instituant dans l'armée un corps de contrôle, chargé de
vérifier l'emploi des crédits et du matériel militaires ; de
surveiller les marchés et les fournitures de vivres, d'ha-
billements et de munitions ; d'inspecter les trésoreries,
les caisses des receveurs et des payeurs, les dépôts d'objets d'armement, les arsenaux, les parcs d'artillerie et
les hôpitaux militaires.

L'intérêt de l'empire commandait de modifier le système des corps d'armée, d'élargir les attributions des directions locales, de leur donner plus d'indépendance et
de responsabilité, de relier entre elles les différentes
branches de l'administration militaire. Alexandre III
créa à cet effet les circonscriptions militaires, supprima
les corps d'armée et partagea l'empire en quatorze circonscriptions, dont dix en Europe, une au Caucase et
trois en Asie. De cette façon, le commandant de chaque
circonscription a sous ses ordres toutes les troupes cantonnées dans sa région ; il concentre dans ses mains
toute administration militaire, veille au rappel des soldats en cas de mobilisation ; il est à la fois le commandant supérieur des troupes et le chef de l'administration
militaire de la circonscription.

La réunion dans la main du commandant de chaque région de tous les pouvoirs militaires, a rendu aux diverses fractions de l'armée russe la cohésion et l'unité qu'elles ne possédaient alors qu'au sommet de la hiérarchie.

Cette organisation en circonscription diffère essentiellement du régime des corps d'armée permanents, complets, pourvus d'états-majors et correspondant aux subdivisions territoriales ; système auquel la Prusse doit ses succès de 1866 et de 1870, et que la France a adopté à son tour en 1875. Mais il était impraticable en Russie, où l'extension des frontières, la nationalité de plusieurs provinces occidentales, les différences qui existent entre la population des différentes circonscriptions militaires, s'opposaient à la formation dans tout l'empire de corps d'armée uniformes, correspondant à ces circonscriptions.

Par suite des exigences de la position militaire, politique et géographique de l'empire russe, il existe, en tout temps, une grande inégalité entre les forces réparties dans les différentes régions. Ce manque de concordance augmentait nécessairement les difficultés de la mobilisation et était de nature à mettre la Russie dans un état d'infériorité réelle vis-à-vis des puissances dotées du système des corps permanents. De là, la nécessité de diviser les forces régulières russes en *troupes de campagne* et en *troupes locales* ou *sédentaires*. Les premières, toujours endivisionnées, forment en temps de guerre les corps d'opérations ; les secondes, cantonnées dans les lieux où elles se recrutent, fournissent les corps d'étapes et sont, au besoin, destinées à renforcer les troupes de campagne. Ces mesures remédient aux inconvénients inhérents à la situation spéciale de la Russie, et assurent à l'empire des tsars tous les avantages du régime en vigueur en Allemagne et en France.

Il est certain qu'en Russie, la mobilisation est plus lente, plus coûteuse et plus difficile que dans tout autre état européen, par suite de l'immensité des distances, de la rigueur du climat et de la fonte des neiges. Déjà, lors de la guerre de Crimée, le mauvais état des routes, l'insuffisance des voies de communication, l'absence des chemins de fer, avaient entravé la défense nationale. Les leçons du passé ne devaient pas être stériles, et en 1875, le réseau des voies ferrées était en partie tracé dans ses grandes lignes. Le gouvernement d'Alexandre III comprit tout de suite que l'emploi de la vapeur devait forcément changer les conditions de la guerre moderne, et que les chemins de fer, en rapprochant les distances, étaient plus précieux en Russie que partout ailleurs. Le tsar fit donc compléter le réseau existant à la mort de son père, encouragea la création de nouvelles voies ferrées et veilla à ce qu'il répondît aux exigences stratégiques, aussi bien qu'aux nécessités commerciales et industrielles du pays.

L'organisation du corps d'état-major laissait fort à désirer, en raison de sa division en deux branches : *le service des quartiers-maîtres et le service des officiers de garde.* Les quartiers-maîtres étaient des officiers du cabinet, rarement en contact avec les troupes, et par conséquent, peu au courant de leurs besoins. Les officiers du service de garde, en constantes relations avec les troupes, partageaient la vie du soldat. L'intérêt de l'armée commandait de réunir ces deux services. Un premier pas avait été fait en 1857, par Alexandre II, qui créa les chefs d'état-major divisionnaires investis des fonctions jusqu'alors confiées aux quartiers-maîtres divisionnaires et aux aides-de-camp des états-majors de division, et en 1864, il étendit aux états-majors d'arrondissement ou de corps d'armée ce qui avait si bien réussi aux états-majors divisionnaires. Il était réservé à Alexandre III de remplacer les officiers du service de garde par des adjoints des chefs d'état-major. Grâce à la réunion de ces deux services, l'état-major russe perdait ainsi son caractère trop accusé de corporation savante, pour devenir une institution composée d'hommes joignant à une instruction théorique supérieure, une connaissance pratique de l'armée et de ses besoins.

La sollicitude de l'administration supérieure s'est étendue également aux officiers de toutes armes. Les programmes d'admission aux écoles militaires spéciales ont été augmentés, et rien n'a été négligé pour élever le niveau intellectuel des officiers de l'armée, et les tenir au courant des progrès de la science militaire.

Mais il ne suffit pas d'avoir de bons officiers, patriotes, braves, chevaleresques même; il faut aussi avoir de bons cadres. Le général Vanovsky, sous l'impulsion du tsar Alexandre III, y parvint en essayant de retenir les vieux soldats dans les corps de troupe et en leur assurant des avantages particuliers : tels que la permission de se marier; le logement, avec leurs femmes, dans les bâtiments militaires, et l'allocation de secours à leurs enfants. Les sous-officiers rengagés touchent une haute paie et ont droit, en quittant l'armée, à certains emplois civils; après dix ans de service, ils reçoivent une gratification de 250 roubles (1,000 francs); après vingt ans passés, ils ont droit à une pension ou à 1,000 roubles une fois payés (4,000 francs) (1).

Indépendamment des efforts faits par l'administration de la guerre, pour constituer de bons cadres, le gouvernement d'Alexandre III a apporté de grands perfection-

(1) Le rouble vaut 4 francs.

nements à l'organisation, à l'équipement et à l'armement des différentes armes.

L'artillerie, qui joue un rôle si décisif dans les guerres modernes, ne le cède en rien à celle des grandes puissances militaires ; elle est instruite, exercée et largement pourvue de pièces se chargeant par la culasse. La cavalerie, formée en divisions placées sous le commandement spécial d'un inspecteur de la cavalerie, est prépondérante dans l'empire russe, qui ne compte pas moins de quinze millions de chevaux. Chaque division est formée de quatre régiments : un de dragons, un de uhlans, le troisième de hussards, le quatrième de cosaques. Pour assurer la remonte de la cavalerie, on a établi en Russie la conscription des chevaux, qui sont dès lors soumis à un recensement périodique, pour choisir ceux susceptibles d'être levés, en vertu d'un tirage au sort et moyennant une indemnité.

Rajeunie et transformée, confiante dans ses chefs et en elle-même, l'armée russe est aujourd'hui une des plus belles du globe et l'image vivante de la patrie. Au point de vue militaire, comme au point de vue civil, les règnes d'Alexandre II et d'Alexandre III ont donc été deux règnes d'une rénovation puissante et féconde. L'honneur et la reconstitution de cette armée reviennent en première ligne aux deux derniers tsars, à leurs vues constantes d'amélioration, à l'esprit de justice et de progrès qui a dicté leurs réformes, et à leur discernement des hommes et des choses; en second lieu, aux membres de la famille impériale si dévoués aux intérêts de l'armée ; enfin aux généraux Milioutine et Vanovsky; le premier surtout, esprit supérieur, organisateur de premier ordre, qui pourrait être appelé à bon droit le *Louvois de la Russie*.

Indépendamment de la sympathie qui unit la France et la Russie, il est du plus haut intérêt, au point de vue de l'équilibre européen, que le grand empire du Nord soit en mesure, le cas échéant, de faire entendre sa voix dans les conflits internationaux et d'opposer son *veto* à certaines convoitises.

Ce ne sont pas non plus les premiers venus que les généraux aides de camp du tsar Alexandre II ; ce sont des braves qui ont vu le feu, en Hongrie, au Caucase, en Crimée ; il faut s'être distingué à la guerre pour avoir l'honneur d'être attaché à la personne du souverain de toutes les Russies ; il faut avoir parcouru bien des étapes pour arriver à cette position, témoin le général Tcherkow qui était récemment à Paris, chargé d'une mission spéciale auprès du président de la République française.

III

EXPÉDITION CONTRE LES TEKKÈS

Maîtres de Khiwa, l'île verdoyante qui se croyait inexpugnable dans ses sables, les Russes étaient libres de pousser leurs conquêtes vers l'est. Entre le sud de la mer Caspienne et l'Afghanistan règnent les Tekkès, tribu aussi turbulente que guerrière de la Turkomanie.

Pour soumettre ces écumeurs de la steppe, on guerroya de 1875 à 1881 ; on envoya contre eux l'élite des troupes du Caucase, sous le commandement de Skobelew, le chef le plus populaire des armées russes. Ce dernier battit, en 1880, la principale des tribus des Tekkès, les Akhals ; il prit d'assaut, en janvier 1881, la forteresse de Ghéok-Tépé qui était leur repaire et qui, il y a trois ans, avait arrêté les efforts du général Lazarew.

Par un de ces revirements propres aux populations

primitives, les Tekkès, leurs chefs en tête, vinrent jurer
fidélité aux vainqueurs. Habitués à triompher de leurs
voisins, ils reconnaissaient qu'ils avaient trouvé leurs
maîtres, et, fait inouï dans les annales asiatiques, quelques-uns de ces derniers furent conviés au sacre
d'Alexandre III, et retournèrent dans leurs oasis, pro-
clamant les splendeurs et les merveilles de la puissance
russe. Les Tekkès de l'est, profitant de la leçon infligée
à leurs frères de l'ouest, vinrent eux-mêmes se soumettre
au tsar blanc, réputé comme un chef aussi généreux
qu'invincible.

*
* *

Ghéock-Tépé n'est guère qu'à moitié route de la mer
Caspienne à Merv et aux frontières de l'Afghanistan. On
pouvait croire que la conquête de la grande oasis des
Tekkès de l'ouest devait nécessiter de nouveaux combats;
il n'en fut rien. Merv, l'Alger de ces pirates du désert, se
rendit à la discrétion des Russes, et renouvelant, à dix
siècles de distance, la légende de la vieille Novogdod
appelant « Rürick » pour rétablir la paix dans ses murs,
elle renonça au pillage des vallées du Khorassan, pour se
soumettre aux soldats de *tsar blanc de la Neva*.

L'occupation de l'oasis turkmène, tant de fois signalée
chez nos voisins d'outre-Manche comme la première clé
de la route des Indes, tombe en 1884, presque spontanément, entre les mains des Russes. Ces derniers ne
s'arrêtèrent pas là; les Turkomans Sarykhs, ayant imité
les Tekkès de Merv, s'emparèrent cette même année de
l'Atreck et s'établirent dans le vieux Sarrikhs, aux
limites de la Perse et de l'Afghanistan.

Merv pris, les Tekkès et les Sarrykhs soumis, les
khans de Khiva, du Khokand et de Bouckhara de-
venus vassaux de l'empire russe, la conquête du Tur-

kestan était achevée. Un nouvel empire, quatre fois plus grand que l'Allemagne, était réuni aux Russies d'Europe et d'Asie. Et cet empire, personne, en dehors des indigènes et des nomades de la steppe, ne songea à le disputer aux héritiers de Pierre le Grand.

A partir de ce moment, la souveraineté des Anglais dans l'Inde semble être mise en péril par la conquête de la Russie. Les Russes sont de merveilleux géographes, comme il sied à un peuple qui couvre une si notable partie du globe terrestre. Le Russe rappelle l'ancien Romain; il procède dans sa conquête en Asie par la colonisation agricole ou militaire, à l'aide de ses moujicks ou de ses cosaques. Toute l'histoire de la Russie n'est que l'histoire du peuplement, dans le domaine des Sarmates et des Scythes. Le flot moscovite, le flot slave grossi des ruisseaux turco-finnois, descend en réalité des sources du Volga et du Dniéper, pour déborder sur tout le nord et le centre de l'Asie.

Quel empire que cette immense Russie! Assise sur deux parties du monde, elle semble faite pour dominer le vieux continent. Tout, chez elle, est hors de proportion avec le reste de l'Europe. Vis-à-vis des peuples de l'Occident, c'est le géant de la fable; les plus grands empires militaires ne viennent pas à la ceinture de ce gigantesque colosse; son aigle à deux têtes enserre l'Europe et menace de son bec l'Orient et l'Occident. Qui pourrait mesurer, à l'heure actuelle, l'envergure de ses ailes, le jour où sera déployé l'étendard qui les abrite? Qui pourait dire aussi jusqu'à quels rivages elles s'étendront?... C'est là le secret de l'avenir.

*
*   *

CHEMIN DE FER TRANSCASPIEN. — Dès l'année 1875,

le général-major Resnosikoff, membre de la commission spéciale des chemins de fer russes à travers l'Asie centrale, écrivait de Tourgaï au journal *le Golos* (la voix), pour expliquer la nécessité d'une voie ferrée allant d'Orenbourg à Taschkend : « On a parlé des trombes de neige et de sable, du manque d'eau, de l'impénétrabilité des steppes des Kirghiz ; on se figure que ces contrées sont inhabitées et qu'il est impossible ou dangereux d'y vivre ou d'y voyager. Or, j'ai exploré les steppes dans toutes les directions ; je les ai parcourues dans toutes les saisons de l'année sans escorte ni aide ; et j'en suis venu à la conviction qu'elles conviennent parfaitement à la colonisation, du moins dans les parties où devrait passer un chemin de fer. Sans doute, il serait difficile à un voyageur isolé de faire des voyages rapides à travers ces steppes, par la raison qu'on ne peut se procurer ni chevaux, ni bons guides, sans la permission spéciale des chefs locaux ; cependant, sur presque toutes les routes suivies par les caravanes et les nomades, j'ai trouvé les preuves de l'activité et du mouvement d'une population nombreuse, aussi bien en été qu'en hiver. Dans l'automne, les caravanes chargées de butin se suivent les unes les autres en grand nombre. Partout, j'ai trouvé de l'eau dans les endroits où je me suis arrêté, et je n'ai jamais eu à franchir de grandes étendues de sable mouvant ou de marécages salins. En un mot, bien que n'ayant aucune de mes aises, pour voyager, je n'ai jamais eu à supporter de grandes privations. Il n'existe aucun obstacle de nature à empêcher l'établissement de colons agricoles, ou la construction d'un chemin de fer sur toute la route qui mène à Taschkend. A ceux qui prétendent que les convois de chemins de fer n'auraient rien à transporter, je me borne à leur conseiller de faire un voyage sur les routes suivies par les caravanes ; ils se convaincront de l'étendue du mouvement des marchandises qui s'opérerait sur le chemin de fer que je préconise s'il était construit. »

Le bassin du Syr-Daria renferme d'ailleurs de nombreux gisements de houille, tels que ceux de Tchemkend et de Tchuluk-Kurgen, découverts par le colonel Tchernaïeff. Il est certain que les ressources houillères du district de Khodjend suffiraient amplement à la consommation d'un chemin de fer central asiatique, et formeraient un élément de trafic important sur la ligne projetée.

Il était réservé à Alexandre III de compléter les travaux commencés sous le règne de son père, à l'effet de réunir par un chemin de fer, à ceux de l'Inde, le réseau sibérien, par Orenbourg et Taschkend. Cette voie ferrée satisfaisait toutes les conditions ; elle se rapprochait le plus possible des parties méridionales de la Sibérie, venait côtoyer les monts Karaban en passant par Djnickt, Turkestan, Tchemkend et Taschkend. A partir de cette dernière localité, la ligne passe à Khodjend, longe le Khokand et arrive par des défilés d'un passage facile à Djizak et Samarcande, dans la fertile vallée de Zarafzchan. Après Samarcande, la ligne se rapproche légèrement de Boukhara, passe par Karchi et traverse l'Amou-Daria pour arriver à Balkh et Takhlapoul pour, de là, gravir l'Hindou-Kouch, dont le percement n'a pas offert plus de difficultés que le passage du Mont-Cenis, à travers les Alpes.

Les entreprises qui dépassent les limites habituelles ne réussissent que par la persévérance et la ténacité dans l'exécution. Cette fortune était réservée au chemin de fer central asiatique qui, par la grandeur de l'entreprise, échappe à toute concurrence.

On le voit par ce qui précède, la Russie est amenée,

pour sa propre défense et pour sa force d'expansion, à s'avancer vers les contrées moins civilisées qui l'environnent. En moins de quinze ans, elle a créé un énorme réseau de chemins de fer qui s'étend aujourd'hui jusqu'aux frontières de l'Europe. Les contrées limitrophes de l'Asie centrale ne pouvaient pas rester immobiles, comme si elles étaient éloignées de tout pays civilisé; bon gré, mal gré, elles devaient s'accommoder aux exigences modernes. Une mission civilisatrice était à accomplir de ce côté; cette mission revenait naturellement à la Russie, leur plus mortel ennemi.

L'empire russe a donc accepté cette tâche et la poursuit avec persévérance, malgré les charges qu'elle lui impose, et surtout au grand mécontentement de l'Angleterre qui comprend que désormais la Russie est en état de lui porter, en Asie, un coup funeste. Comme le consul romain au sénat de Carthage, le tsar de Russie se meut autour d'un drapeau portant dans ses plis la paix ou la guerre. Le cabinet de Londres sait que des réclamations inconsidérées au sujet de l'Hindou-Koust soulèveraient une querelle qui ne tournerait pas à son avantage; il feint d'ignorer la présence des Russes à Pamyr et il fait bien.

Q'on interroge l'histoire. Depuis un siècle, chaque fois que la Russie a voulu faire un pas en avant, l'Angleterre est venue lui barrer le chemin. En 1877, c'est elle qui, en étendant la main vers le croissant, a ravi aux Slaves une partie des résultats obtenus par des combats pénibles et le sang répandu à flots; si donc le drapeau jaune orné de l'aigle bicéphale plane sur toutes les forteresses de l'ancien empire de Tamerlan, il n'y a pas lieu de s'en étonner : il fallait arrêter définitivement les incursion des khans sur le territoire russe et répondre aux incessantes provocations du parlement anglais en faisant comprendre qu'ils n'étaient pas invulnérables, les uns dans leurs steppes glacées, les autres par leur éloignement et leur ceinture de mers.

.

Ce chemin de fer transcaspien est une œuvre admirable, en ce sens qu'il transforme du jour au lendemain des populations essentiellement pillardes et cruelles en populations travailleuses, tout en ajoutant à la richesse de la Russie.

Une seule chose assurait le succès des conquêtes russes en Asie centrale : la façon dont les Anglais s'y prennent dans l'Inde pour s'enrichir au détriment des populations qu'ils pressurent. Les Russes, au contraire, respectent les usages établis, l'antique possession du sol et la sage répartition des impôts. Il en résulte que la question des impôts, de même que la question agraire, ont été résolues d'une façon bien plus équitable dans les provinces russes de l'Asie centrale que dans les possessions anglaises de l'Inde.

L'existence du chemin de fer transcaspien exerce une influence bienfaisante sur le développement de l'industrie cotonnière russe. C'est en trois années seulement que le général Annenkoff a exécuté son œuvre incomparable, ouvrant à l'Europe des contrées qui avaient jusqu'alors repoussé sa civilisation. Construit à travers tous les obstacles, s'achevant au milieu d'impossibilités que l'on avait crues invincibles, il répand ses bienfaits non seulement sur les populations que la Russie a conquises, mais aussi sur ses voisines et au delà ; il ne ruine pas le pays qui s'en est imposé le sacrifice au profit du pays conquis ; il assure la conquête, non par l'occupation militaire, mais par l'échange des produits, des richesses, s'appuyant en cela sur la gratitude et l'intérêt des peuples soumis.

C'est là un grand spectacle qui doit vivre dans la mémoire des hommes, car, comme le dit le comte Paul Vasili dans la *Nouvelle Revue* : « Au moment où M. de Bismarck ferme l'Alsace et la ruine, le général Annen- koff ouvre l'Asie centrale et l'enrichit ; ce qui montre la différence qu'il peut y avoir entre un malfaiteur et un bienfaiteur de l'humanité (1). »

(1) Numéro du 15 juin 1888.

Il lui arrivait souvent, à Gatschina, d'interroger des paysans... (Page 246.)

Assassinat du lieutenant-colonel
Soudeikine... (Page 245.)

CHAPITRE VII

I

ALEXANDRE III INTIME

UELQUES jours après son avènement au
trône, Alexandre III nomme régent de
l'empire, dans le cas où il mourrait lui-
même avant que son fils aîné n'eût atteint
sa majorité, son frère, le grand-duc Vladimir, vi-
goureux rejeton de la famille des Romanoff, militaire
dans l'âme, se confinant exclusivement dans ses fonctions de généralissime, d'un caractère gai, franc et loyal.
Aucune modification n'est apportée à la forme du gouvernement, mais une répression vigoureuse est entreprise contre le nihilisme, et le 5 avril suivant, cinq
d'entre eux sont arrêtés et mis à mort, comme les auteurs

du meurtre d'Alexandre II. Ce sont quatre jeunes gens :
Kalbatchich, Mikhaïlow, Jelabow, Rynakow, et une
femme, leur complice, la fille Sophie Petrovskaïa.

Au mois de mai, le général Ignatiew remplace à l'intérieur le comte Loris-Melikoff qui n'a pas su prévoir et
arrêter l'attentat du 1er mars ; il prend les mesures les
plus vigoureuses contre les nihilistes dont il essaie d'enrayer la propagande. Ceux-ci, dans une supplique
adressée à Alexandre III, réclamaient trois choses, pour
cesser tout projet d'attentat contre la vie du souverain :

1° Amnistie pleine et entière pour tous les condamnés
politiques ;

2° Une constitution permettant à toutes les classes du
peuple russe d'être représentées dans le gouvernement ;

3° La liberté de la presse et la liberté de réunion.

Le tsar ne tint aucun compte de ces revendications
qui avaient, pour lui, un caractère de menace. Loin de
songer à donner satisfaction aux mécontents, il abandonna le projet qu'avait formé son père de doter la
Russie d'une assemblée représentative, projet qui devait
paraître dans le *Messager officiel* le lendemain de
l'assassinat d'Alexandre II.

Le 12 mai, en effet, le tsar déclarait, dans un ukase,
« ne compter que sur sa foi dans la force et la vérité de
son pouvoir autocratique » pour l'aider à rétablir l'ordre
dans l'empire.

Au mois de septembre, parut un nouvel ukase destiné
à combattre les nihilistes dont la propagande continuait
plus active que jamais.

Ces mesures parurent tout d'abord réussir et le nihilisme ne donna plus signe de vie qu'à de rares intervalles, jusque dans le courant de 1883. Mais alors, un de
leurs organes, le *Narodnaia Volia*, reparut, annonçant
la mort prochaine de plusieurs fonctionnaires.

Le 17 décembre de la même année, en effet, le lieutenant-colonel Soudeikine, chef de la police secrète, fut
tué de plusieurs coups de feu tirés par des inconnus sur
le traîneau du tsar, au moment où il rentrait au palais
impérial de Gatschina. A la même époque, les revendications que le tsar avait reçues, au lendemain de son
arrivée au trône, lui furent de nouveau soumises. Comme
la première fois, il ne voulut pas y donner satisfaction
et, sûr de l'organisation de sa police, il s'en rapporta à
elle pour les arrestations, les condamnations à mort et
les déportations, suivant le degré de culpabilité des nihilistes.

Le 13 mars 1887, jour anniversaire de l'assassinat
de son père, Alexandre III échappa à une nouvelle
tentative de meurtre. Six jeunes gens, porteurs de
bombes explosibles, furent arrêtés sur la Newsky Mors-
kaja, que la famille impériale devait longer en allant de
l'église de la forteresse Panichida à la gare de Varsovie
pour y prendre le train de Gatschina. D'autres arrestations portèrent le nombre des accusés à douze, parmi
lesquels trois femmes. Tous et surtout les étudiants
Oulianof, Novorousski, Ossipanof et le Polonais Pil-
zouski, fils du maréchal de la province de Vilna, conser-
vèrent devant leurs juges l'attitude la plus hautaine; le
tribunal prononça sept condamnations à mort.

Au mois de mai, un nouveau complot nihiliste contre
la vie du tsar fut découvert à Novotcherkask, pendant le
voyage d'Alexandre III dans le midi de ses États.

Signalons encore l'attentat commis à Paris contre le
général Silisverstorff, ancien chef de la 3ᵉ section de la
police secrète à Saint-Pétersbourg, qui mourut assas-
siné (14 novembre 1890) à l'hôtel de Bade, boulevard des
Italiens, par le Polonais Padlewski, qui parvint à s'échap-
per et se suicida en octobre 1891 à San-Antonio (Texas).

Et enfin, relatons le déraillement de Borski.

Le train impérial, où se trouvait la famille d'Alexandre III et le tsar lui-même, fut complètement détruit. Aucun des princes ne fut blessé. On a attribué ce déraillement au mauvais état de la voie. Il semble pourtant qu'il a été l'œuvre des nihilistes.

Obligé, par la surveillance à laquelle la police le soumettait, de renoncer aux promenades dans les rues de Saint-Pétersbourg, qui étaient une des traditions des souverains russes, Alexandre III n'avait pas renoncé à savoir ce que pensaient ses sujets : il lui arrivait souvent à Gatschina, à Peterhof ou à Tsarkoé-Sélo, d'interroger des paysans et des simples soldats. Plus d'une des disgrâces retentissantes qui marquèrent, d'une façon visible pour tous, les changements opérés dans la politique impériale eurent pour origine des conversations de ce genre.

Tous les attentats commis sur sa personne, ou celle des officiers de son entourage, rendent Alexandre III très circonspect. Il ne se montre plus en public que dans de rares circonstances. Le palais d'hiver, jadis si accessible à tous, est fermé aux visiteurs qui ne peuvent y pénétrer sans une permission spéciale ; le palais Anitschkoff est aménagé en vue des précautions les plus minutieuses. Un hôtel de la perspective Newsky, qui avait des vues sur le parc, a été fermé, et le propriétaire désintéressé, pour qu'il abandonnât un immeuble reconnu dangereux pour la sûreté du tsar.

Gatschina est sa résidence préférée. Il y passe à peu près cinq mois de l'année. Mais quel que soit le lieu où il s'est fixé, Alexandre III a une journée des mieux remplies. Levé dès sept heures du matin, il passe de la chambre conjugale dans son cabinet de travail, vêtu d'un paletot mi-ajusté rappelant, comme forme, la tenue militaire. Il y reçoit ses enfants qui viennent lui souhaiter le bonjour, l'aîné en tête, celui qui est le tsarevitch, et est aujourd'hui Nicolas II. Ce premier devoir accompli, il se met au travail avec ses aides de camp, ses secrétaires et quelquefois ses ministres, quand il a besoin de leur donner des ordres pour les questions urgentes à traiter.

Parmi les officiers généraux ou autres qui forment habituellement son conseil et composent son entourage intime, immédiat, nous citerons le général aide de camp Sturler, fils d'un colonel tué par les officiers de son régiment révoltés au commencement du règne de Nicolas Ier; le général Tchérévine, chef de la garde personnelle d'Alexandre III, un des hommes les plus populaires de la Russie, par sa fidélité à la cause nationale et son honnêteté ; le comte Vorontzoff-Daskhoff, ministre de la cour ; le prince Alexandre Dolgorouki, grand-maître des cérémonies; le colonel de gendarmerie Schirinkine, militaire aussi probe que désintéressé, et d'une fidélité à toute épreuve. Le général Richter, étranger à toutes les coteries, ennemi de toutes les intrigues, commande sa maison militaire. Enfin les généraux Voyeïkoff et Obolensky, fort répandus dans la haute société, connus et estimés du peuple, partagent la confiance du souverain, par leur dévouement à la famille impériale.

L'armée et la flotte sont ses soucis de tous les jours. Voulant tout savoir, il se fait tout expliquer par ses familiers, et ne se laisse influencer par personne, une fois sa décision prise. Alexandre III, très jaloux de son autorité, ne supporterait pas la moindre opposition à ses volontés ; aucune voix discordante ne s'élève donc dans son entourage, et on peut dire qu'une popularité de bon aloi a été, pendant tout son règne, la récompense de ses collaborateurs.

Nature simple et droite, inaccessible aux flatteries, le tsar estime que son pouvoir est avant tout un pouvoir de justice, devant lequel doit plier le plus haut dignitaire de l'empire, comme le plus humble moujick. Partant de ce principe, il a horreur du mensonge, des concussionnaires, des hommes à mœurs déréglées et adroits dans les finesses diplomatiques. Homme d'une droiture exceptionnelle, il veut tout le monde à son image, et met une certaine obstination à suivre le but qu'il s'est tracé, une fois ses déterminations bien prises.

Des exemples éclatants et nombreux ne laissent aucun doute à ce sujet.

Le général Krijanovski cumulait, sous son père, les titres de gouverneur de province, d'aide de camp et de général de cavalerie; il profitait de cette triple situation pour vendre à vil prix, à ses parents, la forêt d'Oufa qui appartenait à l'Etat. En l'apprenant, Alexandre III révoque le concussionnaire de ses fonctions, sans même lui permettre de donner sa démission.

Le comte Valouief, président du comité des ministres, s'était compromis dans une foule de poursuites pour dettes; il est révoqué et obligé de désintéresser tous ses créanciers, s'il ne veut passer en justice.

Le comte Adlerberg, ministre de la cour, dilapidait les biens impériaux; il le força à prendre sa retraite, et le tsar rétablit lui-même l'ordre dans les affaires particulières de la couronne.

Le baron Kister, un Allemand pur sang, qui profitait de ses hautes fonctions pour s'engraisser aux dépens du trésor impérial et des finances publiques, fut honteusement renvoyé et remplacé par le très noble et très digne prince Vassiltchikoff.

On le voit, Alexandre III sait ce qu'il veut et châtie les coupables, sans se soucier des haines qu'il peut accu-

muler dans son entourage. Pesant chacune de ses paroles, il ne signe jamais un document ni une disgrâce,
sans bien savoir ce qu'on lui demande et ce qu'il doit
faire. Pour lui, l'Etat est une immense famille, et comme
il exige respect et soumission de ses enfants comme de
ses collaborateurs, de même il demande à chacun des
membres de la grande famille russe, docilité au souverain
et concours désintéressé, en vue du bien de tous. Mais
s'il sait châtier à l'occasion, il sait aussi pardonner les
offenses quand l'individu incriminé montre de la franchise, de la loyauté et un repentir sincère.

En veut-on quelques exemples ?

Le nihiliste Tikhomiroff, traqué partout en Russie,
s'était réfugié à Paris, rue de Grenelle, 79. Fatigué de
se cacher et d'user sa vie en complots inutiles, il alla
trouver le baron de Morenheim, ambassadeur de Saint-
Pétersbourg à Paris, lui expliqua qu'il était l'un des
auteurs du meurtre d'Alexandre II, mais qu'il en mani-
festait un sincère repentir et le suppliait d'intercéder
auprès du tsar pour implorer sa clémence. La commission fut faite et, quelques jours après, Tikhomiroff recou-
vrait le droit de libre séjour en Russie, où il vit maintenant, sans avoir eu depuis le plus petit démêlé avec la
police.

Un jour, un forçat s'échappe d'un bagne de la Sibérie
et se met en route d'une traite pour Saint-Pétersbourg,
sans s'arrêter nulle part pour ne pas éveiller les soup-
çons de la gendarmerie. Arrivé dans la capitale, il se
présente au préfet de police, déclare qu'il est venu voir
ses parents malades et le supplie, les larmes aux yeux,
de rendre compte de son évasion à Sa Majesté, en lui
faisant connaître en même temps que le seul motif de
sa fuite avait été le désir de consoler une vieille mère.
Le tsar accorda la grâce de ce malheureux, qui retourna

à sa charrue et devint par la suite un sujet hors ligne.

Alexandre III était donc bon, équitable ; mais malheur à ceux de ses hauts fonctionnaires dont la vigilance était en défaut ou qui éludaient plus ou moins adroitement les volontés du souverain, pour faire prévaloir les leurs ; il brisait leur carrière sans pitié, d'un seul trait de plume. Témoin, le comte Bobrinski qui, dans une soirée dansante donnée au Palais d'hiver, avait supplié l'impératrice, dans un *a parte*, de s'intéresser à un projet dont il se faisait l'instigateur, et qui avait pour but d'enrichir les grands raffineurs de sucre appartenant presque tous à la haute noblesse, au détriment du consommateur. Le tsar refusa sa signature, et l'auteur de ce projet, qui visait surtout la bourse du peuple, fut désormais évincé de la cour, où il ne put plus paraître.

L'empereur lit seul les rapports qui lui sont communiqués chaque matin ; puis il les classe, les relit encore pour s'assurer s'il a bien compris, mais cette fois devant leurs auteurs ; présente ses observations, écoute celles qui lui sont faites, dégageant sa responsabilité, mais cherchant toujours à ne signer qu'après mûres réflexions et s'être entouré de toutes les garanties désirables.

Ici, une anecdote en passant.

Le ministre des travaux publics lui apporta un jour le projet d'un pont magnifique à faire exécuter sur le Dniéper.

« — Pourquoi l'ingénieur n'a-t-il pas signé au bas de ce dessin ? dit le tsar, admirant les croquis et les jetant sur un coin de sa table.

» — Mais, Sire, la ratification de Votre Majesté est nécessaire, hasarda le ministre.

» — Est-ce que je suis ingénieur ? Qu'est-ce qui me garantit la solidité du pont ? Je ne signerai qu'après l'avis d'un spécialiste. »

Le pont du Dniéper fut ajourné, mais il n'en fut que mieux construit, plus léger et moins coûteux.

***

Le tsar déjeune en famille, à midi sonnant. Il est en tenue du matin; la tsarine, en face de lui, en robe de maison de couleur claire, avec devant de jupe en dentelle ou en broderie. A droite et à gauche se placent la grande-duchesse Xénie et sa jeune sœur, la grande-duchesse Olga; toutes deux en robe blanche, soit de dentelle et de mousseline, soit de laine brodée. A chaque bout de table se rangent le grand-duc Nicolas-Alexandrovitch et le grand-duc Georges.

Après le repas, qui est ordinairement des plus simples, promenade au grand air, dans le parc attenant au palais, quelle que soit la saison.

« Habillez-vous, mes enfants! » s'écrie le tsar, et chacun de courir dans sa chambre pour y revêtir des pelisses fourrées, que les serviteurs du palais jettent sur leurs épaules, et chausser de larges et chaudes bottes par-dessus leurs fines chaussures. L'empereur jette sur ses épaules un manteau militaire à capuchon; la tsarine s'enveloppe d'une pelisse de renard ou de zibeline, se coiffe d'un bonnet russe en velours garni de fourrures. Puis, toute la famille s'achemine hors du palais, va respirer l'air vif, sec et glacial, sans se soucier de l'étiquette, les enfants en avant ou autour du couple impérial, marchant ou gambadant sur la neige durcie et craquante, au milieu d'arbres poudrés de givre, sous le pâle soleil du Nord.

Les biceps puissants éprouvent le besoin de se dégourdir et les nerfs de se détendre. En été, le plaisir favori du tsar était d'abattre et de fendre des arbres. Les manches retroussées, la cognée sur l'épaule, il s'enfonçait dans les taillis, choisissait minutieusement ses victimes, puis frappait à coups redoublés et débitait en conscience les sapins, les mélèzes et les bouleaux.

Bien des fois, on a raconté que les jardiniers avaient ordre l'hiver de ne pas enlever la neige de certaines avenues réservées à l'empereur. En veste grise, armé d'une pelle, le tsar se plaisait à entasser cette neige en montagne ou à en charger des tombereaux. Tous les exercices physiques lui convenaient. Il s'amusait parfois à jouer de la trompette de toute la force de ses poumons. Il partageait souvent les jeux de ses enfants et en inventait même pour les distraire. S'arc-boutant sur ses jambes, la poitrine en avant, les poignets serrés au corps, il les défiait tous à la fois et s'amusait beaucoup des efforts inutiles qu'ils faisaient pour l'ébranler.

Dans sa jeunesse, il courbait une barre de fer sur son genou et enfonçait une porte. On raconte qu'un jour, il s'avisa de descendre le grand escalier du château à califourchon sur la rampe en tenant dans un de ses bras la tsarine toute tremblante et dans l'autre un de ses fils, le grand-duc Georges, dont la santé, hélas! est toujours des plus chancelantes.

Le tsar était également, par hygiène et par goût, un enragé chasseur. Le gibier de plume ou de poil lui prenait presque tous ses loisirs. C'est surtout chez son beau-père, le roi Christian de Danemark, que, délivré des soucis de son empire, il se livrait sans contrainte à sa passion favorite et parfois, dit-on, se laissait entraîner à de longues distances du château de Fredensborg.

Il est ordinairement deux heures lorsque la famille impériale rentre au palais. Le tsar, en franchissant la porte de son cabinet, se souvient alors qu'il est tsar, et se doit à ses sujets. Le travail de bureau recommence;

il dépouille une énorme correspondance arrivée pendant son absence, lit les quelques journaux qui lui sont signalés, entre autres le *Swet* qui résume toutes les nouvelles du jour, le *Pall Mall Gazette*, le *Figaro*, le *Novoïe Vremia* (la nouvelle presse), et le *Vestnyk Evropy* (le moniteur européen), prépare les affaires dont il importe de connaître la solution le plus tôt possible.

Une promenade en traîneau ou en équipage, — suivant la saison, — vient ensuite, et la famille impériale se trouve réunie de nouveau au dîner où se trouvent invitées assez souvent la comtesse Stroganow, grande-maîtresse de la cour, et les demoiselles d'honneur de la tsarine, comtesse Golesnichew-Koutouzow, et mademoiselle Ozerow.

*
* *

Les fêtes sont de tradition à la cour de Saint-Pétersbourg ; elles sont nécessaires pour propager le bon goût et l'élégance dans la société russe. Alexandre III s'est plu à les multiplier, en organisant chaque hiver quelques soirées intimes, où l'on joue des comédies de salon, des charades suivant un programme déterminé, et où se font applaudir des artistes amateurs d'un talent très remarquable.

La tsarine aime beaucoup le monde ; mais en dehors des spectacles donnés au palais, avec les artistes des théâtres impériaux, ses journées s'écoulent en visites aux hôpitaux, aux couvents et aux écoles ; elle reçoit elle-même les rapports concernant ces établissements, et c'est le général Backmetieff, ex-colonel du régiment des gardes à cheval, qui lui indique les maisons d'éducation à visiter, les aumônes à faire à telle ou telle communauté.

Tous les jours, avant de se mettre à table pour dîner, le tsar fait venir l'impératrice dans son cabinet, la met au courant de ses projets, lui demande ses observations, discute avec elle les graves intérêts qui s'y rattachent, et souvent modifie ses première décisions quand il croit s'être trompé. Par cette immixtion dans les affaires de l'Etat, l'empereur concède à la tsarine tout ce qu'un homme loyal accorde à une digne épouse sur l'administration de la fortune commune, qu'il s'agisse d'intérêts privés ou des intérêts de l'État. Cette influence pesait d'un certain poids sur les décisions à intervenir, sans jamais enrayer la marche des affaires qui suivaient leur cours, au mieux des intérêts de tous.

Les grandes réceptions d'été ont lieu au palais de Peterhof, magnifique résidence située au fond du golfe de Finlande, et dont le parc et les abords sont presque inaccessibles. Les grandes eaux, quand elles jouent, sont bien plus abondantes que celles du parc de Versailles, et le tsar Nicolas Ier, auquel on doit l'arrangement de cette résidence, a certainement voulu dépasser Louis XIV. *Montplaisir* est un pavillon qui, avec sa terrasse au bord de l'eau, est une merveille de situation, et ses jardins sont vraiment féeriques.

Le tsar Alexandre II préférait Tsarskoë-Selo, avec ses salons en ambre et en laque de Chine, ses souvenirs de Catherine II, son parc aux allées bien alignées et son village chinois, servant à loger les grands dignitaires de la cour.

L'hiver, les bals et les fêtes intimes sont donnés au palais Anitschkoff, dont les salons sont immenses. Chaque année, le tsar et la tsarine offrent un magnifique arbre de Noël au régiment des cuirassiers de Gatschina, ainsi qu'aux enfants pauvres ou incurables. La tsarine distribue elle-même les cadeaux choisis, et cela en accompagnant chaque cadeau d'une parole aimable et réconfortante. La salle Saint-Georges sert pour les sorties et

le baise-mains. Le tsar et la tsarine, en tête de la famille
impériale, traversent cette salle éblouissante, au travers
d'une haie de dignitaires, et de dames ayant leur entrée
à la cour ; alors ce ne sont que velours et dentelles dorées,
étoffes tissées d'or et d'argent, broderies merveilleuses,
uniformes chamarrés d'or et constellés de décorations.
Le palais de l'Ermitage, contigu au palais d'hiver, est
une suite de salons d'un effet saisissant et remarquable :
galerie de tableaux, galerie de Pierre-le-Grand qui
donne accès au jardin d'hiver, et où le souverain est re-
présenté en cire, avec ses propres habits, ses cheveux,
sa moustache originale ; le tout dans une armoire en
verre ; la salle mauresque, partagée en deux parties par
des arcades ; la chambre de Nicolas Ier avec son lit de
camp et sa table en bois. Pendant les bals, grands-
maîtres de cérémonies, grands-veneurs, chambellans,
gentilshommes, pages, généraux, officiers de la garde,
en grand uniforme, se croisent en tous sens, passant
comme un éblouissement, au milieu des grandes-dames
du palais, des dames d'honneur, des grandes-maîtresses
de la cour, toutes en robes de cour russe ; les demoiselles
d'honneur en robes de satin blanc, avec traîne de velours
rouge et coiffées de kakochnick d'où descend jusqu'aux
pieds l'antique *fata* ou voile blanc des boyardes.

On soupe dans le jardin d'hiver, sous des kiosques
de palmiers, d'orangers odoriférants, de jasmins d'A-
frique et de lilas. Le service des tables est fait par des
valets habillés à la française, livrée vert et or ; des
gardes-chasse, des nègres costumés à la mode orientale.
Rien ne peut être comparé au luxe éblouissant de la
cour de Russie, qui est un mélange de pompes européennes et asiatiques.

Pendant le souper, le tsar ne s'assied pas ; il va d'une
table à une autre, en compagnie du comte Woronzow-

Dachkow, disant un mot aimable à chacun. Lorsque sa tournée est faite, il revient à la table que préside la tsarine dont la silhouette se détache sur une pyramide de plats d'or et d'argent arrangés de façon à lui faire un fond étincelant, parmi les fleurs et la verdure qui encadrent les convives.

* *

Un des côtés remarquables du caractère d'Alexandre III, c'est sa vénération pour la religion orthodoxe qu'il considère comme la pierre fondamentale de son vaste empire. Et en effet, point de patrie sans une religion d'État qui fasse aimer la patrie. Le tsar est un fervent pratiquant. Tous les ans, le 6 janvier, jour de l'Épiphanie, il assiste, nu-tête, à la cérémonie de l'immersion de la croix dans les eaux de la Neva. Cette cérémonie dure une demi-heure, et souvent par vingt-cinq degrés de froid.

Le 29 juin 1876, le lendemain du passage de l'armée russe sur la rive gauche du Danube, un *Te Deum* d'actions de grâces est chanté en présence de toutes les troupes assemblées; Alexandre II y assiste, en compagnie du tsarevitch Alexandre, des grands-ducs Nicolas-Nicolaïevitch, Alexis et Vladimir. Le XIIe corps et la légion bulgare sont rangés en cercle autour de la colline. Le R. P. Gueorguiewski officie, aidé d'un archimandrite bulgare; un *Requiem* complète cette cérémonie qui a surtout pour but de prier pour les soldats morts pour leur foi, leur souverain, leur pays; cérémonie des plus touchantes et que comprendront seuls ceux qui ont au cœur l'amour de la patrie; plus d'une larme coulait sur ces figures bronzées par le soleil.

Le soir, le camp de Zimnitza est très gai, très animé. Les troupes alignées sur le front de bandière entonnent des cantiques de circonstance, en l'honneur du Très-

Haut. Quels chants ! Quelles voix ! L'effet est saisissant ;
musiciens de l'avenir, que n'étiez-vous là !... Vous auriez
eu un sujet d'études si puissant, si grandiose, que vous
auriez eu de la peine à le noter. Ce chœur de voix, ce
chant majestueux dans les notes basses, atteint par moments les notes les plus élevées de la puissance vocale.

C'est *l'ut dièze* lancé par une centaine de voix parfaites
et vierges d'études musicales ; c'est nature, c'est grand
à donner le frisson et à amener des larmes sous les pau-
pières des hommes les plus endurcis. Vous tous, sceptiques critiques, rhéteurs en chambre, qui conspuez la
religion, allez entendre la prière du soir chantée dans
les camps, par les régiments de l'armée russe ; et vous,
contempteurs de la foi religieuse, que n'étiez-vous là
aussi ? vous auriez été émus en entendant cette prière du
soir si simple et si grandiose.

***

La nature pensive d'Alexandre III le portait naturellement à aimer les arts dont il etait un amateur éclairé et
judicieux. Tous les appartements qu'il habitait à Gatschina, comme dans ses autres palais, étaient remplis de
tableaux et d'œuvres d'art ; on y voyait le long des murs
des tableaux de Neuville, de Henner, de Chapelin, de
Troyon, de Dagnan-Bouveret, de Rousseau, de Daubi-
gny, etc. — Paysagistes, animaliers, peintres militaires français se mêlaient aux œuvres d'artistes russes,
tels qu'Aiwasowsky, Makowsky, Bogoliouboff, Pochi-
lenoff, Polenoff, Soutrowsky, Mestchersky et autres.

Le tsar suivait les ventes et se tenait volontiers au courant de l'art moderne. Les collections du prince Galitzine,
de Sabourow, de Gregorowitch avaient été achetées par
lui. C'est donc à lui à qui l'on doit, en Russie, la rénovation
de l'art pictural, sculptural et musical, et Saint-Péters-

bourg lui doit un musée spécial, dans lequel il a réuni tous les tableaux, statues et objets d'art portant un cachet russe absolument personnel, et disséminés avant lui, un peu partout, dans les différents palais impériaux.

En résumé, homme excellent, père très affectueux, souverain très aimé de son peuple ; voilà, en somme, les traits principaux du caractère d'Alexandre III. Mais, pour le voir exactement à travers toutes les légendes qui s'étaient formées autour de lui et malgré toutes les difficultés que l'on a à savoir ce qui se passe autour des grands — à plus forte raison dans leur âme — il faut ajouter qu'Alexandre III était absolument convaincu de sa mission de droit divin.

Il voulait que tout pliât devant lui, il entendait que sa volonté fût respectée dans les petites comme dans les grandes choses, qu'elle fût la seule qui existât en Russie ; il voulait que tout passât par ses mains, et l'on se rappelle encore, en haut lieu, l'ukase de 1893 par lequel toutes les nominations, même celles aux plus infimes emplois, étaient retirées aux gouverneurs de provinces pour être faites par lui, sous sa seule responsabilité.

*
* *

Les titres de l'empereur de Russie sont nombreux ; les voici d'après l'ordre de préséance de chacun d'eux :

Il est le tsar reconnu de toutes les Russies, à Moscou, Kiew, Vladimir, Novogorod, Astrakan ; de la Pologne, de la Sibérie et de la Chersonèse Tauride ;

Seigneur de Pskow ;

Grand-duc de Smolensk, de Lithuanie, Volhynie, Podolie et Finlande ;

Prince d'Esthonie, Livonie et Courlande ; chef des régiments d'infanterie de la garde Preobrajensky, Samonjow, Ismaïlowsky, Moscou, Pawlow, de Finlande,

de Lithuanie, du régiment des grenadiers de la garde,
du régiment des chasseurs de la garde, du régiment de
la cavalerie de la garde, du 1er régiment des cuirassiers
de la garde, des régiments de uhlans, de dragons, de
cosaques de la garde, etc., etc.

A l'étranger, il est chef du régiment prussien des grenadiers de la garde « Alexandre, empereur de Russie »
n° 1 et du régiment prussien de uhlans n° 1 « Alexandre III, empereur de Russie » (Prusse occidentale),
propriétaire du 61e régiment d'infanterie hongrois et
du 11e régiment de uhlans de Galicie, etc., etc.

Il est chevalier de l'ordre espagnol de la Toison d'or,
de l'ordre de l'Aigle noir, etc., etc.

Enfin, derniers détails de famille, utiles à connaître,
pour se rendre compte de la parenté d'Alexandre III
avec les maisons souveraines de l'Europe, le tsar a trois
oncles qui sont :

1° Le grand-duc Constantin-Nicolaïevitch, né en 1827,
amiral général, marié en 1848 à Alexandra-Josefovna
princesse de Saxe-Altenbourg, dont il a eu le grand-duc
Nicolas-Constantinovitch, né en 1850 ; la grande-duchesse Olga-Constantinovna, née en 1851, et devenue la
femme de Georges Ier, roi de Grèce ; la grande-duchesse
Vera-Constantinovna, née en 1854 et mariée à Eugène,
duc de Wurtemberg ; le grand-duc Constantin-Cons-
tantinovitch, né en 1858 et marié en 1865 à la princesse
Elisabeth de Saxe-Altenbourg ; le grand-duc Dimitri-
Constantinovitch, né en 1860 ;

2° Le grand-duc Nicolas-Nicolaïevitch, né en 1831,
feld-maréchal général, marié en 1856 à la princesse
Alexandra d'Oldenbourg, dont il a eu le grand-duc Nicolas-Nicolaïevitch, né en 1866, le grand-duc Pierre-Ni-
colaïevitch, né en 1854, qui a épousé la princesse de
Montenegro.

3° Le grand-duc Michel-Nicolaïevitch, président du conseil de l'empire, marié, en 1859, à Olga-Feodorovna, ci-devant Cécile, princesse de Bade, dont il a eu le grand-duc Nicolas-Michaïlovitch, né en 1859 ; la grande-du-chesse Anastasie, née en 1860 et mariée au grand-duc de Mecklembourg-Schwerin ; le grand-duc Michel-Michaïlo-vitch, né en 1861 ; le grand-duc Georges-Michaïlovitch, né en 1863 ; le grand-duc Alexandre-Michaïlovitch, né en 1866 ; le grand-duc Serge-Michaïlovitch, né en 1869 ; le grand-duc Alexis-Michaïlovitch, né en 1875.

Enfin, du second mariage de l'empereur Paul Iᵉʳ Pe-trovitch, né en 1754, avec Marie-Féodorovna, princesse de Wurtemberg, et bisaïeule du tsar, était issu, en 1798, le grand-duc Michel-Paulovitch, qui épousa en 1824 la princesse Charlotte de Wurtemberg. Le granc-duc Mi-chel-Paulovitch mourut en 1849. Il reste de lui une fille, la grande-duchesse Catherine, née en 1827, et qui a épousé en 1851 le duc Georges de Mecklembourg-Strelitz.

La famille impériale n'était vraiment heureuse et ne vivait exempte de terribles appréhensions que dans ses séjours en Danemark. M. A. Jousselin, sous le titre : *Nos amis, nos Alliés*, a publié en 1892 un volume plein de détails intéressants sur la vie du tsar Alexandre à Fredensborg.

Chaque matin, le tsar, qui aimait beaucoup les cham-pignons et les connaissait à merveille, partait pour les grands bois qui entourent Fredensborg, portant sur ses épaules une corbeille d'osier. La princesse Marie d'Orléans, pour laquelle il avait une grande sympathie, l'accompagnait souvent dans ces promenades. Ils allaient devisant gaiement le long des sentiers, cueillant à travers les mousses, découvrant, sous les feuilles sèches, des cèpes superbes à l'ombelle brune, des oronges rosées et délicates. La cueillette terminée, ils revenaient à Fredensborg ; le tsar faisait appeler son chef et lui confiait sa cueillette que toute la famille trouvait exquise lorsqu'elle paraissait sur la table royale.

Mais les babies réclamaient leur part de plaisir et, avec toutes sortes de coquetteries charmantes, demandaient à « l'oncle Alexandre » d'organiser quelque bonne journée, comme lui seul s'entendait à le faire. On laissait de côté la chasse aux champignons qui n'était point à la portée de ce petit monde et on s'embarquait sur le lac d'Esrom. Le tsar ramait ; en quelques minutes, on avait gagné le large ; les lignes étaient prêtes et la pêche commençait. Les enfants étouffaient leurs éclats de rire, parlaient à voix basse de peur d'effrayer le poisson ; mais lorsqu'au bout de la ligne apparaissait quelque fretin, quelle explosion de joie !

La pêche terminée, les visages s'allongeaient. Quoi ! si vite finie, la joyeuse escapade ! Du regard, on interrogeait le tsar qui, souriant, donnait un coup de rame du côté opposé au château, dans la direction du petit bois de Noddebo.

— Allons, paresseux, — disait-il à ses fils, — que l'on travaille ! Rassemblez des feuilles mortes, des branches sèches !

Et le feu pétillait, les ramures craquaient et la flamme, une flamme claire et joyeuse, s'élevait, à la grande satisfaction des enfants. Lorsque la fumée était dissipée, « oncle Alexandre » faisait griller le poisson sur la braise, et la dînette sur l'herbe commençait. Que tout cela était bon ! Que « ce repas de bivouac », comme l'appelait le tsar, laissait de doux souvenirs !

Le lendemain, on partait en breack pour Elseneur...

On arrivait juste au moment où le train de Fredensborg allait quitter la gare.

— Si nous retournions en chemin de fer? hasardaient les plus téméraires.

— Que ce serait amusant! disaient les autres.

On regarde le tsar. Il est bien tard. Aura-t-on le temps ? Vite on descend du break, Alexandre III prend les billets, cherche des places pour les chers petits en première, en troisième, en seconde. Qu'importe! tout le monde est casé, lui-même s'installe au milieu de paysans avec lesquels il s'entretient pendant le trajet.

**

D'autres fois, lorsque le temps était sombre, pluvieux, que les enfants attristés pleuraient leur partie manquée, le tsar prenait une demi-douzaine de petits sur ses bras et les promenait dans les salons ; ou bien, comme Henri IV, il se mettait à quatre pattes et supportait tout le bataillon enchanté sur ses larges épaules. Alors il faisait l'ours : c'était une chasse à travers les forêts de la Wolhynie. Les petits chasseurs, souvent effrayés, poussaient des cris terribles et il ne fallait rien moins que la tendresse du tsar pour les rassurer et calmer leur effroi.

Combien Alexandre III était aimé des siens, il est superflu de le dire. A Fredensborg, il laissait les soucis du trône pour ne penser qu'aux joies de la famille. Un jour cependant, tous les hôtes impériaux furent péniblement impressionnés. C'était à l'église grecque de Copenhague, pendant l'office. Les assistants priaient agenouillés, lorsque, tout à coup, un cierge se détacha d'un lustre et vint tomber avec fracas sur le banc d'Alexandre III. Il y eut grand émoi parmi les fidèles. On se leva effrayé. Tous les yeux se portèrent sur le tsar. Lui, calme, mais pâle, fit signe à un matelot russe qui s'approcha et emporta le cierge hors de l'église.

Le tsar s'intéressait à tout, aussi bien en Danemark qu'en Russie. Dans un banquet offert aux représentants des corporations des arts et métiers, il adressa la parole en français au président de la confrérie des architectes.

Le pauvre homme, fort embarrassé, lui répondit en allemand :

— Majesté, je suis désolé, mais je ne connais pas la langue française.

— Oh ! je comprends vos regrets, répondit le tsar ; moi je ne parle allemand que lorsque j'y suis forcément obligé.

Son éducation avait été toute militaire. C'était un beau soldat, instruit et brave ; il l'a montré dans la guerre d'Orient. Ses soldats l'adoraient. Il s'était préparé un peu tard à ses fonctions impériales ; mais il s'était vite appliqué à étudier toutes choses, notamment l'art du gouvernement, avec cette conscience qu'il montrait dans l'accomplissement de tous ses devoirs. Très laborieux, il s'absorbait dans les plus petits détails de la politique intérieure et extérieure de l'empire. Ses ministres ne faisaient jamais un acte important sans avoir pris ses ordres.

Mais s'il voulait tout savoir, tout connaître, s'il lisait les rapports ministériels avec la plus grande attention, il n'imposait cependant sa volonté que lorsque sa religion pouvait être suffisamment éclairée. Il ne croyait pas que le pouvoir absolu donnât l'universalité des connaissances.

Le souverain russe était un esprit réfléchi, sérieux et grave. Sa nature était très énergique. Il avait une volonté très ferme et l'on ne parvenait pas facilement à le circonvenir. Il était d'une franchise qui frisait la brutalité. La ruse lui faisait horreur et le mensonge le révoltait. Son plus grand souci était d'être juste. Homme de travail, il avait beaucoup appris depuis la mort d'Alexandre II. Homme austère, il était sur le trône un exemple pour toute la Russie. Il chérissait sa femme, et le ménage impérial présentait le tableau le plus touchant de l'affection la plus vive dans la plus belle pureté.

Alexandre III se complaisait dans la vie privée. Grand, fort, blond, le front large et puissant, l'œil bleu, franc et bon, on lisait dans toute sa personne des mœurs tranquilles. Quand on le rencontrait avec l'impératrice, les grands-ducs et les grandes-duchesses, soit à Pétersbourg, à Gatschina ou à Péterhof, on avait l'image du bonheur dans la famille. C'était un spectacle édifiant.

Alexandre III avait horreur des pompes fastueuses. Aux magnificences des palais impériaux, aux grands apparats des cours, il préférait la vie retirée de Gatschina. Depuis son avènement au trône, ce palais était devenu sa résidence préférée. C'est là qu'il a passé les dix-huit premiers mois de son règne, au temps de la crise nihiliste. C'est là qu'il se rendait chaque été, quand aucune difficulté sérieuse n'assombrissait l'horizon politique, avant d'aller passer quelques jours à Péterhof et à Livadia, où la mort vint le prendre au mois d'octobre 1894.

Pour ne pas devenir méchant lorsque, comme lui, on a été en butte à tant de criminelles tentatives, il faut avoir vraiment l'âme haute. Quand il sentit ceux qu'il aimait le plus, ses enfants, menacés, lorsqu'il comprit que pour arriver jusqu'à lui, les assassins n'hésiteraient pas à sacrifier sa famille, lorsqu'il se vit traqué par la haine inconsciente, il n'en resta pas moins clément et bon.

Une foi ardente le soutenait pour aller jusqu'au bout de sa mission et il a pu dire avant de mourir, dans un des moments de répit que lui laissaient d'affreuses souffrances :

Le tsar ramait : en quelques minutes on avait gagné le large... (Page 261.)

« Je suis perdu, je le sais ! Bien que je ne tienne pas
à la vie, il peut être cruel de mourir à mon âge ; mais,
rassurez-vous, si je dois encore être utile à la Russie, la
Providence, qui m'a préservé à Borki, me sauvera de
nouveau. »

Le souvenir de Borki (octobre 1881) hantait encore le
tsar dans ses derniers moments : le train s'effondrant,
ensevelissant sous les décombres la famille impériale et
sa suite ; la grande-duchesse Olga jetée hors du wagon
et roulant sur le talus de la voie ; la grande-duchesse
Xénia se suspendant au cou de son père et criant : « Ne
me tuez pas, ne me tuez pas ! » et lui, dédaigneux du
péril, ne voulant pas se rappeler que c'était pour être
resté quelques minutes de trop sur le lieu où venait d'é-
clater une première bombe, que son père, Alexandre II,
fut mis en pièces par l'explosion d'un second projectile,
lui, les yeux pleins de larmes, mais dominant son émotion, faisait le signe de la croix et disait à l'impératrice
qui, à ses côtés, prétendait partager ses périls : « Dieu
nous a sauvés ; ne pensons pas à nous ; occupons-nous
des autres ! »

Que d'attentats et partant que d'angoisses ! Malgré le
mystère dont on a voulu envelopper toutes ces scènes,
nous en savons assez pour apprécier le courage du tsar
et comprendre l'ébranlement que ces émotions récentes
ont dû produire sur sa santé.

Un dimanche de Pâques, le tsar, entrant dans son cabinet de travail, trouve un grand œuf de couleur sombre ; on l'ouvre avec grandes précautions ; il contenait
un poignard d'argent sur la lame duquel on lisait :
« Prépare-toi à mourir ! »

Un autre jour, comme il levait la tête d'un travail très
absorbant, il aperçut, dans une glace, un valet de chambre, en qui il avait la plus grande confiance, s'avancer

à pas de loup, un poignard levé, prêt à le frapper. Il attend et, comme le misérable arrivait à sa portée, il se retourne vivement, saisit le bras meurtrier, le brise comme un fétu et jette l'homme assommé à ses pieds.

Dans sa salle de bain, souvent des placards anarchistes furent posés. Qui les avait introduits dans le palais ? Mystère ! Et ce voyage en Crimée dont il y a quelques mois on parla si discrètement, quelle impression n'a-t-il pas dû laisser au tsar Alexandre !

On avait été averti d'un complot. La voie ferrée était gardée ; le voyage, sans incidents, était presque terminé, lorsque, tout à coup, une troupe d'hommes déguenillés, armés de fusils et de piques, envahit la voie en poussant des imprécations. Ces malheureux, exaspérés, dit-on, par la misère et la faim, menaçaient l'empereur et se couchaient sur la voie pour arrêter le train. Des soldats intervinrent ; on se battit et tandis que, lancé à toute vapeur, le train emportait le tsar navré : — « Pauvres fous ! disait-il, ne savent-ils donc pas qu'après moi ils devraient en tuer des centaines et que, malgré ma puissance, je ne puis, tout à coup, calmer leurs misères ? »

Une cinquantaine de cadavres jonchaient le sol et des lambeaux de chair pendaient aux roues ensanglantées.

A Livadia même, dans ce séjour enchanté de la Provence russe, la haine ne désarmait pas. La famille impériale, plus confiante cependant, faisait de longues excursions en voiture découverte.

Pendant une de ces promenades, en arrivant près d'un pont, tout à coup les chevaux se cabrent. La voiture est précipitée dans le vide. Le pont avait été coupé. Le tsar saisit sa femme et ses filles évanouies et regagne la rive : une fois de plus il était sauvé !

Alexandre III tenait essentiellement à connaître la vérité tout entière et ne voulait laisser à personne le soin de fournir des éléments à son jugement, presque toujours sain, lumineux et solide.

Il s'occupait personnellement de toutes les affaires, même parfois de celles d'une importance subalterne. Il voulait que les démarches, et surtout les plaintes pussent parvenir librement jusqu'à lui. Il s'envisageait un peu comme un de ces monarques orientaux, de ces khalifes légendaires, disposant comme lui d'un pouvoir absolu, et qui, pour contrôler l'administration de leurs vizirs, s'entretenaient parfois familièrement avec le dernier des portefaix. Malheur au fonctionnaire qui avait témoigné d'un goût trop marqué pour l'expédient appelé pot-de-vin! Rien ne pouvait le préserver de la colère et de la rancune impériales.

Alexandre III voyait tout, réglait tout par lui-même. Ses ministres étaient, non pas les inspirateurs, mais les exécuteurs de ses volontés. M. Flourens l'a bien expliqué dans son beau livre sur Alexandre III :

« Pour prendre comme exemple le département des affaires étrangères, l'empereur se fait remettre exactement, et sans en distraire aucune pièce, toute la correspondance diplomatique, tous les rapports des ambassadeurs. Ces rapports, il les lit intégralement et les annote au crayon de couleur de sa main ; au bas, il écrit la décision à prendre, les instructions à donner. Il reçoit, au moins une fois par semaine, M. de Giers, écoute attentivement son exposé et lui donne ses ordres. Il agit de la même façon vis-à-vis des autres ministres. Il ne les réunit jamais en conseil, mais il les fait travailler avec lui chacun séparément, au jour et à l'heure qu'il leur a fixés. »

Les annotations du tsar ont fait souvent le désespoir

des plus hauts fonctionnaires ; d'un mot, il clouait un homme. Un jour, après avoir lu un long rapport d'un des premiers de l'empire, le tsar écrivit en marge : « Quel imbécile ! » L'homme ainsi qualifié se désolait ; le rapport devant être classé dans les archives, l'opinion de Sa Majesté le suivrait dans l'histoire ! Il fit supplier le tsar de revenir sur une appréciation si rigoureuse. Alexandre III rit beaucoup ; il effaça le mot et, au-dessous, écrivit : « Quel philosophe ! »

L'empereur Alexandre III avait énormément simplifié le cérémonial, avant lui surchargé, arriéré, empreint de byzantinisme, et rappelant, à force de prescriptions minutieuses, le fameux *Livre des cérémonies de la Cour de Constantinople* de l'empereur grec Constantin Porphyrogénète. Alexandre III aimait la hiérarchie, mais il savait au besoin en oublier les règles et, comme ces « despotes bienfaisants et intelligents » qu'a vantés Bismarck, il avait, à l'occasion, des idées vraiment « démocratiques ». C'est ainsi que, sous son règne, un mérite transcendant a pu, en dépit d'une naissance tout à fait modeste, assurer la rapide et triomphante carrière du ministre actuel des Finances.

Fort religieux, et même enclin à la mysticité, véritable adepte, en ce sens, du christianisme oriental en ce qu'il a de plus caractéristique et de plus coloré, le tsar savait, en certains cas, résister aux insinuations et aux empiètements des gens d'église. Les archimandrites des communautés de Kieff pourraient en dire quelque chose.

Très peu parleur, concentré, haïssant la rhétorique, l'empereur n'aimait ni à entendre ni à faire de vains discours. Sa devise était celle de Hoche : *Res non verba.* Passer pour un homme bavard, disert et emphatique a constamment été, sous son règne, un motif de sévère exclusion.

Ce prince, regardé à bon droit comme un « pacifique »,
avait compris que, comme l'a fort bien dit Renan, « un
chef d'État doit être un militaire ». Il participait de fort
près aux travaux et aux manœuvres des troupes, et son
horreur ordinaire pour toute contrainte cédait, quand il
s'agissait de présider à ces grandes fêtes militaires qui
ont en Russie un degré incomparable de sobre et discrète
magnificence. Ici comme partout, il était merveilleusement secondé par la tsarine, qui passait volontiers auprès
de lui des heures à cheval, dans son élégant uniforme de
colonelle de la garde.

Alexandre II avait été très prodigue de décorations et
de « tabatières »; Alexandre III restreignit beaucoup
l'octroi de ces faveurs et, par là, en releva singulière-
ment la signification et le prestige.

Chaque matin, le tsar, qui aimait beaucoup les champignons...
(Page 260.)

CHAPITRE VIII

France et Russie.

TRISTE retour des choses d'ici-bas! En 1867, l'empereur de Russie était à Paris avec le tsarevitch Alexandre-Alexandrovitch, à l'occasion de l'exposition universelle. La cour et la ville se mirent en frais pour recevoir dignement leurs hôtes, parmi lesquels le roi de Prusse, le prince de Bismarck, et plusieurs autres princes souverains. Revues, dîners de gala, bals officiels se succédèrent presque sans interruption, pendant plusieurs jours.

Le 6 juin, revue à Longchamps, de toutes les troupes de la garde, de la garnison de Paris et de la 1re division militaire. Une croix de Sainte-Anne de 3e classe est accordée au capitaine Favre, des guides de la garde ; une croix de Saint-Stanislas de 3e classe au sous-lieutenant Jabin, et une de Sainte-Anne de 4e classe au maréchal-des-logis-fourrier Niochet.

Le 15 juin, bal à l'Hôtel-de-Ville. La salle Saint-Jean est décorée dans le style accoutumé : glaces, trophées, tentures, feuillages grimpants, touffes de fleurs, nappes d'eau où tremble et se brise la lumière des lustres. Les deux escaliers qui se font face sont bordés d'une triple

18

rampe de fleurs, de plantes exotiques en forme de para-
sols et d'un rang de becs de gaz enfermés dans des
globes de verre dépoli. De cinq en cinq marches, le
plastron rouge et le casque d'un garde de Paris. Il est
dix heures et demie du soir, lorsque la glace qui est
juste en face de l'entrée, entre les pilastres des arcades,
reflète tout un groupe doré, chamarré qui monte lentement, silencieusement, entre les cascades et les palmes
vertes : le tsar donne le bras à l'impératrice en blanc et
satin paille ; le tsarevitch, en tunique écarlate et dolman
blanc, — l'uniforme d'ataman des cosaques, — donne le
bras à la tsarevna, coiffée et habillée d'étincelles ; l'empereur Napoléon III est en officier général avec le grand-
cordon bleu de Saint-André ; les grands-ducs et les
princes de Hesse, en tuniques vertes ou bleues ; puis les
uniformes nuancés de la suite, entre lesquels se détache
la tunique blanche de celui auquel la France doit tous
ses malheurs de 1870 : nous avons nommé le chancelier
de fer.

La transparence de la glace, un peu troublée par la
buée des cascades, prête à ce tableau mouvant des tons
adoucis, fondus, polis comme ceux d'un pastel, sous une
lame de verre. L'impression est étrange, profonde ; on
retient son souffle de crainte de ternir la glace et d'en
faire évanouir la vision. Deux cosaques d'escorte qui
font partie de la suite du tsar vont se ranger dans la
salle des cariatides, à droite et à gauche de la portière
en damas rouge qui y donne accès. Leur longue lévite,
couleur écarlate, avec leurs manches pagodes, leurs
jupes de femmes, leurs cartouchières et leurs agrafes
d'or ne sont pas, pour les curieux, un des moindres
attraits de cette fête resplendissante.

Il est une heure et demie lorsque les souverains se
retirent, comme ils sont venus, par l'escalier d'honneur.

＊
＊ ＊

Quelques mots en passant de la fête des Tuileries. On
connaît les lignes principales des grandes fêtes qui s'y
donnaient sous le second empire ; pelouses et massifs du
jardin dessinés par un cordon de feux enfermés dans des
globes de verre dépoli, verdure prenant un aspect fan-
tastique sous cette lumière blanche et laiteuse, bassins
avec leurs jets d'eau se teintant tour à tour des couleurs
de la flamme, de l'émeraude et de l'opale ; le double escalier menant à la salle des maréchaux, aux jardins, un
vrai Watteau avec ses jonchées de femmes en toilettes
blanches. Toute cette nuit, l'aigrette blanche de madame Korsakoff a été en coquetterie réglée avec la
lumière électrique ; l'impératrice Eugénie, en blanc,
porte en écharpe le ruban rouge frangé de jaune de
Sainte-Anne de Russie ; Napoléon III, avec le cordon de
Saint-André, était assis à la droite du tsar, lequel, ayant
à sa gauche le roi de Prusse, semblait présider la fête.

Au souper, c'est encore le tsar qui préside, ayant à sa
droite l'empereur Napoléon III, et à sa gauche le tsarevitch ; puis viennent, de droite et de gauche, l'impératrice, les princes et les princesses.

Que ces temps sont déjà loin de nous !

Il est trois heures du matin, lorsque la foule des invités quitte les Tuileries. Dans le jardin, les premières
blancheurs de l'aube se mêlent aux lueurs pâlissantes
des illuminations. Du côté de la rue de Rivoli, la ligne
des maisons et les cimes des marronniers prennent une
teinte violette qui tourne au rose vif, à mesure que le
jour grandit. L'orchestre s'est tu ; le silence et la soli-
tude ont remplacé peu à peu le bruit et la foule ; charme
indicible de cette première heure frileuse dans les voiles
de pourpre qui l'entourent.

Tout à coup, un bruit de bottes éperonnées se fait entendre ; c'est l'escadron des cent-gardes qui se retire également : ces crinières blanchies par l'aurore, ces cuirasses où se reflète l'éclat mourant des girandoles, ces hommes de fer descendant les escaliers, quel joli décor !...

*
* *

Après la paix, la guerre ; c'est dans l'ordre. Quelques mois après, la ville de Paris, l'hospitalière par excellence, balayait d'une main vigoureuse les dernières épaves de la plus colossale Exposition qu'on eût jamais vue et qui avait duré sept mois; les souverains et princes étrangers retournaient dans leurs États, et l'été de 1870 était à peine commencé que la France, envahie, subissait la loi du plus fort.

N'est-ce pas Machiavel qui a dit quelque part dans ses écrits : « Les ministres des princes envoyés dans les cours étrangères sont des espions qui veillent sur la conduite des souverains auprès desquels ils sont accrédités ; ils doivent pénétrer dans leurs desseins, approfondir leurs démarches et prévoir leurs actions, afin d'en informer leurs maîtres à temps. »

En France, on se fait volontiers illusion. Les fêtes de l'Exposition universelle, venant l'année même où l'armée prussienne remportait la victoire de Sadowa, faisaient en quelque sorte diversion aux sombres pressentiments des hommes clairvoyants qui voyaient la guerre à brève échéance. Nous étions toujours le même peuple qui avait autrefois chanté Marlborough. Au milieu de ces réjouissances qui mêlaient fraternellement les peuples et célébraient la plus solennelle émulation de l'intelligence humaine, qui donc aurait alors osé prédire que ces grandes assises de la paix devaient précéder de très près la plus effroyable guerre dont le monde ait eu à souffrir ?

Deux généraux, deux illustres soldats, ont fait beaucoup, depuis cette guerre néfaste, pour le rapprochement de la France et de la Russie : les généraux Leflô et Chanzy ; tous les deux, ambassadeurs de la République française à Saint-Pétersbourg, — le premier de 1871 à 1878, le second du 18 février 1879 au mois de novembre 1881, — ce dernier surtout. Le tsar Alexandre II venait de succomber, sous les éclats d'une bombe homicide : le tsarevitch, en succédant à son père, saisit la première occasion qui lui était offerte pour placer lui-même sur la poitrine du général Chanzy la décoration couverte de diamant qu'il portait le jour de l'attentat, en lui disant : « Vous étiez, général, le meilleur ami de mon père ; personne n'est plus digne que vous de porter une croix qui ne peut que vous rappeler la sympathie du peuple russe pour la nation française (1). »

Ce que fut la politique du tsar Alexandre III en Europe, le monde entier le sait, et ce n'est pas en France qu'on l'oubliera jamais. Quand il monte sur le trône, il trouve la politique russe inféodée à la politique allemande et dirigée bien plus par la chancellerie de Berlin que par celle de Saint-Pétersbourg. Le vieux prince Gortchakoff, qui montrait encore parfois des velléités d'indépendance et qui faisait de la politique allemande plutôt par amour du pouvoir que par conviction, fut sacrifié au prince de Bismarck, et, en 1884, les trois souverains d'Allemagne, d'Autriche et de Russie se rencontrèrent à Skiernievicze. On crut alors généralement en Europe que cette entente serait durable et que c'en était fait de l'influence politique française qui, rejetée en dehors de toutes les combinaisons diplomatiques, ne pou-

(1) Voir notre ouvrage sur *Chanzy* — Tolra, éditeur.

vait plus compter que sur elle-même. On se trompait.

L'empereur Alexandre III, qui était la droiture même, ne tarda pas à s'apercevoir du double jeu que jouait le prince de Bismarck. Il surprit l'Allemagne en flagrant délit de duplicité diplomatique dans les affaires bulgares. Le prince de Bismarck, avec son extraordinaire flair, comprit que la partie était perdue. Il eut beau accabler le tsar de compliments, dire du haut de la tribune que le « tsar était le plus honnête homme du monde et qu'il croyait aveuglément tout ce qu'Alexandre III lui disait », la Russie se dégagea peu à peu de la politique allemande. Alexandre III commença alors l'admirable politique qui finit à Cronstadt. Évitant résolument les embûches que la diplomatie allemande lui tendait dans les Balkans, ne renonçant pas aux droits acquis par la Russie au prix de son sang, mais ignorant un état de choses qu'il ne voulait pas reconnaître, indifférent aux révolutions, aux actes de soumission comme aux provocations, sûr de sa force et résolu à la paix, Alexandre III évita de passer par Berlin, se borna aux strictes relations avec la cour de Berlin, jadis si étroitement liée à la cour de Russie.

Tant que le vieux Guillaume Ier vécut, cette nouvelle phase de la politique russe ne fut indiquée que discrètement : Alexandre III, par piété filiale, ne voulut pas rompre trop brusquement des liens qui avaient un caractère parfois familial. Mais avec l'avènement du jeune empereur d'Allemagne, il reprit sa liberté d'action. Il suivit la politique des mains nettes, et, comprenant qu'une France forte était nécessaire à l'équilibre européen, sentant qu'une entente franco-russe pouvait servir de contrepoids à la triple alliance, il oublia les préjugés que la forme républicaine pouvait éveiller dans l'âme d'un tsar, et se rapprocha graduellement de la France. Toute

cette évolution fut faite avec l'art le plus consommé, —
et ce souverain simple et droit, sans tromper personne,
fit un chef-d'œuvre de diplomatie : le rapprochement
avec la France fut donc l'œuvre d'Alexandre III.

Il lutta contre les influences de cour et de famille ; il
surmonta tous les obstacles et fit comprendre à l'Europe
tout entière que la France et la Russie suivaient une
même politique le jour où il écouta, tête nue, la *Marseillaise* sur un cuirassé français dans le port de Cronstadt.
Ce jour-là, les efforts faits par la France pour reconquérir sa puissance, les preuves de patience qu'elle avait
données depuis 1870 avaient trouvé leur récompense. La
France ne s'y est pas trompée ; elle avait voué à Alexandre III un véritable culte de reconnaissance ; et si, en
Russie, les manifestations de deuil officiel ont été plus
complètes ; si, dans les cours d'Europe, on arbora plus
de crêpe, nulle part le deuil ne fut plus national qu'en
France.

* *

Profondément Slave, Alexandre III avait confiance
dans les destinées de son pays. Hostile aux idées et à
l'influence allemandes, si longtemps prépondérantes à
Pétersbourg, il encourageait le plus possible toute réac-
tion ayant un caractère slavophile. Autant il aimait peu
l'Allemagne, autant il a toujours eu des sympathies pour
notre pays. On raconte que, pendant la guerre de 1870, il
quitta la table un jour où le tsar Alexandre II, son père,
proposait un toast au succès des armées prussiennes déjà
campées sous les murs de Paris. Mais, s'il aimait la
France, il avait horreur des passions révolutionnaires. Il
était partisan d'une politique éclairée, sage et prudente.

Alexandre II avait germanisé la Russie. Son successeur s'est appliqué à la *dégermaniser*. A ce point de

vue, il procéda à une rigoureuse épuration du personnel. Cette préoccupation se traduisait jusque dans les choses secondaires. C'est ainsi que l'uniforme presque allemand des troupes est redevenu un uniforme vraiment national, avec les bottes apparentes, le bonnet de fourrure, et tous les détails qui pouvaient faire revivre le style et le caractère slaves.

On a souvent célébré la ténacité du tsar. Cette tendance de son caractère se révélait principalement dans la façon dont il était reconnaissant des services rendus. C'est ainsi que, malgré mille cabales et en dépit d'intrigues savamment ourdies et sans cesse renaissantes, le glorieux Gourko demeura toujours en faveur, et que les menées les plus habilement perfides ne purent rien lui faire perdre de la confiance et de l'amitié de l'empereur.

L'impératrice, qui est peut-être, avec sa sœur la future reine d'Angleterre, la princesse la plus accomplie de l'Europe, a toujours été pour le tsar, nous l'avons dit, la collaboratrice la plus active et la plus parfaite. Que de fois, sans suite, accompagnée d'une seule de ses dames, elle a été soigner de ses propres mains les pauvres gens dans le voisinage des résidences impériales ! L'histoire dira que jamais couple princier ne connut plus profondément et ne pratiqua avec plus de supériorité le complexe et difficile « art de régner ».

Lorsque, au lendemain de la visite de Kremsine, Alexandre III indiqua à M. de Giers qu'il entendait modifier profondément l'orientation de la politique russe et observer, vis-à-vis de la France, une attitude assez amicale pour faciliter, pour préparer une entente :

— La chose est impossible, — répondit M. de Giers. — S'allier avec la République, ne serait-ce pas favoriser en Russie une propagande révolutionnaire ? Sans comp-

« Vous étiez, général, le meilleur ami de mon père... (Page 277.)

ter que l'instabilité ministérielle est telle en France
qu'on n'a jamais devant soi personne avec qui traiter !

Le tsar insistant, M. de Giers offrit sa démission et
s'attira cette dure semonce :

— Ne parlons pas de votre démission ; je vous l'en-
verrai chez vous, quand je le jugerai bon ; en attendant,
vous n'avez qu'à exécuter mes ordres et à me fournir les
renseignements que je vous demande.

M. de Giers se le tint pour dit.

Au moment des fêtes de Cronstadt, il fournit cependant
encore l'occasion d'une scène assez curieuse, en demandant au tsar :

— Comment allons-nous recevoir les marins de la République ?

— Eh ! qu'importe le régime sous lequel vit la France?
Tout ce que je sais, c'est qu'il y a une France et qu'elle
est nécessaire au bonheur de l'humanité.

— Mais les musiques françaises jouant l'hymne russe,
il faudra leur répondre par l'hymne français, — par la
Marseillaise.

— Eh bien ! que voulez-vous que j'y fasse? Je ne suis
pas assez musicien pour leur en composer un autre.

Des marins français viennent à Saint-Pétersbourg ;
ils débarquent sur les quais de la Néva ; l'enthousiasme
est indescriptible. Comme tout bon préfet de police,
M. de Gresser ne sait plus où donner de la tête. Que
va-t-il résulter d'un semblable mouvement populaire?
Les moujiks chantant la *Marseillaise* à Pétersbourg ;
mais c'est l'abomination de la désolation !

Gresser téléphone à l'empereur, alors à Peterhof :

— Sire, la ville est en révolution par l'arrivée des
Français ; je n'attends que l'avis de Votre Majesté pour
faire tout rentrer dans l'ordre.

L'empereur répond :

— Laissez faire ; cela va bien ainsi !

Ce fut, à vrai dire, l'événement le plus considérable des dernières années de ce siècle que la réception faite à Cronstadt, au mois de juillet 1891, des marins de la flotte française par l'empereur de Russie.

Après la terrible secousse de 1870, longue avait été notre convalescence ; nous n'osions compter que sur nous-mêmes ; nos regards n'étaient fixés que sur notre frontière.

Soudain, après vingt ans d'un dur labeur, la nation a compris, avec une légitime fierté, qu'elle était récompensée de ses efforts, estimée à sa valeur, qu'elle avait reconquis sa force, sa vitalité, son rang en Europe.

Notre peuple, avec sa droiture native, sa générosité habituelle, avec son instinct, a deviné aussitôt la portée d'un incident qui a changé les destinées de l'Europe, et il a fêté l'alliance nouvelle avec la puissance d'une exaltation trop longtemps comprimée par le malheur.

C'est dans un soleil éclatant qu'en cette année 1891, l'escadre française, commandée par l'amiral Gervais, s'est avancée en bel ordre vers le mouillage de Cronstadt devant onze bâtiments de la flotte russe, sous le commandement de l'amiral Kasnakoff.

Là-bas, en ce jour inoubliable, après que le *Marengo*, portant le pavillon amiral, eut arboré le pavillon russe, salué la place de vingt et un coups de canon, après qu'il eut jeté ses ancres ; des vapeurs, des embarcations, des yachts entourèrent nos vaisseaux et les cris répétés de : « Vive la France ! » accueillirent nos officiers et nos matelots.

Notre *Marseillaise*, cette *Marseillaise* qu'on disait en Allemagne aussi odieuse à la Russie que la République française l'était au tsar, fut jouée, chantée par tous les marins russes avec un enthousiasme indescriptible.

Le tsar lui-même, à bord de l'*Alexandre*, était venu de Peterhof, accompagné de l'impératrice, de ses enfants, des grands-ducs et des grandes-duchesses.

Ce rapprochement de la France et de la Russie, les feuilles allemandes le déclarèrent factice, les Anglais l'appelèrent un « non-sens » ou le qualifièrent de monstrueux. Il n'a été que la conséquence logique de la situation créée par la Triple-Alliance. A une politique tortueuse, on a opposé une politique franche ; à une coalition qui se dit pacifique et qui n'a été faite en réalité que pour la la guerre, on a opposé la loyauté de l'union pour la défense.

« Ainsi que l'a justement fait remarquer dans le *Petit Journal* un des écrivains politiques les plus clairvoyants et les plus patriotes de ce temps, Ernest Judet, le rapprochement de la France et de la Russie est fondé sur le sentiment et sur la raison. De là son caractère à la fois politique et presque mystique. Il s'y rattache des espérances passionnées, des entraînements inexplicables. Les intérêts supérieurs des deux pays prennent encore mieux racine dans ces extraordinaires effusions qui réunissent l'Orient à l'Occident.

» La tête et l'âme sont d'accord.

» La carte géographique de l'Europe et surtout celle de la Triple-Alliance souligne la nécessité de cette union tellement écrite dans les destinées communes qu'on se demande comment elle a pu tarder si longtemps, comment elle n'a pas encore un caractère plus précis, une formule plus complète.

» L'Allemagne n'a pas de frontières naturelles ; elle doit avoir contre quoi s'adosser pour faire face à tous les dangers. Tant qu'elle a trouvé son point d'appui en la

Russie, elle a marché droit devant elle, frappant à droite et à gauche sans que rien pût lui résister.

» Elle a atteint la France et l'a mutilée, ce qu'elle pouvait considérer comme chose nécessaire ; mais, selon la vraie et récente remarque d'un écrivain russe, le jour où l'Allemagne s'est retournée contre la Russie, où elle a fait le vide derrière elle, elle a commis une faute énorme, et son œuvre est menacée de mort.

» Ce jour-là, en effet, la France a été sauvée, la grande cause de l'humanité a triomphé. La position géographique de l'Allemagne est telle qu'elle ne peut jamais prétendre exercer à la fois la prépondérance sur la Russie et la France, ces deux piliers de l'Europe, ces deux principaux facteurs de la politique occidentale. Le peuple allemand ne peut vivre tranquille et heureux et conserver son unité qu'en respectant scrupuleusement les intérêts du premier peuple slave et du premier peuple latin.

» La passion, l'ambition effrénée d'un seul homme l'ont empêché de voir cela, et cet homme, aveuglé par l'ambition, a creusé un abîme là où il prétend avoir construit l'arche sainte du monde.

» L'édifice construit au milieu de l'Europe par l'Allemagne victorieuse, au prix de tant de sang et de larmes, au prix de la paix et de la tranquillité européennes, est sapé dans sa base.

Il est sans abri contre les orages. L'empire allemand peut être tout à coup pris en flanc de deux côtés, balayé par une tempête arrivant de l'est et de l'ouest et éclatant à la même heure.

» L'Allemagne a fait le tour de force d'armer tout son peuple pour accomplir son œuvre ; mais elle a transformé toute l'Europe en un camp, et la position qu'elle occupe est intenable.

» En Russie, les influences et les relations germaniques, longtemps dominatrices, enrayaient le mouvement actuel, avant qu'un empereur, épris de la grandeur nationale, eût lancé la parole libératrice.

» Chaque fois que l'empereur Guillaume trouve une occasion de dramatiser la Triple-Alliance par quelque démonstration représentative, il affirme que c'est uniquement par amour de la paix. Témoin les fêtes de Kiel qui ont lieu le 14 juin 1895.

» Si paradoxale que paraisse cette affirmation, elle n'est pas dépourvue d'une certaine vérité, et la preuve, c'est que la visite de la flotte russe à Toulon, tout aussi bien que celle de la flotte française à Cronstadt, sont bien plus encore une démonstration pacifique dans la pensée du souverain qui les a rendues possibles. »

Le tsar a voulu apprendre à l'Europe que, dans une action défensive, la Russie serait prête à marcher avec la France, mais qu'elle ne se joindrait pas à une action offensive non justifiée à moins d'un intérêt tout à fait supérieur.

II

LA POLITIQUE EXTÉRIEURE.

L'Europe compte cinq grandes puissances : trois d'entre elles, la Prusse, l'Autriche et l'Italie, ont formé une alliance offensive et défensive qui vise les deux autres : la France et la Russie. A l'alliance des trois premières, ces deux dernières doivent opposer une alliance à deux. La politique du jour se résume dans la solution de ce problème.

« En prenant l'Alsace et la Lorraine, Bismarck a travaillé pour nous, — disait un diplomate russe ; — Strasbourg et Metz réunies à l'Allemagne, c'est la France à notre dévotion. » Ce diplomate avait raison. Amputer la France de deux provinces, c'était, en effet, le plus sûr moyen de jeter la France dans les bras de la Russie, un jour ou l'autre.

Peut-être eût-il été prévoyant de la part d'Alexandre III, d'intervenir en 1870, pour ne pas laisser démanteler la frontière française. Alexandre Ier, un des vainqueurs de Napoléon Ier, ne l'avait pas permis en 1815. La grande vaincue de 1871 mutilée, c'était la résurrection de l'empire germanique au profit des anciens clients des Romanoff-Holstein, les Hohenzollern, qui devenaient empereurs à leur tour. Alexandre II comprit d'une autre manière la politique extérieure; il laissa faire la Prusse, et la France devint ainsi un atout dans le jeu de la Russie, atout qu'il serait possible de faire valoir, dès que l'occasion s'en présenterait à Saint-Pétersbourg.

Les déceptions de la guerre turco-russe et du congrès de Berlin, en 1878, irritèrent la Russie contre l'Allemagne et l'Autriche, et obligèrent le cabinet de Saint-Pétersbourg à regarder du côté de l'Ouest s'il y avait toujours une France. Ce fut ainsi que s'établit peu à peu, par le fait même de l'Allemagne, entre ses voisins de l'Est et de l'Ouest, cette solidarité dont la France bénéficie aujourd'hui.

De ce rapprochement spontané de deux peuples, faits pour s'entendre, peut-il sortir une alliance entre les deux gouvernements? Telle est la question que nous allons essayer de résoudre.

La Russie et la France ne se touchent nulle part, n'ont aucun motif de disputes naissant de la mitoyenneté, et les ennemis qui les guettent l'une et l'autre, jaloux de leur puissance et de leur gloire, sont les mêmes : l'Allemagne, l'Autriche et l'Angleterre. Les Français, en tant que nation, sont innocents des deux guerres historiques

faites à la Russie. Le premier Napoléon est allé à Moscou
et s'en est retourné à Paris en passant par la Bérésina ;
le second a porté ses aigles jusque dans Sébastopol et les
a rendues à Sedan quinze ans après. Mais il est une région où leurs sphères d'influence ont une action commune qui confine l'une à l'autre : c'est l'Orient. Quand
la Russie et la France se sont fait la guerre, c'est le
Levant qui leur a mis les armes à la main. Toutes deux
ont sur cette vieille terre, où tant de nations se réveillent au contact de l'Occident, une clientèle séculaire à
laquelle chacune obéit. Moscou a, depuis le traité de
Byzance, la clientèle orthodoxe qu'elle dispute à l'hellé-
nisme ; la France a le patronage des catholiques, legs
lointain des croisades du moyen âge. La première regarde la coupole de Sainte-Sophie, à travers les mirages
de l'Orient, dont elle voudrait faire son hégémonie politique et religieuse ; la seconde, satisfaite d'y répandre
ses idées et sa langue, n'y convoite qu'une influence
morale. Français et Russes peuvent exercer leur influence côte à côte ; il suffit pour cela que leurs intérêts
ne soient pas inconciliables.

C'est précisément en cela que l'une et l'autre se sont
efforcées, dans ces derniers temps, de se soutenir dans
deux questions diplomatiques qui leur tenaient le plus à
cœur : l'Egypte et la Bulgarie. Au bord du Nil, le cabinet de Saint-Pétersbourg a appuyé l'action française ;
en revanche, la France a secondé les vues de la Russie
dans les provinces balkaniques.

Alexandre III, sorte de dieu terrestre, est plus puissant que les césars de Rome ou les califes d'Orient. La
Russie tient tout entière dans sa main : « des rocs gla-
cés de la Finlande à la brûlante Colchide, des tours
branlantes du Kremlin à la muraille de la Chine. » Investi de l'omnipotence qui fait les Nérons et les Hélioga-

19

bales, il n'en abuse pas et se contente d'être un honnête homme et un homme d'honneur. Il est courageux, il est simple, il est patriote, dévoué à ses devoirs de souverain. Il a de la droiture, de la volonté, de la sagacité, et, qualité rare, l'empire de soi-même. Il sait attendre, ce qui, pour les forts, est le comble de la sagesse. Un pareil prince est un allié sûr, une fois sa parole engagée.

En face de la triple alliance, l'intérêt des deux puissances est de se rapprocher, non pas pour la guerre, mais dans un but pacifique. Ce rapprochement est naturel, inévitable.

L'objection tirée de la dissemblance des religions est sans valeur. En Russie, l'orthodoxie est subordonnée à la politique ; en France, le catholicisme agit en dehors de la politique. Le patriotisme aidant, il est toujours possible de s'entendre sur cette question. Il y a treize siècles que Cassiodore, préfet du prétoire romain, écrivait au pape Jules II : « C'est vous qui êtes le gardien et le chef du peuple. Sous le nom de Père, vous dirigez tout ; la sécurité publique dépend de votre puissance et de votre renommée. Nous n'avons qu'une faible part de sollicitude et d'autorité dans le gouvernement de l'Etat ; vous l'avez tout entière ; vous êtes le pasteur spirituel du troupeau ; mais vous ne devez pas négliger ses intérêts temporels ; il est d'un père véritable de prendre soin à la fois des choses de la terre et des choses du ciel (1). »

Les premiers fidèles, comprenant qu'il ne saurait y avoir de position intermédiaire entre l'obéissance et le commandement, ont voulu, à l'origine du christianisme, attribuer à leur chef spirituel un caractère de dignité et de grandeur qui lui permît de n'être à la merci d'aucune puissance. C'est ce principe qui sert de base à la papauté

(1) Cassiodore. *Epist. lib. et a operum*, t. I.

et à l'organisation de l'Église russe. La civilisation et
le progrès, qui transforment tant de choses, ne purent
modifier cette organisation qui était conforme à la conscience et à la raison de ceux qui professaient la même
foi. Le respect d'un pouvoir est toujours proportionné à
son indépendance. L'Église a donc tout à gagner au
triomphe des institutions libres; à leur abri, elle gran-
dira plus respectée et plus forte, plus populaire et plus
féconde, plus invincible et plus épurée que sous n'importe quelle alliance et avec n'importe quel pouvoir.

*
* *

La forme du gouvernement, si différent dans les deux
pays, n'est pas non plus un obstacle à une alliance
franco-russe. En somme, l'autocratie n'est pas un système de gouvernement, dans le sens propre du mot;
c'est un régime né de ce principe, à savoir qu'un souverain investi d'un pouvoir discrétionnaire absolu est un
gardien des lois plus sûr, plus désintéressé, que plusieurs
oligarques, trop occupés à se combattre réciproquement
pour s'inquiéter sérieusement du bonheur du peuple et
de la sauvegarde de ses droits.

En fait de gouvernement, la Russie les a essayés
presque tous. Le principe républicain a été, pendant de
longues années, la profession de foi des gouverneurs de
certaines villes libres, affiliés à la ligue hanséatique,
telles que Novogorod, Pskoff, Illynoff, etc. Elle connaît
aussi la fédération qui unissait certaines principautés en
un bloc compact, sous le génie de Rürick. Sous les premiers tsars, la *Douma*, Chambre moscovite, était formée
des représentants de l'aristocratie et du clergé; elle vo-
tait les lois soumises à sa juridiction et les présentait, en
dernier ressort, à un conseil municipal investi des pou-

voirs les plus étendus. Enfin, jusqu'à l'avènement de
Catherine II, la petite Russie était gouvernée par une
assemblée de Cosaques nommés à l'élection et présidés
par un ataman. La Russie du passé n'a donc rien à envier
à l'Europe du présent, et si Pierre-le-Grand a résumé,
par son omnipotence, toutes les libertés dans le principe
de l'autocratie, il réservait à ses successeurs de les dis-
tribuer et d'en faire la distribution, au gré des besoins
de la nation, en s'inspirant des circonstances et des nécessités du moment. Plus tard, sous Catherine II, la
Douma transformée par les boyards ou grands seigneurs
de l'époque en un foyer d'insurrection et d'intrigues,
était brisée, et l'Église orthodoxe, qui obéissait à un patriarche partageant les prérogatives du pouvoir souverain, fut disloquée ; à sa mort, il ne fut pas remplacé.
L'Église, ainsi décapitée, fut réduite à son rôle purement
spirituel, et le servage, dû à l'invention de Boris Godou-
noff, régularisé de façon à n'être plus un instrument de
rebellion entre les mains des turbulents grands seigneurs. Les uns comme les autres devenaient les serviteurs de l'empire.

C'est grâce à ces mesures que l'illustre fondateur de
la monarchie russe a pu reculer les bornes de sa domination jusqu'aux deux mers, en lançant le pays dans la
voie du progrès et de la fortune. Depuis, les idées ont
marché, et c'est grâce aux réformes constantes opérées
dans l'État que le tsar Alexandre III est devenu l'empereur du peuple et non le César d'une oligarchie. Ses
droits et ses devoirs, il les a exercés pendant treize ans
sans recourir à l'intermédiaire de l'aristocratie pour parvenir jusqu'au menu peuple. Son autorité s'est accrue,
mais sa responsabilité est plus grande, et c'est pour cela
qu'il a voulu partager cette dernière avec ses collaborateurs, chacun dans la sphère d'action qui lui est propre

et dans la limite de ses attributions. De cette façon, le régime de l'intrigue est passé. Tout fonctionnaire accomplit intégralement les devoirs de sa charge, sans espérer d'autre récompense que l'estime de ses chefs et la satisfaction d'une conscience à l'abri de tout reproche.

L'isolement de la Russie : tel est le but qu'a poursuivi la princesse Dagmar, aujourd'hui l'impératrice douairière, dans les conseils donnés à son auguste époux sur la politique extérieure. Un Russe, depuis longtemps fixé à Paris, a très bien expliqué la situation, quand il écrit : « L'impératrice semble obéir à des sentiments de famille quand elle préconise l'expulsion des Allemands de tout emploi rétribué ou non ; sa piété filiale semble inspirer son aversion contre les spoliateurs qui ont arraché à son père Christian les deux plus belles provinces du Danemark.

» La Russie et la France, unies par des liens indissolubles, pourraient alors devenir le pivot d'une ligue de peuples menacés dans leur liberté et leur autonomie : tels que le Danemark, la Suède, la Belgique, l'Espagne, le Portugal, la Serbie, la Grèce, le Montenegro, la Roumanie.

» Que deviendrait la triplice, en face de cette union n'ayant qu'un but : la liberté des intérêts pacifiques ?

» Et si l'Angleterre avait la hardiesse de s'opposer à la réalisation de ce programme, le châtiment ne se ferait pas attendre. Une division de Cosaques bien commandée, bien conduite, suffirait pour culbuter l'Indou-Kousch, traverser l'Himalaya, et c'en serait fait pour toujours de la souveraineté anglaise dans l'Hindoustan.

» Maintenir la paix en Europe, en créant un contrepoids à la triple alliance, dont le but manifeste est d'exercer une pression armée sur les autres puissances :

tel a été le but que le tsar Alexandre III a toujours poursuivi.

« Ne te lie pas à ton voisin, mais au delà de ton voi-
» sin », écrivait le prince Kourbski à Jean-le-Terrible.

« La Russie n'a qu'une amie en Europe, et c'est la
» France », disait à son tour Pierre-le-Grand.

« Ce n'est pas à la France que je fais la guerre, mais
» à Bonaparte ; et si j'entre dans Paris, c'est pour rendre
» aux Français leurs droits et leur souverain légitime »,
déclarait Alexandre Ier à la députation parisienne venant
lui offrir les clefs de la cité, en 1814.

« Dites à mon oncle que je ne puis consentir à ce que
» l'Allemagne déclare la guerre à la France », disait encore Alexandre II à l'ambassadeur d'Allemagne, pour
sonder le terrain, en 1875 ; et le sympathique général
Leflô n'a pas voulu mourir sans consigner, dans ses notes
posthumes, le souvenir de cette bienveillante intervention de la Russie en faveur de la France.

» Alexandre III n'a fait que confirmer la logique des
choses et justifier la politique constante de ses prédéces-
seurs, quand il déclare à Chanzy que « la France est
» l'alliée naturelle de la Russie ».

» En résumé, les âmes russes et françaises ne se heur-
tent nulle part et ont entre elles de nombreux points de
ressemblance. Accessibles, l'une et l'autre, aux mêmes
sentiments de désintéressement et d'honneur, aux mêmes
vibrations de l'idée de patrie, elles peuvent se suffire à
elles-mêmes, la Russie trouvant dans la consommation
de ses cent millions d'habitants l'écoulement de ses immenses marchés ; la France, dans ses colonies, la vente
avantageuse de ses produits fabriqués. Le commerce
qu'elles font entre elles n'a d'autre but que de faciliter
le développement de la production agricole de l'une et le
travail artistique de l'autre. Leurs échanges de matières

premières ouvrées entretiennent en elles une constante émulation. Quelle différence entre ces loyaux trafics et ceux dont l'Angleterre recherche partout le monopole, au détriment des travailleurs du monde entier !

» Si la France n'existait pas, la Russie serait obligée de créer à l'Occident de l'Europe une puissance de même ordre faisant contrepoids à l'ambition débordante de l'Allemagne et à la rapacité désordonnée de l'Angleterre » (1).

Et maintenant, quelle sera la politique suivie par le successeur d'Alexandre III, le tsar Nicolas II ? Tout le fait prévoir, cette politique sera la même que celle suivie par son père.

Dans les autocraties, il ne faut pas croire que l'orientation politique dépende d'un caprice momentané du souverain. La force des traditions influe puissamment sur la fixité de direction ; les évolutions politiques n'y peuvent être importantes qu'à la condition d'y être lentes. Nous l'avons vu avec Alexandre II et Alexandre III. Nous avons pu suivre la marche du rapprochement avec la France, et, malgré les scrupules, les entêtements, les fautes commises de part et d'autre, l'évolution s'est faite. L'irrésistible force des intérêts communs a poussé les deux nations l'une vers l'autre.

Nous irons plus loin : la détente, ou, si l'on veut même, le rapprochement qui peut s'opérer un jour entre l'Angleterre et la Russie, et par conséquent l'Angleterre et la France, ne sera pas un phénomène instantané dû à l'avènement de Nicolas II. N'oublions pas que la sœur aînée de l'impératrice-mère est la princesse de Galles et qu'Alexandre III avait toujours eu une grande admiration, une profonde tendresse pour sa belle-sœur. C'est à

(1) *L'Empereur Alexandre III et son entourage*. — Nicolas Notovitch.

sa femme que le prince de Galles a dû l'accueil cordial
qui lui a toujours été fait par la cour de Russie, en Danemark et ailleurs. Alexandre III s'occupait certainement
de ce rapprochement, et la persistance avec laquelle il a
poussé son fils Nicolas à épouser la princesse Alix, petite-
fille de la reine d'Angleterre, n'était peut-être pas étran-
gère à ce projet.

Ainsi, dans la politique intérieure, et même dans la
politique extérieure du nouveau règne, nous ne voyons
que le développement rationnel de ce qui a été prévu,
préparé depuis de longues années.

Le tsar se leva et, très légèrement vêtu, se rendit à la chambre de son fils...
(Page 301.)

Le château de Livadia.

CHAPITRE IX

I

LA FIN D'UN EMPEREUR DE LA PAIX

E tsar Alexandre III avait été atteint plusieurs fois de l'influenza, et, au mois d'octobre 1893, une rechute faisait craindre des complications funestes. Le docteur Zakharine fut mandé de Moscou, et le mal put être conjuré une fois encore. Mais, comptant sur ses forces herculéennes, le tsar ne se soignait pas. Que pouvait faire un refroidissement à un homme déchirant, d'un seul coup sec, un paquet de trente-deux cartes ; ployant un fer à cheval ? Par les plus grands froids, Alexandre III sortait sans les vêtements recommandés, et il avait fait, pendant les fêtes de l'Épiphanie, une imprudence nouvelle.

On jette à cette occasion, dans la Néva, une croix de glace. Le clergé préside à la cérémonie, qui est longue, et à laquelle l'empereur et les troupes assistent tête nue et sans capote. Aussi les officiers, pour la circonstance, ont-ils soin de doubler les flanelles et de s'oindre le corps d'un corps gras. Alexandre II s'était même fait fabriquer une perruque ouatée qu'il mettait ce jour-là en guise de casque.

Mais Alexandre III n'avait jamais consenti à prendre les moindres précautions, malgré les avertissements réitérés de Zakharine, qui ne lui dissimulait pas les conséquences de ses imprudences, et c'est nu-tête et simplement revêtu d'une tunique qu'il prit part à la cérémonie, cette année, par 25° de froid.

A Spala, où il s'était rendu au mois de septembre 1894, son état inspirait déjà les plus vives inquiétudes, et les mauvaises nouvelles qu'il recevait d'Abbas-Euman, dans le Caucase, où se trouvait alors le grand-duc Georges, avaient encore contribué à ébranler le système nerveux d'Alexandre III.

Sur ces entrefaites, Alexandre III partait pour Bieloviège, en Pologne; la veille il était allé, vers une heure du matin, au bureau télégraphique du palais d'Hiver de Saint-Pétersbourg, dicter une dépêche à destination d'Abbas-Euman, déclarant qu'il attendait la réponse au bureau. Celle-ci arrivait deux heures après; les nouvelles du grand-duc Georges, qu'il affectionnait tendrement, étaient désespérantes.

Le tsar rentra dans sa chambre, se jeta dans un fauteuil, et, pleurant amèrement, s'écria : « Oh! Dieu, que t'ai-je fait pour être si cruellement puni! »

Les symptômes alarmants de la maladie de l'empereur datent de ce moment-là.

A Bieloviège, le tsar *eut des vomissements*. Les médecins l'envoyèrent à Spala. C'est alors qu'il voulut revoir son fils Georges. La première nuit de l'arrivée du grand-duc, l'impératrice veilla, comme d'habitude, jusqu'à une heure, auprès du lit de son époux. Lorsqu'elle se fut retirée, le tsar se leva et, très légèrement vêtu, se rendit, à travers un couloir glacial, à la chambre de son fils. Le prince était endormi ; il le contempla quelques instants dans son sommeil, mais lorsqu'il rentra chez lui, il avait contracté un nouveau refroidissement qui empirait la situation.

Sa tendresse pour le grand-duc Georges était si grande, qu'à son lit de mort le tsar ne cessait de le réclamer. En vain la tsarine, les yeux pleins de larmes, cherchait à lui faire comprendre combien il serait imprudent au grand-duc de sortir de sa chambre. Le tsar essayait de se soulever : il irait, lui ! mais les forces lui manquèrent et il se laissa choir, désolé, en disant : « Mon fils ! mon cher fils ! »

Tout espoir était désormais perdu. Le malade fut transporté au château de Livadia, sur la côte méridionale de la Crimée, cette Provence de l'empire de Russie.

***

Un fanal placé sur la pointe basse de la Chersonèse indique le premier point de la côte méridionale ; au loin, on aperçoit de hautes montagnes d'une forme si belle qu'on les prendrait pour la séparation naturelle et verdoyante qui s'élève en Italie, entre la cité de Gênes et le duché de Lucques ; le promontoire immense est le cap Parthénium dont le sommet n'est pas sans poésie, car il est signalé comme l'emplacement sur lequel s'est accompli le beau drame d'Oreste et d'Iphigénie. Au fond de cette baie et sur cette haute muraille de grandes roches, se trouve le monastère de Saint-Georges, surmonté d'un dôme rouge avec les flèches dorées de son paratonnerre, et que Canrobert visitait quelquefois, pendant qu'il exerçait le commandement des troupes françaises sous Sébastopol, en 1854-1855 (1). Puis, voici Balaklava et sa ruine génoise, assise sur un rocher dominant une étroite fissure, dans laquelle les navires et les bateaux-pêcheurs entrent comme dans un port. Là, un bassin, caché par la nature, offre un abri sûr et secret ; ni mâts, ni cordages ne peuvent s'élever assez haut pour trahir la présence des vaisseaux abrités derrière ces murailles de rochers.

Plus loin encore, le cap Aïa, surnommé par les Grecs *Krion-met-opon*, indique le point méridional extrême de la Tauride. A partir de cet endroit, les sites aperçus de la côte s'embellissent. La nature se montre moins âpre et la barrière immense des montagnes se recule pour laisser entre elles et la mer des pentes richement parées. Un palais byzantin, Aloupka, délicieuse rêverie orientale, dessine sa délicieuse silhouette au milieu de massifs de verdure, livrant au vent l'étendard national russe. Là, un riche domaine, Kastroposilo, montre ses blanches maisons entourées d'un vignoble, dont les coteaux se déroulent jusque vers la plage. Ailleurs, se développe le bourg de Yalta, dont les maisons, bâties sur l'emplacement d'une ancienne colonie grecque, remplissent toute la partie septentrionale d'une baie spacieuse qui se creuse entre le cap Nikita, au nord, et le cap Aï-Todos, au sud. Cette rade, entourée de ses beaux paysages, est parfaitement abritée d'un côté, tandis qu'elle reste exposée, de l'autre, au vent et à la grosse

(1) Voir *Le dernier maréchal de France : Canrobert*. — Tolra, éditeur.

mer venant du sud-est : c'est là un accident qui lui est
commun avec Odessa. Yalta n'est donc qu'un abri
momentané, où les marins jettent, selon leur expression,
un pied d'ancre, et où l'on ne pourrait préparer aux navires une halte de quelque durée, — même avec des frais
énormes. Pour les voyageurs, ce n'est qu'un simple pied-
à-terre, où toutes les notabilités qui peuplent la côte
méridionale de la Crimée viennent chercher pendant
l'hiver une température adoucie, plus clémente que celle
des autres parages de la Chersonèse.

Une belle route conduit de Yalta à la résidence de
Livadia, que va habiter pendant quelques jours le tsar
Alexandre III. Elle côtoie la plage qui forme la baie ;
bientôt elle s'élève par une pente douce jusqu'aux collines qui dominent la mer du côté de l'ouest. De là, elle
atteint la base des rochers du Yaïla qui se dressent,
comme une muraille de dix-huit cents pieds, depuis Yalta
jusqu'à Aïn-Todor. Ici, c'est un palais asiatique aux
discrètes jalousies, aux cheminées en forme de minarets ; là, un élégant manoir gothique ou un de ces frais
cottages parsemés de lierres, encadrés dans une verdure
printanière ; plus loin, une habitation en bois, coquettement vernie, se cachant sous de vastes galeries ; partout
des tourelles blanches et sveltes, des arbres, du gazon,
de l'eau qui jaillit de guirlandes d'églantiers, de touffes
de dahlias empourprés.

A Livadia, on trouve à gauche une mer sans bornes,
et sous ses pieds, s'inclinant à l'horizon jusqu'à la mer,
de verdoyants ravins couverts de beaux vignobles et de
sentiers capricieux. Le voyageur qui aborde ces contrées regarde, admire ; il ne songe pas à décrire par la
plume ces beautés éblouissantes du paysage qui s'offre
à lui. Il semble vraiment que l'Italie soit vaincue par la
Crimée. Quelle région mieux disposée que celle-ci à

tous les efforts de la nature ? Où trouver une terre plus fertile, un sol mieux préparé, un plus noble emplacement, pour en faire une résidence impériale d'hiver ?

* *

Le mal de Brigth, dont souffre le tsar Alexandre III, fait de rapides progrès, malgré sa robuste constitution, malgré les soins dont il est entouré ; les médecins se décident à informer le souverain, qu'ils perdent tout espoir de le ramener à la santé, et qu'ils ne comptent plus que sur une intervention de la Providence divine.

Le tsar accueillit cette nouvelle avec une contenance parfaite et paisible, employa ses journées à compléter l'arrangement de ses affaires humaines, et attendit la mort avec un rare sang-froid, à peine troublé par quelques intervalles d'inconscience.

Le 20 octobre 1894, au matin, il tournait dès l'aube les yeux vers les fenêtres de sa chambre, d'où on découvrait l'admirable spectacle de Livadia et de la baie, exprimant d'une voix assez basse la satisfaction qu'il éprouvait de mourir sur le sol de la patrie.

Toute la nuit il avait été secoué par une toux persistante et l'hémorragie pulmonaire faisait de grands progrès : le sommeil était impossible. Parfois les battements du cœur s'arrêtaient tout à fait et le pouls semblait suspendu.

A dix heures du matin, les symptômes de détresse s'accentuèrent encore et l'on crut la mort venue. Mais un brusque revirement se produisit, le tsar sembla se ranimer. Il avait pleinement sa conscience : il exprima le désir de recevoir la sainte communion ; elle lui fut donnée en présence de la famille. Sa Majesté pria avec la plus grande ferveur.

Dernières recommandations d'Alexandre III.

Une heure et demie après, des spasmes douloureux saisirent le patient, et l'on crut encore à l'achèvement de cette affreuse agonie ; il y eut cependant encore une légère reprise et, vers midi et demi, il sembla que le tsar ne souffrait plus. Il garda sa pleine connaissance presque jusqu'au dernier moment.

Alexandre III, qui avait une confiance illimitée dans le savoir du professeur Zakharine, le fit appeler le 31 octobre, et la conversation suivante s'engagea entre eux :

— Eh bien ! lui dit Sa Majesté, vous pouvez parler, je suis prêt à tout ; de quel mal suis-je atteint ?

— Sire, vous êtes empoisonné, a répondu Zakharine ; un miracle seul peut vous sauver.

Le tsar, qui était couché, se leva brusquement et, s'adressant au tsarevitch et à la tsarine qui se tenaient à son chevet, dit d'une voix forte :

— Vous savez, Zakharine dit qu'il n'y a plus de remède !...

Et il s'évanouit.

Il y a deux mois que la maladie actuelle du tsar s'était déclarée. Un soir, pendant un dîner à Peterhof, il fut pris subitement d'un sommeil profond ; sa tête vacilla et il s'endormit sur la table. On le transporta sur son lit et, comme son état devenait inquiétant, on alla chercher un médecin ; ce dernier, accouru aussitôt, constata un commencement de congestion cérébrale.

Pendant plusieurs jours l'empereur resta couché, en proie à des troubles nerveux très graves et à une insomnie continuelle. Et ce colosse, ce géant dont on racontait les tours de force merveilleux, commença à dépérir rapidement.

En effet, le tsar aimait les jeux athlétiques ; pendant trois années, il avait fait l'admiration des personnages de la cour du Danemark par ses exploits herculéens.

Un soir, au palais, un prestidigitateur divertissait la famille impériale à l'aide de jeux de cartes.

A un moment donné, le tsar prit un gros paquet de cartes dans sa main et dit :

— Je vais vous faire voir un jeu que, sûrement, vous ne pourrez pas faire.

Et, d'un seul coup, il déchira le paquet de cartes en deux morceaux, comme s'il se fût agi d'une seule carte.

Malgré tous les soins dont il était entouré, le tsar succomba à un mal mystérieux, à un dépérissement qui s'accentua de jour en jour. Ses forces l'abandonnèrent et il mourut le 31 octobre, à quarante-neuf ans, alors que rien ne faisait présager encore une fin aussi prochaine.

La maladie à laquelle succombait Alexandre III était en somme la maladie du Brigth, qui avait été constatée avec terreur le 13 août dernier, date exacte du jour où la première attaque s'est nettement manifestée.

Comme nous l'avons vu, l'empereur s'était rendu à Belovejkaya-Poustir, en Pologne, avec ses enfants ; puis à Spala, dans le gouvernement de Grodno ; puis finalement à Livadia, en Crimée, où l'on espérait, grâce au climat, une atténuation du mal ou tout au moins des souffrances que le mal causait au souverain.

Ces déplacements ne produisirent malheureusement aucun résultat ; la situation ne fit qu'empirer et, au moment même où tout était prêt à Corfou pour procurer au malade un hiver plus tempéré, il avait fallu renoncer à ce projet.

Aussitôt après la consultation des médecins, l'empereur avait demandé à se confesser. Le père Jean Serguéïeff, aussitôt appelé, recueillit la confession de l'auguste malade, à qui il administra les saints sacrements.

La famille impériale assistait tout entière à cette triste cérémonie.

Depuis ce moment, l'empereur montra une résignation sublime, conservant toute sa connaissance et adressant des paroles de consolation à l'impératrice, à la princesse Alix et au grand-duc héritier agenouillés aux côtés de son lit. Les étouffements se succédèrent alors avec une navrante rapidité. C'est dans un de ces accès que l'empereur succomba aux atteintes cruelles de sa maladie. Il était exactement deux heures et demie.

* *

L'histoire se recommencera donc toujours. Au lendemain de la mort de l'empereur Alexandre III, il est intéressant de rappeler les circonstances mystérieuses qui ont entouré la mort de son grand-père Nicolas Ier et qui ont quelque analogie avec les bruits qui ont couru au sujet d'un empoisonnement probable :

Comme le tsar Alexandre III, Nicolas Ier était doué d'une constitution herculéenne et il avait en lui une extraordinaire confiance. Cependant, le 27 janvier 1855, l'empereur fut obligé de garder la chambre d'où il continua, d'ailleurs, à expédier les affaires d'Etat avec l'activité qui lui était propre. Une légère amélioration étant survenue quelques jours après, il fit sa première sortie malgré ses médecins habituels, les docteurs Mandt et Karell, et passa en revue deux bataillons de marche. Les jours suivants, sourd aux supplications de son entourage, il continua ses inspections et le 23 février, il s'alitait pour ne plus se relever.

Nicolas ne se faisait aucune illusion sur son état et lorsque le docteur Mandt, ainsi qu'il en avait pris l'engagement en entrant au service du tsar, lui apprit qu'il était irrémédiablement perdu, qu'il n'avait plus que quelques heures à s'occuper de son gouvernement, l'auguste malade répondit : « Vous avez raison et je vous en remercie. J'ai en effet beaucoup à faire. »

Le tsar succomba à une affection aiguë du poumon, ainsi que les médecins l'avaient à peu près diagnostiqué. Mais on eut peine à s'expliquer la brusque altération de la santé de Nicolas Ier et le peuple fut convaincu qu'il avait été empoisonné. Ce bruit prit d'autant plus de consistance qu'on apprit la mort sans presque savoir qu'il avait été malade.

Quelques mois auparavant, un journal avait annoncé qu'un des médecins de la cour aurait prédit à lord Clarendon, alors ambassadeur en Russie, que le tsar mourrait dans deux mois. Le hasard fatal voulut que la prédiction se réalisât. Après la mort, une feuille danoise insinua que le tsar avait été réellement empoisonné et qu'on ne devait pas chercher bien loin le coupable. Le soupçon se porta aussitôt sur le médecin habituel qui, précisément, venait de quitter la Russie. Lorsqu'il apprit l'accusation, du fond de sa retraite, le docteur Mandt adressa une lettre de justification au journal le *Tsar*, relatant les circonstances de la mort de l'empereur.

Pareil doute devait se produire au sujet de la mort du tsar Alexandre III.

La veille de sa mort il avait lu et signé des papiers d'affaires. La dernière requête dont il eut à s'entretenir de vive voix, avec un de ses aides de camp, avait pour objet de faire augmenter la pension de veuve attribuée à madame la générale de Bergmann, née comtesse Foll, dont le mari défunt s'était illustré dans des guerres glorieuses.

L'Empereur, qui, en principe, ne souffrait pas l'ingé-

rence d'un tiers, — fût-il même membre de sa famille,
— dans des affaires publiques relevant de la compétence
d'un titulaire officiel, admettait volontiers une dérogation à la règle dans le domaine de la bienfaisance ; aussi,
répondit-il au général : « C'est bien, dites à Richter de
me présenter un rapport. » Hélas ! il n'eut pas le temps
de donner suite à ses généreuses intentions. La mort
approchait à grands pas ; le 20, au matin, il consolait
l'Impératrice, son épouse bien-aimée : « Sois tranquille,
disait-il ; moi, je le suis tout à fait !... Le *Daily News* raconte ainsi les derniers moments du tsar :

« Le malade, qui avait dormi la nuit du 31 octobre, fut
transporté, à huit heures du matin, de son lit dans un
un fauteuil, par les docteurs, qui désiraient lui procurer
un adoucissement à ses souffrances. Ses pieds furent
placés sur des coussins destinés à l'empêcher de glisser ;
et le professeur Leyden donna le conseil de frictionner
de temps en temps ses bras et ses mains : ceci fut fait,
avec de tendres précautions, par la princesse Alix, les
grandes-duchesses Xénia et Olga. La tsarine se tenait
tantôt debout, tantôt à genoux, près du fauteuil de son
mari et, de temps en temps, elle appuyait sa joue contre
celle du malade, ce qui impressionnait profondément
les témoins de cette scène. Elle pleurait beaucoup moins
que les autres membres de la famille, essayait même
parfois de sourire et sa main ne tremblait nullement lorsqu'elle donnait à boire au tsar ».

Même parmi les initiés, on ne se décourageait donc
pas ; tout en se rendant compte de la gravité de la situation, on croyait, on espérait un miracle. Quant aux
masses, quant à l'armée surtout, qui a, si souvent et de
si près, vu son chef suprême aux formes athlétiques, à
la santé robuste, on n'y admettait pas, un instant, la possibilité d'une issue fatale, et nous n'exagérons rien en

disant que c'est en haussant dédaigneusement les épaules que les paysans et les soldats lisaient les petites feuilles blanches du *Messager officiel,* donnant des nouvelles de plus en plus pessimistes de la santé de Sa Majesté l'Empereur.

On peut ainsi se rendre compte de l'état d'esprit du peuple lorsque le bulletin encadré de noir apparut : la voie publique et les casernes furent témoins de scènes inénarrables, de ces explosions de douleur qui ne se rencontrent que dans une famille étroitement unie, aux pieds d'un mort vénéré.

Et le *Messager officiel* de l'empire de Russie, d'ajouter comme conclusion de ce qui précède :

« Oui, notre douleur est immense et profonde, et c'est une douleur raisonnée, car il n'est point parmi nous un seul patriote conscient qui ne soit fier de sa nationalité et pénétré de reconnaissance sans bornes envers Celui qui, par ses vertus chrétiennes et sa sagesse, et non par le feu et l'épée, a élevé si haut le prestige moral et la prospérité matérielle de la sainte Russie.

» Ce n'est pas nous seulement qui le disons, c'est l'Europe tout entière qui le proclame. « Mais, au milieu de ces voix, il en est une qui résonne plus haut et plus profondément que les autres : c'est la voix de la France. »

Le Messager officiel parle de la manière suivante des témoignages universels de sympathie manifestés au dehors à l'égard du Souverain de la Russie, et des prières publiques adressées à Dieu pour le rétablissement de sa santé : La dernière fois qu'Alexandre III a parlé à la France, c'était il y a un an, pour remercier le peuple français de l'accueil fraternel et grandiose fait aux marins russes. « Ce fut là une dérogation flagrante aux usages, un fait insolite, inouï, sans exemple dans les annales des relations internationales. Néanmoins, il parut parfaitement cadrer avec l'ordre de choses extraordinaires, tel qu'il a été établi entre la France et la Russie depuis peu, et inauguré par l'exposition exclusivement française de Moscou.

» Ces précédents ont constitué aujourd'hui une tradition, et la France leur demeure fidèle en pleurant la mort de notre Souverain bien-aimé comme s'il était le sien propre et en honorant sa mémoire d'une façon digne d'une grande et généreuse nation.

» Mais, au milieu de ces démonstrations patriotiques et chrétiennes si émouvantes, plus d'un Français interroge sans doute anxieusement l'avenir et se demande si, en rendant les derniers devoirs à l'auguste ami de sa patrie, il n'ensevelit pas en même temps ses espérances et si l'ère des angoisses ne va pas de nouveau se rouvrir pour lui.

» Nous croyons fermement que cette anxiété est vaine. L'attitude actuelle de la France rehausse grandement le prestige moral de la nation et produit un effet saisissant sur l'Europe. Cette attitude spontanée vaut bien, au point de vue politique, l'invention de quelque nouvel engin de guerre, plus terrible que ceux qui existent déjà, et un renforcement considérable de l'armée. L'Europe assiste à un spectacle qui la frappe par sa grandeur et sa portée ; elle voit et apprécie la valeur des liens intimes qui unissent deux grandes nations pouvant mettre en ligne dix millions dè soldats. Cela suffit d'une part.

» Quant à l'orientation politique du prince qui a monté sur le trône de Russie, autant que le passé peut être le gage de l'avenir, autant que l'éducation, l'exemple d'un grand règne et les résultats recueillis autorisent à préjuger en la matière, on a tout lieu de croire que l'orientation de Nicolas II ne s'écartera pas de celle de son illustre père.

» A sa mort, Alexandre III laisse à son fils un héritage merveilleux : l'exemple d'une vie privée dont les vertus inspirent l'admiration à l'univers entier, une politique qui assure à la Russie un prestige sans pareil, une alliée puissante, riche et profondément dévouée, une armée formidable, entièrement pourvue du fusil nouveau, et un budget qui s'est réglé, d'après le compte rendu de 1893, par un excédent de recettes de 179,250,572 roubles !

» Dans ces conditions, à certains égards uniques dans l'histoire de la Russie, la charge de l'Empereur régnant n'est pas lourde, même pour ses jeunes épaules. Sa Majesté pense même en alléger le fardeau, en s'inspirant des précieuses indications tracées dans le testament politique de son auguste père. Le peuple russe, dévoué jusqu'à l'abnégation à ses souverains, n'en demandera jamais davantage à Nicolas II. »

*
* *

Le 8 novembre, le corps de l'empereur Alexandre III fut transporté de Livadia à Yalta. C'est au son des cloches que le cercueil est porté hors de l'église par les grands-ducs de Russie, assistés des grenadiers du palais.

L'empereur Nicolas vient immédiatement après la dépouille mortelle, suivi de tous les grands-ducs et des membres de la famille impériale, parmi lesquels le prince de Galles, le prince héritier de Grèce, le prince héritier de Danemark.

Derrière les princes, vient une longue suite de voitures de deuil ; dans la première prend place l'impératrice veuve, ayant à sa droite la grande-duchesse Alexandra-

Féodorovna, fiancée du tsar Nicolas ; dans les autres voitures se trouvent la reine de Grèce, la princesse de Galles, la princesse Marie de Saxe-Gotha, sœur d'Alexandre III.

Enfin, derrière les voitures de deuil viennent les hauts fonctionnaires, les maréchaux de la noblesse, les députations et la division militaire de Crimée, spécialement venue à Livadia.

Arrivé à trois heures à Yalta, le cortège s'est rendu directement vers l'embarcadère. Avant de transporter la dépouille mortelle sur le *Pamiat-Merkuria*, un court service religieux a été célébré par l'archevêque de Tauride à une chapelle ardente dressée sur le quai.

Le pont du cuirassé *Pamiat-Merkuria* est tendu de draperies de deuil et le pavillon impérial est en berne. Une chapelle ardente s'élève un peu à l'avant du navire.

A trois heures et demie, le cercueil a été transporté sur le pont du *Pamiat-Merkuria* et placé sur le catafalque dressé dans la chapelle ardente. La famille impériale s'est embarquée en même temps, et à quatre heures le navire a pris la direction de Sébastopol.

Le lendemain, à neuf heures du matin, la dépouille mortelle du tsar arrivait à Sébastopol, d'où le train mortuaire continuait sa marche par chemin de fer jusqu'à Moscou, au milieu de démonstrations très imposantes. Dans un deuxième train avait pris place la famille impériale.

Le grand-duc héritier Georges a suivi le corps de son père jusqu'à Sébastopol, où il s'est embarqué pour le Caucase.

De toute la famille impériale, il ne resta à Livadia que la grande-duchesse Xénia, à laquelle les médecins avaient défendu toute fatigue et toute émotion, ainsi que son mari, le grand-duc Alexandre Michaïlovitch.

Le 11 novembre, à dix heures du matin, le train con-
tenant la dépouille mortelle du tsar arrive à Moscou.

Au bruit de trois coups de canon, un frémissement
court dans l'immense foule massée près de la gare et que
contiennent difficilement les haies de soldats.

Immédiatement paraît un maître des cérémonies à
cheval, ayant un crêpe blanc et noir en bandoulière ;
c'est le commencement du cortège, lequel est formé de
la manière suivante : deux escadrons de dragons, fan-
fare de trompettes, un officier des écuries impériales, un
escadron de dragons, une compagnie de l'Ecole militaire ; plusieurs compagnies de divers régiments dits de
l'empereur ; puis viennent, marchant par quatre, le personnel de la maison impériale : valets de pied, coureurs,
laquais, officiers de bouche, tous en grand deuil ; un autre
maître des cérémonies à cheval précède divers étendards
impériaux portés par des généraux ou de hauts fonctionnaires.

Chaque étendard est suivi par un cheval de l'empereur
caparaçonné de noir, tenu par des palefreniers. Viennent
ensuite les écussons, celui des armes des empereurs,
précédé par quatre généraux, porté par deux autres et
deux colonels escortés par deux officiers. Tous sont en
grande tenue de deuil.

Les représentants des corporations, des paysans, des
petits bourgeois, des artisans, marchent par quatre : puis
défilent le maires, les membres de la municipalité de
Moscou, les membres des délégations provinciales, les
maréchaux de la noblesse de Moscou et des districts ; le
personnel des administrations, le gouverneur, le vice-
gouverneur, les fonctionnaires de tous ordres, enfin
quatre colonels portant quatre glaives baissés ; des insignes et des décorations russes suivent.

Le clergé, très nombreux, portant des cierges allumés,

l'archiprêtre Janisheff, aumônier d'Alexandre III, portant l'image sainte, précèdent le char funèbre, aux côtés duquel marchent soixante cadets.

Le char est attelé de huit chevaux. Sur des gradins, sont quatre aides de camp généraux ; les cordons et houppes sont tenus par huit généraux et aides de camp de l'empereur.

L'empereur Nicolas II suit immédiatement, suivi du ministre de la cour, du chef de la maison militaire et de plusieurs aides de camp. Viennent ensuite : le prince de Galles, les grands-ducs Michel Alexandrovitch, Alexis Alexandrovitch, Serge Alexandrovitch, Michel Nicolaëvitch, Alexandre Michaïlovitch, prince Alexandre d'Oldenbourg ; les généraux et aides de camp marchent sur les côtés, mais en arrière de l'empereur.

L'impératrice douairière, la fiancée du tsar, les grandes-duchesses Xénia et Olga occupent la première voiture avec un écuyer de chaque côté, deux cosaques se tenant derrière la voiture. La seconde voiture est occupée par la reine de Grèce, la duchesse de Cobourg, la princesse de Galles et la grande-duchesse Élisabeth Féodorovna. Les autres voitures portent les dames de la cour : toutes les voitures sont en grand deuil.

Le cortège se termine par les chambellans, gentilshommes de chambre, médecins de la cour, les serviteurs les plus proches, cinq compagnies de divers régiments, une batterie d'artillerie, cinq escadrons de divers régiments, notamment quatre portant le nom du prince royal de Danemark.

Devant l'église des Saints-Archanges, le métropolite de Moscou et son haut clergé reçoivent la dépouille. Sur tout le parcours, entre les troupes, le personnel enseignant, les élèves des établissements scolaires forment la haie ; partout, sur le passage de la dépouille mortelle, les troupes postées rendent les honneurs réglementaires ; les musiques jouent, les tambours battent aux champs, puis font entendre une seconde batterie dite « à la prière ».

Le char funèbre s'étant arrêté devant l'église des Saints-Archanges, les quatre aides de camp se tenant sur les gradins du char descendent et enlèvent le poêle impérial qui recouvre le cercueil.

L'empereur, les princes, les ministres de la cour, les aides de camp soulèvent le cercueil, le portent dans l'église et le placent sur le catafalque. Alors s'avancent quatre généraux qui enlèvent le couvercle du cercueil, le déposent sur une table disposée à cet effet et recouverte d'un tapis d'argent ; puis ils recouvrent le cercueil du poêle impérial.

Le métropolite, assisté de tout son clergé, célèbre le service funèbre après lequel on est admis à se prosterner devant le corps de l'empereur défunt.

Six officiers, six élèves des écoles militaires moscovites, quatre sergents des grenadiers du palais, douze sergents de la garnison montent la garde. Ce service d'ordre dure autant que l'exposition du corps.

Le lendemain, le train funèbre repart à midi pour Saint-Pétersbourg. L'empereur Nicolas, la future impératrice, sa fiancée, et les grands-ducs suivent dans le même train le fourgon qui emmène le corps.

Avant le départ du train funèbre, une grande réception a eu lieu, à neuf heures du matin, dans la salle Saint-Georges, au Kremlin. Les représentants de toutes les classes de la population y assistaient. L'empereur, ayant l'impératrice-mère à son bras et s'adressant au maire, a prononcé quelques paroles gracieuses remerciant les habitants de Moscou de leur fidélité et de leur dévouement.

Après la réception, la famille impériale s'est rendue à

l'église des Saints-Archanges où, après un service religieux, le cercueil a été refermé et enlevé suivant le cérémonial habituel.

C'est dans la nuit du 12 au 13 novembre que le train arrive à Saint-Pétersbourg, en gare de Saint-Nicolas, où il est remisé dans un endroit spécial, de façon à ce que les illustres voyageurs puissent dormir.

A onze heures, le signal du départ pour le transport du cercueil à l'église de Saint-Pierre-et-Saint-Paul, est donné par les canons de la forteresse. Le brouillard est humide, le sol boueux. N'importe, le cortège se met en mouvement. Il occupe, dans son développement total, la moitié du parcours. Tout est parfaitement ordonné. Aucun désordre. Le programme est rigoureusement suivi. Sur le passage du char funèbre, traîné par huit chevaux harnachés de noir, des musiques stationnées sur divers points jouent une marche funèbre, lente et triste.

Émotion profonde dans la foule ; émotion surtout silencieuse. Tous les visages sont baignés de larmes.

Une partie du palais Anitchkoff, où Alexandre III habitait, est entièrement recouverte de draperies noires.

L'Hôtel-de-Ville, la *Douma*, sur la perspective Newsky, artère principale de Saint-Pétersbourg, est décoré d'une façon grandiose. La haute tour de l'Hôtel-de-Ville disparaît sous les drapeaux et banderoles de deuil.

La plupart des magasins, imitant ceux de Moscou, sont transformés en serres où sont exposés les portraits ou bustes d'Alexandre III.

On remarque aussi un certain nombre de portraits de l'empereur Nicolas, de sa fiancée et de l'impératrice.

Un arc de triomphe a été élevé sur la place du Sénat, tout près de la magnifique statue de Pierre le Grand. Sur divers endroits du parcours, de nombreux trophées de deuil ont été élevés ; ils revêtent la forme de colonnes supportant des urnes funéraires ou celle d'obélisques recouverts de drap noir. L'ambassade anglaise, qui se trouve sur le quai Anglais où passe le cortège, a drapé complètement de noir son large portique. L'ambassade de France, ainsi que la légation des États-Unis, qui ne sont pas sur le parcours, ont néanmoins arboré des drapeaux noirs. La légation des États-Unis a drapé de noir ses deux balcons. Toutes les ambassades et légations ont décoré leurs façades.

Ce parcours, de plus de neuf kilomètres de longueur, a exigé un minimum de quatre heures.

Le cortège est très imposant ; il comprend, en suivant le cérémonial officiel, treize sections :

Première section : cosaques de l'escorte particulière ; timbaliers et trompettes du régiment des gardes à cheval ; plusieurs officiers du palais ; un escadron de hussards ; quatre compagnies des régiments de la garde ; valets de pieds ; coureurs et pages impériaux.

Deuxième, troisième, quatrième et cinquième sections : 51 étendards tenus par des officiers ou fonctionnaires, chaque étendard suivi d'un cheval de l'empereur. Les étendards sont, les deux premiers, aux armes de la famille impériale et celles de l'empereur défunt, les trois derniers sont un pavillon impérial porté par un amiral assisté de deux capitaines de frégate sans cheval à la suite, un étendard aux armes de l'empire et un étendard blanc.

Des autres étendards sont aux armes des diverses provinces de l'empire ; parmi eux, il en est un aux armes de la Bulgarie. Après les étendards vient un homme d'armes revêtu d'une armure dorée, tenant un glaive et monté sur un cheval richement caparaçonné, conduit par deux palefreniers en grande livrée ; puis un homme

Départ du *Pamiat-Merkuria* emportant la dépouille mortelle d'Alexandre III... (Page 315.)

d'armes marchant à pied, revêtu d'une armure noire, tenant un glaive nu, la pointe tournée vers la terre. Un étendard de deuil en soie noire, suivi d'un cheval caparaçonné de noir, vient le dernier.

Sixième section : Onze écussons portés par des fonctionnaires ; ils sont aux armes de la Tauride, de la Sibérie, de la Finlande, de la Pologne, d'Astrakan, de Riazan, de Novgorod, de Vladimir, de Kiew, de Moscou, puis un grand écusson aux armes de l'empire précédé de quatre généraux et porté par deux colonels assistés de deux officiers supérieurs, tous en uniforme et en grand deuil.

Septième section : Les corporations de paysans, de bourgeois et de marchands ; la municipalité de Pétersbourg, les maréchaux de la noblesse et les délégués des diverses administrations de Saint-Pétersbourg.

Huitième section : Les Sociétés diverses officiellement reconnues, notamment de la Croix-Rouge, d'horticulture, de musique, d'archéologie, philanthropique, historique, de géographie, etc.

Neuvième section : Les élèves des écoles dépendant de la chancellerie de l'empereur.

Dixième section : Les ministres de la justice, des voies et communications, suivis des fonctionnaires et des élèves de leurs écoles respectives.

Onzième section : Les ministres des finances, de l'agriculture, des domaines, de l'instruction publique, de l'intérieur avec le personnel et les élèves des écoles dépendant de ces ministères, puis les hauts fonctionnaires, et notamment le ministre du grand-duché de Finlande.

Douzième section : Un escadron de cuirassiers, les médailles et les ordres dont Alexandre III était décoré, soit huit médailles et cinquante décorations, y

compris la Légion d'honneur et la Jarretière, outre
treize médailles ou ordres russes ; puis viennent les insignes impériaux, au nombre de douze, l'étendard, le
bouclier, le glaive, les couronnes de Géorgie, de Tauride, de Sibérie, de Pologne, d'Astrakan et de Kazan ;
le globe, le sceptre et la couronne. Les décorations,
médailles et insignes sont portés par des officiers et
fonctionnaires supérieurs. Le bataillon de l'école militaire marche par files des deux côtés de cette section.

Treizième section : Les chantres de la cathédrale et
du couvent de Saint-Alexandre-Newsky, de la cathédrale Isaac et de la cour, suivis de tous les membres du
clergé, tous portant des cierges allumés ; l'archiprêtre
Yanischew, confesseur d'Alexandre III, portant une
image sacrée.

Le char funèbre est attelé de huit chevaux, entouré
de nombreux généraux portant les cordons du poêle.
Soixante pages tenant des torches allumées marchent
des deux côtés du char.

L'empereur Nicolas II, à pied, vient immédiatement
après, suivi des ministres de sa maison, de la guerre et
de plusieurs aides de camp généraux ; puis le roi de
Grèce, le prince de Galles, le grand-duc hérétier d'Oldenbourg, quatorze grands-ducs, huit princes appa-
rentés et princes arrivés de l'étranger ; viennent ensuite
les généraux aides de camp, une compagnie de grenadiers et six voitures de deuil.

Cette dernière section est terminée par les chambellans, gentilshommes, médecins, le personnel de la
maison de l'empereur, et un détachement de toutes
armes de la garde d'honneur avec le drapeau.

La voiture de l'impératrice était traînée par huit chevaux caparaçonnés de noir avec les armes impériales en

argent sur les côtés du caparaçon. Impossible d'aperce-voir l'impératrice qui continue le long calvaire commencé à Livadia. Quelle angoisse au cœur ! Quelles larmes quand elle est passée devant le palais Anitchkoff, où elle vécut de si heureuses années avec Alexandre III !

Une haie militaire marque tout le parcours. Les troupes rendent les honneurs militaires à mesure que le char funèbre approche.

Les tambours, voilés de crêpe, battent pendant que la musique fait entendre la *Prière de la Retraite*. La musique joue l'*Apparition de la Vierge* devant le palais Anitchkoff et devant les églises de Kazan et d'Isaac.

Ce cortège, tel qu'il est réglé par le cérémonial officiel, tient environ trois kilomètres. Un coup de canon est tiré de minute en minute, jusqu'à ce que le cercueil arrive à hauteur de l'église Saint-Pierre et Saint-Paul, et soit déposé sur le catafalque qui lui est destiné.

Il est deux heures et demie lorsque le cortège arrive dans la forteresse. Là, huit généraux enlèvent le drap mortuaire. L'empereur et les membres de la famille im-périale, les princes étrangers, les ministres de la cour et les aides de camp portent le cercueil sur le catafalque dans l'église où huit aides de camp enlèvent le couvercle.

L'attitude de la foule est profondément recueillie, triste et silencieuse.

Dans la cathédrale, les prières sont dites suivant le cérémonial habituel. L'aspect à l'intérieur de l'église, aussi imposant que magnifique, est relevé par l'éclat des uniformes qui brillent à la clarté des lustres, au milieu des draperies de deuil.

Le cercueil placé sur le catafalque laisse apercevoir le visage d'Alexandre III reposé, mais ayant l'aspect marmoréen que donne la mort.

A trois heures, la cérémonie terminée, l'empereur

Nicolas brisé d'émotion, de douleur et de fatigue s'est rendu au Palais d'Hiver.

L'église a été ouverte aussitôt à la population qui défile devant le tsar défunt.

*
* *

Celui qui fut Alexandre III dort maintenant son dernier sommeil à Saint-Pétersbourg, dans la cathédrale de Saint-Pierre et Saint-Paul qui surgit d'un des nombreux îlots de la Néva, le premier où Pierre-le-Grand, fondateur de Pétersbourg, fit enfoncer des pilotis pour édifier la forteresse de Pierre et Paul, destinée à protéger la cité naissante. Non loin de là, du reste, se trouve pieusement conservée l'humble maisonnette de bois que le grand homme ne dédaigna pas d'habiter, tandis que cent cinquante mille ouvriers construisaient sa future capitale.

La cathédrale, dont la flèche svelte et hardie est surmontée d'un ange d'or de six mètres, domine les murs moins élevés de la citadelle Pierre et Paul, au milieu de laquelle elle est placée.

C'est dans cette église, qui est pour les empereurs de Russie ce que la cathédrale de Saint-Denis était autrefois pour les rois de France, que tous les souverains russes ont été ensevelis depuis Pierre-le-Grand, à l'exception cependant de Pierre II, mort à Moscou.

C'est Pierre-le-Grand qui a jeté les premières fondations de la citadelle Saint-Pierre et Saint-Paul, le 16 mai 1703. A l'origine, les fortifications n'étaient qu'en terre ; ce n'est qu'en 1706 qu'on entreprit d'élever les fortifications en pierres et en briques, comme elles existent aujourd'hui.

La citadelle de Saint-Pierre et Saint-Paul s'élève dans la partie sud-ouest d'une île qui se trouve juste en face du Palais de Marbre : c'est l'*île Gaie*, jadis très boisée et dont la position stratégique sur la Néva attira l'attention de Pierre-le-Grand. Selon la légende, lorsque le tsar visita cette île, il abattit lui-même deux jeunes arbrisseaux avec un sabre de soldat et, les disposant en croix l'un contre l'autre, prononça ces mots : « Au nom de Jésus-Christ, s'élèvera ici une église, en mémoire des apôtres saint Pierre et saint Paul. » Ce fut là le commencement de la fondation, non seulement de Petropawlosk, mais aussi de la nouvelle capitale qui devait remplacer Moscou, — la vénérable aïeule du monde russe, — et être dorénavant la résidence habituelle des tsars.

Cette même année, — 1703, — Pierre-le-Grand bâtissait de ses propres mains, au bord de la Néva, à droite du lieu où devait plus tard se dresser la citadelle, une maisonnette en bois composée de deux chambres et d'une cuisine. Cette maisonnette fut la première résidence du tsar et, en même temps, le premier bâtiment élevé sur les rives de la Néva. La chambre de gauche, actuellement transformée en chapelle, lui servait à la fois de chambre à coucher et de salle à manger. On y voit aujourd'hui une icône miraculeuse du saint Sauveur, image qui accompagna le grand empereur sur tous les champs de bataille. Dans la chambre de droite sont rassemblés de nombreux souvenirs du grand réformateur. On y conserve, sous un appentis en briques, le bateau qu'il construisit lui-même, l'escabeau en bois sur lequel il aimait à s'asseoir, divers meubles et objets, produits de son industrieuse activité. A mentionner encore, dans l'*île Gaie*, l'église en bois qui s'élève entre la citadelle et la maisonnette de Pierre-le-Grand, non loin du pont Troïtzki (pont de la Trinité).

Le fort de Petropawlosk contient, outre la cathédrale de Saint-Pierre et Saint-Paul, la fabrique de la monnaie de l'empire russe. Il figure un hexagone irrégulier ; sur les côtés, quatre grandes portes y donnent accès : les portes de la Néva, de Pierre, de Nicolas et de Jean. Pierre-le-Grand l'édifia d'après les principes des fortifications de son temps, en vue de la prise de Nien-Chantz, ville fortifiée que les Suédois possédaient sur la Néva. Ce fort n'a plus, de nos jours, aucun intérêt stratégique. Ses casemates servent actuellement de magasins militaires et de prison. D'ailleurs, elles servirent de prison en tout temps. C'est dans l'une d'elles que fut incarcéré Alexis, fils de Pierre-le-Grand, qui y mourut subitement après une visite de son père ; c'est là que furent incarcérés les conspirateurs de 1825, les décembristes, la plupart des nihilistes ou autres criminels politiques ayant conspiré contre la sûreté de l'État. Sous Alexandre II, c'est là qu'on incarcérait les condamnés à mort jusqu'au moment de leur exécution. Ils étaient exécutés sur le talus de droite de la citadelle, du côté de la porte Jean.

Il court dans le peuple une foule de légendes sur les cellules de Petropawlosk. Ainsi, on dit que certaines d'entre elles sont disposées de façon à laisser libre entrée à l'eau de la Néva par le plafond, ou mieux la voûte, — de telle sorte que le malheureux qui s'y trouve enfermé peut être submergé à volonté et sans aucun espoir de salut.

Sous Alexandre III, les casemates de Petropawlosk ont reçu très peu de condamnés politiques ; et réellement on ne comprend guère pourquoi il est interdit de les visiter, inhabitées qu'elles sont aujourd'hui. Malgré l'horreur que la vieille citadelle doit inspirer à tous ceux qui ont lu les romans anglais et allemands où il en est question, il n'y a rien cependant d'extraordinaire, de macabre, de lugubre.

Si l'on entre par la porte Jean, on remarque, à droite et à gauche, deux constructions à un étage, dont les fenêtres sont protégées par des barreaux en fer forgé. Dans l'un d'eux réside le corps de garde de la forteresse, une compagnie de ces riants « *pavlotzi* » (soldats du régiment de Paul, au nez légèrement retroussé). Il faut avoir le nez ainsi fait, dit-on, pour pouvoir entrer dans le régiment de l'empereur Paul. Les *pavlotzi* sont chargés de la garde des tombeaux impériaux, à l'intérieur de la cathédrale.

Une allée superbe, fort bien entretenue, conduit de la porte Jean à la cathédrale, ce Saint-Denis de la famille impériale russe depuis Pierre-le-Grand, qu'édifia, sur l'emplacement de la primitive église en bois élevée par le réformateur, l'architecte italien Tresinni.

La première pierre en fut posée en 1714; elle fut consacrée en 1733. Trois fois la cathédrale de Saint-Pierre et Saint-Paul a été frappée par la foudre. En 1756, le sommet de la tour s'abattit à l'intérieur, détruisant dans sa chute des merveilles du temps passé, entre autres une admirable horloge danoise. En 1757, l'architecte danois Balles restaura le corps principal du monument. En 1772 fut construit un nouveau clocher à haute aiguille, celui qu'on admire aujourd'hui, surmonté d'un globe au-dessus duquel s'élance un ange doré portant la croix en bronze. L'horloge, dont le carillon grave évoque des pensées pieuses, se fait entendre tous les quarts d'heure, a été construite en 1779 par les mécaniciens danois Kras et Ridiger. En 1830, l'ange et la croix furent ébranlés par un orage. On hésitait à entreprendre, en dressant des échafaudages, une réparation qui eût été très coûteuse, lorsqu'un pauvre *moujik* se fit fort de réparer les dégâts à lui tout seul, et il y réussit à l'aide d'une simple corde et d'instruments des plus primitifs.

La cathédrale a 68 mètres de long sur 33 de large ; ses murailles se dressent à 19^{m}14, dominées par une coupole blanche qui surmonte l'abside. Le clocher, de forme carrée, se trouve à l'ouest, au-dessus du portail ; il mesure 86^{m}96 en hauteur ; la flèche qui en sort a elle-même 42^{m}24. Le globe piqué sur cette flèche compte 1^{m}65 ; l'ange de la croix, 6^{m}93. Le point culminant de la croix est donc à 106^{m}92 au-dessus du sol. Sauf à Revel, il n'y a point en Russie de monument plus élevé.

La conservation technique de la vieille cathédrale est confiée, depuis 1859, à la section architecturale du ministère de la cour.

Les plafonds ont été réparés en 1876. En 1881, M. Goubouine, ancien serf de M. Bibicoff, libéré pour les services qu'il avait rendus lors de la construction des chemins de fer russes, a pris à sa charge les réparations de l'intérieur ; par lui, les dorures ont été refaites et les fresques restaurées.

Le clocher comprend trois étages : dans le premier se trouvent les cloches, et, dans le second, l'horloge ; dans l'étage supérieur, il n'y a rien ; il n'a été élevé que par symétrie et pour ajouter au relief du monument.

Trois portes donnent accès dans la cathédrale. Celles de l'ouest et du sud s'ouvrent contre de superbes colonnades en pierre. Les voûtes sont soutenues par douze colonnes puissantes, dont deux sont sous le clocher, quatre dans le vaisseau principal, quatre sous la coupole, deux dans l'abside. Douze grandes fenêtres, trois plus petites, de forme ronde, fournissent la lumière. L'ornementation générale est surtout riche. Les dorures dominent les peintures qui représentent uniquement des chérubins et n'ont aucune valeur artistique. Cette prodigalité d'ors fait contraste avec la simplicité des sépultures impériales.

Des trophées militaires tapissent les murs : étendards, clefs des forteresses, toutes sortes d'armes prises aux Suédois, aux Persans, aux Turcs, aux Polonais, aux Français. C'est à Petropawlosk qu'on garde le pavillon de l'amiral turc dont la flotte fut détruite à Tschesmé par l'escadre russe en 1770. En 1772, Catherine-la-Grande déposa le drapeau amiral turc sur le tombeau de Pierre-le-Grand. C'est un architecte français, M. Montferrant, qui disposa, en 1885, les trophées de Petropawlosk dans l'ordre où ils sont aujourd'hui.

* *
* *

Seul des tsars qui ont régné depuis Pierre-le-Grand, Pierre II fut enterré à Moscou où, d'ailleurs, il est mort; tous les autres sont là.

Les tombeaux impériaux se dressent à droite et à gauche de l'entrée ouest, encombrant littéralement l'église. Il n'y a pas de caveaux; les dépouilles mortelles des tsars et de leurs proches se trouvent inhumées à 1m50 au-dessous des dalles; elles sont contenues dans des cercueils métalliques. Souvent, la fosse est submergée par les eaux de la Néva, et pendant qu'on la creuse on est obligé de puiser l'eau et de cimenter les parois. Une fois le cercueil déposé, on remplit la fosse avec du sable fin.

Les sarcophages ont une élévation d'un mètre au-dessus des dalles et marquent exactement la position du cercueil dans la tombe. L'aspect que présente cette agglomération de monuments funéraires n'a rien de lugubre, grâce à la clarté qui descend des douze grandes fenêtres de l'église. On se croirait plutôt dans un musée ; on n'est pas saisi de cette mystérieuse crainte de la mort qui vous prend l'âme quand on visite les caveaux des Augustins ou des Franciscains à Vienne, les sépultures royales de Saint-Denis, même les caveaux du Panthéon français. D'autre part, rien de plus simple que ces mausolées. Aucune statue, aucune ornementation. Qu'on se figure ceux de l'époque romaine la plus rapprochée de notre époque que nous possédons au Louvre. Ils sont en marbre blanc, comme ceux de la classe moyenne française au Père-Lachaise. Ils ont deux mètres de long sur un de large. Il a fallu épargner la place, car la dynastie des Romanoff est la plus nombreuse du monde entier. L'architecte de la cour impériale avait, paraît-il, pressenti Alexandre III au sujet de l'agrandissement de Petropawlosk. Alexandre III lui demanda s'il y aurait assez de place pour lui et pour l'impératrice. Sur la réponse affirmative de l'architecte : « Je ne veux pas m'occuper de cette affaire, s'écria-t-il en riant ; elle regarde mon héritier. »

A droite en entrant, en face de l'image de saint Pierre, laquelle, dans son cadre d'or, a juste la grandeur qu'avait Pierre le Grand en naissant, se trouve le tombeau du réformateur de la Russie. Catherine I, son épouse, repose à ses côtés. Le tombeau de Catherine II, la Grande, la Sémiramis du Nord, est le troisième à droite de l'iconostase (l'autel).

Du côté nord à gauche, en face de l'image de saint Paul, qui est également de la grandeur qu'avait l'empereur Paul Ier à sa naissance, se trouve le tombeau de celui-ci ; puis les tombeaux d'Alexandre Ier, dont l'anneau nuptial est attaché tout auprès, à une image de Nicolas Ier ; des impératrices Marie-Féodorovna, Elisabeth

Alexievna, Alexandra Feodorovna, de la tsarevna Anne Petrovna ; des tsarevitchs Paul Petrovitch et Pierre Petrovitch ; des filles de Pierre-le-Grand, Catherine, Marguerite et Nathalie.

Près de la porte nord, dans le mur, reposent les cendres du grand-duc Constantin Pawlovitch ; et près de là, vers le mur de l'ouest, celles des jeunes grands-ducs Alexandre-Alexandrovitch et Alexandre Vladimirovitch. Derrière, se trouvent les mausolées d'Alexandre II et de l'impératrice Marie Alexandrovna, ainsi que celui du tsarevitch Nicolas-Alexandrovitch, mort à Nice en 1864, qui est orné de nombreuses palmes et de guirlandes de roses.

Plus loin reposent les cendres de la grande-duchesse Alexandra Nicolaïevna ; le bouquet, aujourd'hui fané, qu'elle avait offert à son époux, le prince de Hesse, lors de son mariage, est conservé sous une cloche de verre. Au pied du mur ouest sont les tombeaux du grand-duc Michel Pavlovitch, de la grande-duchesse Hélène Pavlovna, des grandes-duchesses Marie-Alexandra et Anne Mikhaïlovna ; à droite, au pied du mur sud et de l'image de sainte Catherine, ceux de la grande-duchesse Marie-Nicolaïevna et du prince Serge, tué à l'ennemi pendant la dernière guerre russo-turque, en 1877. Plus loin, du côté du mur nord, ceux de la princesse Alexandra Maximilianovna et du grand-duc Vetcheslav Constantinovitch ; sous le clocher, vers la poste ouest, reposent l'impératrice Marthe Matvievna, née Apraxine, le tsarevitch Alexis Petrovitch et sa femme, la princesse Sophie.

Sur certaines tombes, il y a des inscriptions gravées ; pour d'autres, des plaques correspondantes au marbre ont été fixées aux murs de l'église.

La tombe de la grande-duchesse Alexandra Georghievna (fille du roi Georges de Grèce) se trouve près de celle d'Alexandre II ; elle est surmontée d'un crucifix ayant pour piédestal un petit Golgotha, édifié avec de petites pierres que la princesse, enfant, aimait à ramasser au bord de la mer et avait données en souvenir aux marins russes.

La tombe la plus récente est celle de la grande-duchesse Catherine Mikhaïlovna, morte en 1894.

La place d'Alexandre III est tout auprès du tombeau de son père et de sa mère, au milieu de ses illustres aïeux.

L'intérieur de la cathédrale, décoré suivant le style Louis XV, est d'une incroyable richesse. C'est un ruissellement d'or et d'argent, une profusion de pierres précieuses, d'images saintes aux cadres flamboyants, un étincellement d'émeraudes, d'améthystes, de turquoises, de grenats, de lapis-lazuli, etc.

Rien d'imposant comme le contraste de ces splendeurs avec la simplicité des tombes impériales.

Qu'on se figure une cinquantaine de carrés allongés en marbre blanc, uni, sans autre ornement que les aigles impériales d'or aux quatre coins, et au pied une plaque d'or avec un nom et une date. Tels sont les sarcophages des tsars, de ces autocrates dont la simplicité posthume semble vouloir indiquer combien la toute-puissance pendant la vie ne saurait aboutir à autre chose qu'à l'égalité dans la mort.

Décorée comme une salle du trône, pleine de clarté, cette église, où des palmiers et des plantes vertes sont rangés autour de chaque tombe, n'a rien des pesantes tristesses et de la froidure humide des caveaux ; elle ressemble plutôt à une serre. Le blanc des marbres dans ces verdures donne à cette nécropole un air d'élégance et de fraîcheur qui n'en exclut pas la majesté.

Les tombes des anciens tsars à Moscou, au Kremlin, dans la cathédrale des Saints-Archanges, sont encore plus primitives. Pas même du marbre ; une draperie de velours noir recouvre simplement leurs cercueils.

II

LES FUNÉRAILLES

A Saint-Pétersbourg, dès que la dépouille mortelle d'Alexandre III fut déposée dans la nécropole des tsars, les habitants de Saint-Pétersbourg y sont allés rendre leurs derniers devoirs. Pendant une semaine Petropaw-losk n'a pas un seul jour désempli. On ne pouvait péné-trer que par petits groupes dans l'intérieur de la cathé-drale ; aussi l'entrée était-elle littéralement assiégée. Mais aucun bruit, aucun cri ne venait troubler le res-pectueux silence de cette multitude venue pour saluer une dernière fois celui qu'elle a tant aimé de son vivant et qu'elle sanctifiait après sa mort prématurée.

Arrivons maintenant au jour des funérailles.

Le temps est humide, brumeux. Le vent, qui souffle du côté de la mer, ne fait qu'augmenter la crue de la Néva, en arrêtant les eaux du fleuve dans son Delta sablonneux ; il est impuissant à dissiper l'épais brouillard qui couvre la capitale depuis quelques jours.

Le temps lui-même s'est mis en deuil : n'est-ce point, en effet, un manteau de deuil jeté sur la cité, que cette brume intense en laquelle s'efface le profil des monu-ments, à travers laquelle on ne se voit pas à deux pas.

Elle est si intense, cette brume, que la foule innom-brable qui s'est massée sur les quais de la Néva ne peut rien apercevoir. Elle ne voit rien, mais augmente toujours.

Dès la première heure, les rues de la ville sont traversées par des voitures venant de tous les points et se dirigeant vers la Néva. Toute la population est échelonnée sur le parcours que doit suivre la famille impériale pour se rendre à la cathédrale.

Des officiers de la cavalerie de la garde, sabre au clair, sont rangés autour du cercueil. Un peu plus loin sont, debout, les grenadiers du palais. Les cavaliers de la cour, en grand uniforme et en grand grand deuil, se tiennent aussi près de l'estrade mortuaire et maintiennent l'ordre.

Rien de merveilleux comme cette immense nécropole, toute tapissée de couronnes envoyées de tous les points de la Russie, de la France et du monde. On les a très artistement disposées. Une masse énorme en entoure le catafalque, et les places d'honneur — celles du chœur — ont été réservées aux couronnes françaises. Les douze piliers de la vieille cathédrale en sont revêtus ; elles tapissent les murs formant des dessins dont, malgré la tristesse qui plane, on ne peut s'empêcher de remarquer la grâce ; elles sont déposées de tous les côtés de l'église et les tombeaux des anciens tsars en reçoivent comme un regain de gloire et d'honneur.

Les plus remarquées viennent de la France. Ce sont d'abord les couronnes du président de la République française, de la presse parisienne, du général de Boisdeffre, des ministres français, des membres de la mission, de l'armée française, de l'Ecole de Saint-Cyr, de l'Association des Dames françaises, de la colonie française de Saint-Pétersbourg, des différentes villes de France... On se montre, ensuite, les envois des empereurs et des impératrices, des rois et des reines, des princes et des princesses... Pas un ne vaut, pour la Russie, une fleur venant de France.

Vue du Kremlin.

Peu à peu l'église se remplit d'officiers russes et étrangers, en uniforme, portant le deuil à l'épée et aux épaulettes ; de fonctionnaires de tout ordre ; de députations. Les légations étrangères font ensuite leur entrée, puis les officiers de la cour.

Deux hérauts d'armes se tiennent devant la porte. Sous le porche, Mgr Palladus, métropolite de Saint-Pétersbourg, entouré des membres du Saint-Synode, est debout, tenant la croix. A dix heures et demie, trois coups de canon annoncent l'entrée du cortège impérial dans l'église. Reçu et conduit par le métropolite, le cortège se place dans l'ordre indiqué par le cérémonial officiel :

L'empereur Nicolas II, conduisant l'impératrice sa mère, la famille impériale, les souverains, le roi de Danemark, le roi et la reine de Grèce, le roi de Serbie, le grand-duc régnant de Hesse ; les princes étrangers viennent ensuite : le duc et la duchesse de Cobourg, le prince de Montenegro, le prince et la princesse de Galles, le prince de Naples, l'archiduc Charles-Louis, le prince héréditaire de Roumanie, le grand-duc héréditaire d'Oldenbourg, le grand-duc héréditaire de Luxembourg, le duc d'York, le prince Waldemar de Danemark, le prince Georges de Grèce, le prince et la princesse Henri de Prusse, le duc Jean-Albert de Mecklembourg-Schwerin, le prince Guillaume de Bade, la princesse Vera de Wurtemberg, le duc Albert de Wurtemberg, le prince Frédéric-Auguste de Saxe, le prince Albert de Saxe, le prince de Saxe-Altenbourg.

La famille impériale, les souverains et les princes prennent place à gauche du catafalque.

Le corps diplomatique, les représentants des souverains et des gouvernements étrangers, les députations prennent place à droite.

Jusqu'à l'arrivée, du cortège, le clergé chantait les

psaumes. Aussitôt le cortège arrivé a commencé le service funèbre, accompagné de chants exécutés par les chœurs et les chantres de la cour. L'effet est saisissant ; rien de plus grandiose que cette musique funèbre dans sa simplicité.

Ces chœurs sont composés des meilleurs chanteurs des différentes églises de la ville dont les maîtrises sont renommées autant que celles des églises de Rome. Il est difficile de s'imaginer l'harmonie pénétrante, sublime, de la liturgie orthodoxe grecque. Elle n'est pas comparable à la beauté sévère du plain-chant catholique qui, dans l'office des morts, exprime plutôt l'horreur du trépas et la frayeur du souverain juge.

Ces chants liturgiques grecs ont au contraire une suavité, une douceur infinies faites pour poétiser la mort. Ce sont des chants plaintifs qui se terminent, ou plutôt s'évanouissent en soupirs poussés à demi-voix. Point d'orgues ; les soprani des enfants sont accompagnés par la basse profonde des chantres.

Après la messe, la prière des morts, spéciale pour Sa Majesté, commence.

Conformément aux rites, le métropolitain vient remettre lui-même un cierge au nouveau tsar ainsi qu'à chaque membre de la famille impériale rangée autour du catafalque. Il se met ensuite avec ses diacres au chevet de la bière. En même temps toutes les personnes présentes dans l'église reçoivent aussi des cierges.

Les prières terminées, le nouvel empereur quittant sa place se met à genoux à droite du cercueil, d'abord ; ensuite à gauche. Il dépose un baiser sur le corps du tsar défunt. Puis il se place à l'extrémité du cercueil, du côté de la tête. Chaque membre de la famille et les princes étrangers viennent l'un après l'autre accomplir la même cérémonie. Le métropolite vient le dernier, et

après avoir baisé le corps de l'empereur, il le bénit une
dernière fois. Le nouveau tsar enferme alors lui-même le
manteau impérial dans le cercueil, il donne un baiser
suprême au défunt ; puis le couvercle du cercueil vient
cacher pour toujours les traits impériaux d'Alexandre III.
Le cercueil, enlevé du catafalque par le tsar Nicolas II,
les princes de sa famille et les princes étrangers, est
ensuite porté au caveau.

A ce moment solennel, tout le monde est à genoux,
les troupes assemblées au dehors exécutent un feu roulant et tous les canons de la forteresse tirent des salves
de six coups par pièce.

Tout est fini ; les assistants se retirent, emportant
chacun une fleur ou une branche des innombrables couronnes envoyées de tous les points de l'empire. Beaucoup de ces fleurs seront venues de France, cette fois!

Le canon de la forteresse tonne à intervalles réguliers,
comme un glas.

Les prières suprêmes sont dites... Les grenadiers du
palais, des sergents-majors de tous les régiments dont
Alexandre III était le chef, descendent le cercueil dans
la tombe.

A ce moment, la malheureuse impératrice, qui jusque-
là a supporté la douleur avec un courage surhumain,
fond en pleurs, éclate en sanglots; tous : l'empereur
Nicolas II, les membres de la famille impériale, les
yeux mouillés de larmes, l'entourent et l'entraînent...

La cour se retire. La foule peut s'approcher. Elle se
précipite vers la tombe dont les parois sont tapissées de
fleurs. Chacun en demande, en veut une, afin de la garder en souvenir du grand tsar pacificateur. On les distribue. Tous ceux qui peuvent approcher jettent une pel-
letée de terre sur la tombe.

... C'est fini. A deux heures quinze, la cérémonie est

terminée. La foule, silencieuse et morne, quitte lentement la métropole. — Et, au son des musiques qui jouent *Dieu et le Tsar*, le nouvel empereur rentre lentement au palais.

⁎⁎

Après les cérémonies de Livadia et de Moscou, les funérailles d'Alexandre III à Saint-Pétersbourg ont été splendides.

Derrière son cercueil se pressaient, le jeune empereur en tête, tout ce que la Russie compte de gloires et d'illustrations, les princes étrangers, les représentants des familles des souverains et de tous les gouvernements de l'Europe.

Mais ce qui imprime à ces funérailles un caractère unique et prodigieusement émouvant, c'est l'idée qu'en ce jour de deuil la patrie russe et la patrie française, confondant leur douleur, pleurent ensemble sur le cercueil du glorieux souverain dont l'histoire s'est déjà emparée, en lui décernant le titre incomparable de « grand pacifique ».

⁎⁎

Le journal russe (*Novosti*) s'exprime ainsi :

« C'est à la France que nous devons en premier lieu, au plus haut degré, notre reconnaissance.

» Nous insistons sur l'importance politique des manifestations françaises, surtout à cause de leur sincérité et de leur cordialité. Les Français ont répondu de la façon la plus digne à la sympathie que nous leur avons exprimée à l'occasion de leur récent deuil national.

» Ces faits expliquent en partie le mécontentement des journaux de l'Allemagne et de l'Italie. On comptait évi-

demment dans ces deux pays que les Français commet-
traient quelque bévue politique ; mais cet espoir a été
déçu. La France a conservé la position avantageuse
qu'elle occupait, ce dont nous ne pouvons que nous
réjouir.

» Le peuple français a, nous le répétons, agi, non pas
par calcul, mais par un sentiment de profonde sympathie, et il a conquis par là le cœur de la Russie. »

Mentionnons, à ce sujet, les principales couronnes
envoyées par la France aux funérailles du tsar Alexandre III.

Le Président de la République. — Une couronne de
deux mètres de hauteur sur un mètre quarante centimètres de largeur.

Elle est en argent ciselé et faite de deux branches de
chêne entrecroisées reliées entre elles par des rubans
de même métal portant l'inscription :

A Sa Majesté l'Empereur Alexandre III.
Le Président de la République française.

Une branche d'olivier en vieil or éteint est jetée en
travers de la couronne. Les feuilles et fruits des branchages, en argent ciselé repoussé à la main, sont traités
dans le style des ferrures anciennes.

Un mouvement des branches à l'entrecroisement
supérieur forme comme une petite couronnette retenue
par un nœud de rubans entremêlés aux couleurs russes
et françaises, dont les flots retombent inégalement dans
l'intérieur de la couronne.

Cet ensemble a pour fond un manteau impérial en
velours pensée, frangé d'argent et relié par des corde-
lières et des glands de même métal. Deux drapeaux
entrecroisés, adossés au manteau, laissent apercevoir
de chaque côté leurs lances cravatées de deuil.

Le ministère des Affaires étrangères a offert une couronne composée de palmes d'or et d'argent encadrant les armes de Russie, avec cette inscription sur fond noir :

A Sa Majesté l'Empereur Alexandre III.
Le Ministère des Affaires étrangères de France.

L'armée française. — Un souvenir composé d'un écusson en velours noir avec inscription russe en lettres d'argent encadrée d'un côté par une palme et de l'autre par une branche de chêne entremêlée d'olivier ; le tout réuni dans le bas par un écusson représentant saint Georges terrassant le dragon. Toute cette décoration est en argent fondu et ciselé.

Derrière l'écusson de velours se trouvent deux drapeaux français croisés dont les plis retombent de chaque côté.

Les lances des drapeaux sont recouvertes de crêpe.

L'ensemble du souvenir de l'armée française mesure 2 mètres 10 de hauteur sur 1 mètre 50 de largeur.

L'écusson porte cette inscription : « *A l'Empereur Alexandre III, l'armée française.* »

Les candidats à l'École de Saint-Cyr. — Une couronne, œuvre du sculpteur Couty, formée de trois branches de saule, en argent massif, reliées entre elles par un large nœud aux couleurs russes et françaises.

Le tout est posé sur un écusson de peluche violette, encadré de tricolore.

Sur une banderole en argent, on lit :

Portraits et couronnes de la mission française à Saint-Pétersbourg.
1. Amiral Gervais. — 2. Le général de Boisdeffre. — 3. Le général Berruyer.

1er NOVEMBRE 1894

A ALEXANDRE III — LIVADIA

Au-dessous de cette banderole, cette mention :

LES CANDIDATS A L'ÉCOLE MILITAIRE DE SAINT-CYR

Les établissements qui ont pris part à cette souscription sont les suivants :

Paris. — Lycées Saint-Louis, Buffon, Condorcet, Janson-de-Sailly, Henri IV, Louis-le-Grand ; écoles Sainte-Geneviève, Lacordaire, Monge ; collèges Sainte-Barbe, Stanislas, Rollin.

Départements. — Lycées de Brest, Bar-le-Duc, Bordeaux, Caen, Dijon, Grenoble, Lille, Lorient, Troyes, Marseille, Reims, Rennes, Rouen, Versailles, Tarbes, Bastia ; collèges de Châlons, Lunéville, Saint-Vincent de Rennes ; Prytanée militaire de la Flèche.

La Presse française. — Œuvre d'art du maître Falguière, tout entière en argent, formée de branches de chêne et de branches de laurier enlacées, au milieu desquelles une figure ailée, voilée de crêpe et symbolisant la presse française, prend son vol.

Vêtue d'une robe à longs plis dont la rapidité de sa course fouette les bords, elle tient de la main gauche un livre sur lequel elle s'apprête à inscrire, d'un crayon qu'elle tient en sa main droite, le panégyrique ému du grand mort. Lancé en arrière, son pied gauche accentue le mouvement violent qui l'anime ; son pied droit repose sur un hémisphère au-devant duquel un ruban d'argent porte ces mots :

A la mémoire d'Alexandre III.
La Presse française.

Le tout est placé sur un socle en ébène haut de 15 centimètres ; la figure en a 75 sans les ailes. L'ensemble comporte 1 mètre 25.

La figurine en argent reproduit, sans changement aucun, la maquette de cire improvisée par le maître Falguière en quatre heures. On y sent la main même de l'artiste, et la fougue du premier jet s'y atteste avec une remarquable saveur. Aussi le statuaire a-t-il tenu, de façon très expresse, à ce qu'aucun travail de ciselure n'atténuât les imperfections du modèle, dont la qualité dominante est le mouvement.

Quant aux ailes, il va sans dire qu'elles ont été rapportées après avoir été fondues et retouchées. Les branches de chêne et de laurier sont faites de feuilles et de fruits soudés au rameau principal, un à un, après un travail particulier de ciselure.

Le Ministre de la Marine. — Souvenir exécuté par les frères Chevron : une palme et une branche d'olivier croisées, en argent doré, reliées par un ruban d'argent, avec cette inscription en or sur fond de velours :

A l'Empereur Alexandre III, Félix Faure,
ministre de la Marine française.

Souvenir personnel du général de Boisdeffre. — Il affecte la forme d'un bouclier de velours noir ; au sommet, drapé d'une écharpe tricolore et de crêpe, se détache, en russe, l'inscription :

A l'Empereur Alexandre III,
le général de Boisdeffre.

Une double palme de laurier et de chêne, retenue par un ruban, encadre l'inscription ; le tout en argent.

La Mission française aux obsèques. — Couronne de velours noir sur laquelle courent des guirlandes de laurier, de chêne et de fleurs. Cette couronne est posée sur un fond de soie noire mate portant l'inscription :

A l'Empereur Alexandre III,
la Mission française extraordinaire.

Au sommet, un ruban en bronze doré soutient des draperies tricolores voilées de crêpe.

La Marine française. — La *Pensée* de Chaper forme le fond principal de ce souvenir qui est en bronze appliqué sur un cadre de velours noir. Une palme traverse une partie du fond. Au-dessous, l'inscription :

A l'Empereur Alexandre III,
la marine française.

Une ancre, au-dessus de la figure, soutient des draperies tricolores dont les plis retombent de chaque côté du motif. Des angles supérieurs du cadre débordent les lances en deuil de deux drapeaux français.

La Chambre et le Sénat. — Une couronne de trois mètres de diamètre, en métal et porcelaine, portant l'inscription suivante :

FRANCE

Et au-dessous :

SÉNATEURS ET DÉPUTÉS

III

SERVICE DE NEUVAINE

A Saint-Pétersbourg. — Un service de neuvaine a
lieu le 17 novembre, à la cathédrale Saint-Pierre et
Saint-Paul, en présence de la famille impériale. La
mission française — ambassade extraordinaire — y
assiste. Cette mission se compose du général de Boisdeffre, le seul officier français qui ait été admis à
suivre les manœuvres intimes de l'armée russe; de
l'amiral Gervais, le héros des magnifiques fêtes de
Cronstadt; du général Berruyer, chef de la maison militaire du Président de la République française; du général de Sermet commandant l'artillerie du 5ᵉ corps, ancien attaché d'ambassade à Saint-Pétersbourg; du
contre-amiral Salandrouze de Lamornaix et du capitaine
de frégate Germinet, officier de la maison militaire du
Président de la République française.

L'impératrice douairière entre dans l'église au bras du
roi de Danemark, qui voit presque tous ses enfants autour de lui, devant le cercueil du tsar Alexandre III.

Le prince et la princesse Henri de Prusse et leur
suite sont présents, ainsi que le prince de Galles et le
duc d'York, qui ne manquent jamais d'accompagner le
nouvel empereur deux fois par jour, lorsqu'il se rend
aux prières.

Immédiatement après les prières, la mission s'est rendue au palais Anitchkoff, où le tsar Nicolas II a reçu le
général de Boisdeffre en audience particulière, puis toute

la mission en audience générale. L'empereur s'est montré d'une affabilité extrême.

Des prières ont été dites également, à l'église paroissiale de Sainte-Catherine par les soins de la colonie française, en présence de l'ambassadeur, de l'ambassadrice, du personnel de l'ambassade, de la mission au grand complet, de plusieurs milliers de Français et de Françaises. L'église toute pleine était tendue de noir ; au milieu, à la place du catafalque, s'élevait un carré de verdure, rapportant le buste de l'empereur avec des couronnes de fleurs au-dessous et des drapeaux russes et français couverts de crêpe entrelacés.

De magnifiques chants, avec le concours des artistes de l'Opéra, ont été exécutés. Le P. Lagrange officiait.

CHAPITRE X

Europe et Russie.

'EST par une journée terne d'hiver, à travers un brouillard opaque et lugubre, que le tsar Alexandre III avait été conduit au tombeau des Romanoff, à Saint-Pétersbourg... Que fera le nouvel empereur Nicolas II? Suivra-t-il les traces paternelles, ou bien inaugurera-t-il une nouvelle politique ? Le journal *le Temps* nous donne à ce sujet des détails qui viennent fort à propos corroborer nos propres renseignements.

Jusqu'au jour inattendu qui l'a fait empereur à vingt-six ans, Nicolas-Alexandrovitch n'avait manifesté aucune idée, aucune tendance que celles inculquées par son père et l'éducateur que son père avait choisi pour former le prince selon ses vues.

Cet « éducateur », le général aide de camp Danilovitch, est un militaire de l'école du tsar Nicolas Ier, pénétré de l'excellence du système autocratique, dédaigneux de la représentation, terriblement sérieux en revanche sur tous les devoirs, les petits comme les grands, et tenant la main à leur ponctuel accomplissement. On le voit, l'exemple d'Alexandre III et la discipline de l'éducateur qu'il avait choisi maintiennent le tsarevitch dans une direction toujours la même.

Le caractère qui s'est modelé sous cette influence est celui d'un homme conscient de son rang et des devoirs qu'il lui impose, autant que des prérogatives qu'il lui confère. Tel s'est montré Nicolas Alexandrovitch dans son apprentissage militaire, à la tête de la commission impériale pour combattre la disette, puis président de la commission du Transsibérien et, enfin, dans les séances du conseil de l'empire. Attentif à l'affaire qui lui est soumise, précis et minutieux, ne laissant rien passer sans contrôle, Nicolas II a en germe les mêmes qualités de souverain vigilant qui étaient propres à son père. Dans ses rapports avec ses collaborateurs et les fonctionnaires qui ont eu à prendre ses ordres, Nicolas-Alexandrovitch a toujours eu soin de ne jamais laisser oublier son rang. Il n'a permis nulle familiarité, nulle intimité avec qui que ce soit. On ne lui connaît ni favori, ni confident, ni *persona grata*. Il n'est jamais sorti d'une réserve un peu taciturne et n'a jamais manifesté aucune préférence qui autorise un pronostic sur l'avenir.

En somme, Nicolas II rappelle assez exactement la physionomie morale de son père, au même âge, et quand il n'était encore que grand-duc héritier.

L'avenir seul pourra découvrir la pensée vraie du nouveau tsar.

En attendant il a lié sa vie à celle de la princesse Alix de Hesse, charmante, — dit-on, — gracieuse, fine, enjouée, musicienne.

Avant sa mort, Alexandre III avait eu la joie de présider les fiançailles qu'il avait précipitées, pressentant héroïquement sa fin prochaine.

Les fêtes du mariage, commencées le 26 novembre, ont duré trois jours. La cérémonie a été célébrée à la grande église du palais d'hiver, et la bénédiction nuptiale donnée par le métropolitain de Saint-Pétersbourg et de Moscou.

Empruntons au *Gaulois* les détails de cette cérémonie qui vaut la peine d'être racontée. « Le 25 novembre 1894, toutes les maisons sont pavoisées. Une foule immense et joyeuse remplit les rues. Du palais du grand-duc Serge au palais d'Hiver, tout le long de la perspective Newsky, sont échelonnées les troupes de la garde, sous le commandement du général Manzei.

» Le matin, à onze heures, cinquante et un coups de canon ont été tirés de la forteresse de Saint-Pierre et Saint-Paul, annonçant le départ des cortèges du palais Anitchkoff et du palais du grand-duc Serge.

La daumont qui conduit la future impératrice avec ses frère et sœur, le grand-duc de Hesse et du Rhin et la grande-duchesse Serge, est toute dorée et capitonnée de satin blanc. L'auguste fiancée, dont la beauté fait la plus grande impression, porte une robe blanche et un long manteau formant traîne en brocart d'or doublé d'hermine. Elle a sur la tête la couronne impériale en diamants. Sa voiture est suivie de celles des princes et des princesses ses proches parents.

« A la même heure sort du palais Anitchkoff le cortège du fiancé. Dans la daumont impériale sont le tsar Nicolas II, en uniforme rouge de colonel des hussards de la garde avec dolman attaché aux épaules, l'impératrice, sa mère, et le roi de Danemark, son grand-père. Derrière cette voiture suivent celles des princes étrangers et des grands-ducs et grandes-duchesses.

» Sur le passage des deux cortèges, les troupes rendent les honneurs au milieu des acclamations de la foule enthousiaste.

» Les fenêtres sont bondées.

» A onze heures trois quarts, les deux cortèges arrivent au palais d'Hiver où se trouvent réunis les ministres, les membres du corps diplomatique, du conseil de l'empire, les secrétaires d'Etat, les sénateurs, les généraux, les grands dignitaires de la cour, les hauts fonctionnaires dans les salles Nicolas, Saint-Georges, des Armures et des Concerts.

» L'ensemble des splendides uniformes et des toilettes des femmes est un spectacle absolument unique.

» Tous les princes ont le cordon de l'ordre de Saint-André.

» L'empereur et l'impératrice sa mère, et la grande-duchesse Alexandra Feodorovna, à leur arrivée à la grande église du palais, sont reçus par le métropolite de Saint-Pétersbourg, entouré du clergé de la Cour.

» L'empereur, ayant à ses côtés le roi de Danemark et le prince de Galles, en uniforme russe, et suivi du ministre de la Cour et du général Richter, chef de la maison militaire, va se placer sous le baldaquin nuptial dressé au milieu de l'église.

» Sa fiancée est conduite par l'impératrice mère en toilette de laine blanche avec une longue traîne portée par quatre chambellans. La traîne de la fiancée est portée par quatre dignitaires de la Cour, deux de chaque côté, et par le grand-chambellan, qui en soutient l'extrémité.

» Les dames et demoiselles d'honneur de l'impératrice portent un costume de Cour en velours grenat. Elles ont toutes sur la tête le *kakochnik* en velours brodé de perles ; un long voile blanc attaché au *kakochnik* retombe derrière en longue traîne. Les robes, décolletées et brodées d'or, ont sur le devant un tablier blanc.

» Les autres dames admises à la Cour portent également le costume de la Cour, soit en soie blanche, soit en soie de couleur, enrichi d'un luxe incroyable de perles et de diamants.

» L'église est comble. On y remarque le général de Boisdeffre et le vice-amiral Gervais, qui s'y sont rendus avec le comte de Montebello et les membres de l'ambassade française.

» La cérémonie du mariage commence immédiatement.

» Sur la table du mariage, sont deux anneaux : l'un, en or, à gauche, du côté de la fiancée ; l'autre, en argent, du côté du fiancé.

» Mgr Palladius bénit trois fois les anneaux, et mettant ensuite dans les mains des fiancés un cierge allumé, les invite à s'approcher de la table.

» Le métropolite alors invoque Dieu qui unit et divise toutes choses, pour qu'il daigne bénir les fiancés et faire que leur mariage soit pareil à celui de Dieu avec son Eglise. Il prend ensuite les anneaux et donne celui en or au fiancé, celui en argent à la fiancée, en disant au premier : « Le serviteur de Dieu, Nicolas, est fiancé à la servante de Dieu, Alexandra, au nom du Père, du Fils et du Saint-Esprit. » S'adressant ensuite à la fiancée, il lui dit : « La servante de Dieu, Alexandra, est fiancée au serviteur de Dieu, Nicolas, au nom du Père, du Fils et du Saint-Esprit. » Après avoir répété trois fois cette formule, il fait le signe de la croix sur leurs têtes avec les anneaux ; il met ensuite les anneaux au doigt de la main droite.

» Les fiancés changent alors trois fois les anneaux entre eux. Un garçon d'honneur se tient en face d'eux la paume ouverte sous leurs mains pour empêcher que les anneaux, dans cet échange, tombent par terre, ce qui serait d'un très mauvais augure.

» Après cet échange, le fiancé garde l'anneau d'or qui symbolise le soleil de l'amour, dont l'homme doit faire reluire la vie de sa femme ; la fiancée garde l'anneau d'argent, symbole de la lune, qui prend sa lumière du soleil. L'échange des anneaux signifie l'union et la concorde qui doivent régner entre mari et femme.

» Cette première cérémonie terminée, le célébrant prie le Dieu qui accompagna le serviteur du patriarche Abraham, envoyé en Mésopotamie pour chercher une femme à Isaac, de bénir ces fiançailles en confirmant les promesses que les fiancés viennent de se faire. Cette prière est suivie d'autres pour l'impératrice mère, pour le grand-duc héritier, le saint-synode et l'armée.

» Suit la cérémonie du couronnement. Les fiancés, tenant dans leurs mains des cierges allumés, sont invités par le métropolite à répéter avec lui le psaume 127. A la fin de chaque verset le chœur chante : « Gloire à toi, notre Dieu ! gloire à toi ! »

» Alors le célébrant dit au fiancé : « As-tu, Nicolas, la bonne et sincère volonté et la ferme intention de prendre pour toi cette femme Alexandra, que tu vois ici devant toi ? »

» L'empereur répond : « Oui, je l'ai. »

» Le célébrant reprend : « Tu ne t'es pas lié par serment à une autre femme ? »

» L'empereur répond : « Non, je n'ai pas de liens. »

» Les mêmes questions sont faites à la fiancée qui donne les mêmes réponses.

» Alors Mgr Palladius s'écrie : « Béni soit l'Empire ! » Et le diacre répond : « Que l'Empire soit béni ! » Le chœur chante l'*Amen*.

» Le diacre prie à ce moment pour le Saint-Synode et

pour les fiancés, demandant à Dieu que leur mariage soit béni comme celui qui eut lieu à Cana, en Galilée.

» Mgr Palladius dit alors la prière suivante :

« Souviens-toi, Seigneur notre Dieu, de ton serviteur Nicolas et de sa femme Alexandra, et bénis-les. Donne-leur l'union de l'âme. Exalte-les sur les cèdres du Liban. Donne-leur les biens de la terre et fais qu'ils resplendissent toujours devant toi, comme le soleil et la lune, et qu'ils te rendent la gloire qui t'est due.

» Le chœur répond : *Amen.*

» Ceci dit, le célébrant prend les couronnes. Il en impose une sur le marié en disant : « Le servant de Dieu, Nicolas, se couronne de la servante de Dieu Alexandra, au nom du Père, du Fils et du Saint-Esprit. » Il impose ensuite l'autre couronne sur la mariée, en disant : « La servante de Dieu, Alexandra, se couronne du serviteur de Dieu, Nicolas, au nom du Père, du Fils et du Saint-Esprit. »

» Vient ensuite la cérémonie de la coupe remplie de vin rouge et d'eau, symbole du partage que les époux doivent faire de leurs joies et de leurs douleurs. Mgr Palladius prend la coupe et la donne à boire, par trois fois, aux mariés. Il les prend ensuite par la main droite et leur fait faire trois tours autour de la table. Ces trois cercles représentent le chemin de la vie que les mariés doivent faire toujours unis. Le chœur chante alors ce psaume : « Réjouis-toi, Israël, la Vierge a mis au monde un homme à l'image de Dieu. »

» On enlève alors les couronnes et la cérémonie prend fin, par une allocution que Mgr Palladius adresse à l'empereur et à l'impératrice, allocution terminée par ces mots : « Que Jésus-Christ, seul vrai Dieu, par les prières de sa mère immaculée, des saints apôtres, de l'empereur Constantin et de l'impératrice Hélène, du saint martyr Procope et de tous les saints, ait pitié de vous et vous sauve, car Dieu est bon et aime le genre humain. »

» Les cierges allumés que portent toutes les personnes présentes sont éteints; ceux de l'empereur et de l'impératrice, pour être conservés dans une boîte en cristal, et n'être tirés de là qu'à l'heure de la mort, au moment où l'on administre les sacrements de la communion et de l'extrême-onction.

» Ceci fait, l'empereur Nicolas et l'impératrice Alexandra ont embrassé les images de Notre-Seigneur et de la Sainte Vierge, peintes sur les parois de l'iconoclaste, puis successivement l'impératrice mère et tous leurs proches parents. »

*
* *

Pendant que le tsar Nicolas II et la nouvelle tsarine étaient salués des vœux de l'Europe entière, l'impératrice douairière regagnait le Caucase, où son fils, le grand-duc Georges, achèvait de rétablir sa santé fortement ébranlée. Comment ne pas s'apitoyer sur le sort de cette malheureuse impératrice, adorée de son peuple et de son mari, le tsar Alexandre III, et qu'une anxiété de toutes les minutes, pendant plus d'un mois, n'a pas pu terrasser, malgré sa frêle constitution? Quelle vie que la sienne ! Fiancée d'abord au frère aîné d'Alexandre III, elle est veuve avant ses noces et devient la femme du frère cadet, dont elle partage pendant vingt-huit ans la vie agitée, les dangers incessants, les préoccupations constantes, pour le voir mourir loin de sa capitale, en route vers le pays du soleil, sans recours possible contre un mal que personne ne soupçonnait.

Elle augmente, triste nouvelle venue, — la liste déjà longue des veuves impériales ou royales qui promènent leurs regrets et leurs souvenirs à travers le monde, entre autres la veuve d'Alexandre II, princesse Dolgo-

Avant sa mort Alexandre III avait eu la joie de présider les fiançailles.
(Page 355.)

roucka, qui a fixé sa résidence à Biarritz, afin d'y trouver, dans les sanglots de la mer, un écho à sa douleur.

*
* *

Tous les peuples ont une histoire faite de traditions, de légendes; tous ont une mission à accomplir en ce monde, suivant les nécessités du moment, mission qui grandit et se développe uniquement en vue des intérêts majeurs que réclame la politique générale de l'Europe.

Si l'Allemagne et l'Autriche sont le torse du continent européen, on peut dire que la Russie et la France en sont l'une le bras droit tourné vers l'orient, l'autre le bras gauche, s'étendant à l'entrée de l'océan. L'Allemagne, qui n'a pas de frontières naturelles, ne peut trouver son point d'appui, pour sortir des limites que lui a tracées la nature, qu'en cherchant à s'arc-bouter sur l'un de ses voisins de l'est et de l'ouest. Sans l'alliance de la Russie ou de la France, elle est en l'air et exposée à toutes les méprises. Tant que l'Alsace et la Lorraine seront au pouvoir de nos adversaires de 1870, ceux-ci ne peuvent et ne doivent compter sur une alliance avec leur voisin de l'ouest, et c'est pour cela que le peuple allemand recherche une alliance avec son voisin de l'Est, alliance qui lui a valu tous ses succès jusqu'à présent. Une faute diplomatique a déjoué tous les calculs; c'est en 1877, lorsque l'Allemagne s'est retournée contre la Russie, en faisant le vide sur ses derrières; — elle a ainsi sauvé la France et jeté les premières bases d'une entente franco-russe.

Aujourd'hui, le peuple allemand ne peut vivre tranquille qu'en respectant les intérêts du premier peuple latin et du premier peuple slave.

Que la guerre survienne; l'empire allemand, pris en flanc, peut être balayé des deux côtés par une tempête venant de l'ouest et de l'est, et éclatant à la même heure.

Là est le secret de l'avenir et la victoire est certaine pour ceux qui se chargeront de redresser cette erreur sanglante que le chancelier de Bismarck appelait « l'œuvre la plus grande du siècle », parce que l'Allemagne s'est enflée outre mesure, armée sans cesse, au point qu'elle ne peut plus se dégonfler aujourd'hui, sans renier son passé.

En occident la prépondérance n'a pas toujours appartenu au même peuple ; elle était l'apanage temporaire tantôt d'un peuple, tantôt d'un autre. La France sous saint Louis, l'Angleterre sous Édouard III, l'Espagne sous Charles-Quint, l'Italie sous Léon X, ont tour à tour commandé au monde chrétien, pendant le moyen âge et la renaissance. Aujourd'hui l'Allemagne domine en Europe ; qui sait ce qu'elle deviendra dans le cours du vingtième siècle ?

Prenons la Russie par exemple. Les Tartares, ces premiers éclaireurs de l'islamisme, envahissent son territoire, Catherine II les en chasse, et la Crimée devient province moscovite. La Sibérie est le refuge de Mongols aussi barbares que sanguinaires ; Ivan IV conquiert Kazan et en fait le siège d'une province tout entière soumise aux lois de la Russie. De nos jours, les khans du Turkestan et du Caucase ont incliné le croissant orgueilleux du mahométisme devant la croix des tsars blancs, Alexandre II et Alexandre III ; la presqu'île des Balkans est délivrée du joug des Turcs, de sorte qu'il ne reste plus au commandeur des croyants que quelques districts de l'ancienne Thrace et la ville de Constantinople.

En opposant ainsi un rempart infranchissable aux invasions tartares et musulmanes, la Russie permet à l'Europe occidentale de progresser en paix, et de propager les lumières de l'évangile dans des contrées merveilleusement préparées pour en recueillir les divins fruits. N'est-ce pas là un grand bienfait ?

L'histoire vraie; celle qui a été gravée en lettres de
sang, par la pointe de l'épée; celle qui vit de traditions
et est restée dans la mémoire des hommes, peut dire si
la Russie et la France n'ont pas toutes deux prêté leur
concours généreux aux peuples opprimés. Les grands
serviteurs de l'Église, qu'il s'agisse de l'orthodoxie ou
du catholicisme, ont jeté partout des jalons, pour assurer
l'équilibre européen.

Autrefois, dans le langage de Bossuet, progrès voulait
dire passage du mal ou du bien, au mieux. Quand un peuple, un état devenaient meilleurs, cela s'appelait progrès.
Aujourd'hui ce mot, si fort en usage, indique-t-il le bien
mis à la place du mal, ou du mal mis à la place du bien?
Il est permis d'en douter. Nous nous émancipons, nous
nous donnons une constitution, c'est un progrès; nous
brisons notre constitution et nous nous remettons sous
la dictature, c'est encore un progrès; nous mettons la
république à la place de la monarchie, progrès; nous
remettons la monarchie à la place de la république...
encore progrès. Bien ou mal, indépendance ou servitude,
paix ou guerre; tout, indifféremment, selon le vent qui
souffle et le caprice de la mode, s'appelle le progrès.

En Europe, cette philanthropie verbeuse des démo-
crates a peu à peu gagné plusieurs gouvernements à sa
cause. La géographie des peuples n'est pas arbitraire.
Elle a été l'œuvre des congrès d'Utrecht, d'Aix-la-Cha-
pelle et de tous les traités qui, après les grandes pertur-
bations du monde politique, ont cherché à rendre la paix
aux peuples civilisés.

Pour donner une sécurité relative à chaque puissance,
les assemblées diplomatiques se sont toujours efforcé de
ne placer à côté d'elle qu'un état secondaire et inoffensif
qui ne puisse jamais menacer sa sécurité, ou des puissances intermédiaires plastiques qui, par leur interposi-

tion entre les grandes nations, fussent de nature à prévenir ou à amortir le choc de ces dernières.

C'est au moyen de ces arrangements, concertés entre les différentes maisons souveraines, que l'on était parvenu à constituer l'équilibre européen, vérité politique à laquelle les peuples ont dû jusqu'à ce jour leur indépendance et que l'on conteste aujourd'hui, au moyen du même principe.

Ce système, auquel le monde a dû si longtemps son repos, se trouve depuis la guerre d'Italie, en 1859, en lutte avec une théorie nouvelle qui attribue aux nations le droit de rompre les traités, conclus cependant par ceux qui ont pouvoir de les représenter. Ce système, — audacieuse négation des institutions du droit public, — est une manière de revendiquer la souveraineté des peuples, non seulement en ce qui concerne le gouvernement intérieur mais aussi les relations d'état à état. C'est ce qu'on appelle le principe des nationalités. Proclamé en 1859, il est venu après la guerre d'Italie ébranler — comme un coup de foudre — l'équilibre européen.

Admettre que les citoyens d'un pays ont le droit illimité de sécession, de faire et défaire des groupes indépendants, de déplacer les limites, modifier les administrations, transformer les gouvernements, c'est outrager le sens commun, anéantir d'un seul coup les idées de patrie, de drapeau, d'ancêtres, de subordination et fonder la promiscuité des peuples, sous prétexte de les affranchir.

Du moment qu'un peuple, constitué dans ses limites par des conventions internationales, a le droit d'envahir les états qui lui sont voisins, de les ravir à leur souveraineté propre, et de se les annexer sans autre forme de procès que sa volonté nettement exprimée par les armes; du moment que la force prime le droit, la société mo-

derne a substitué, au point de vue de sa défense, l'état
de nature à l'état de civilisation.

Il n'y a pas de milieu : il faut que les nations se protè-
gent par des traités ou par les armes. Si l'on foule aux
pieds les contrats diplomatiques ; si l'on méprise comme
une vieillerie l'équilibre européen, on détruit le principe
titulaire du pouvoir pour y mettre à sa place l'arbitraire ;
on renverse l'ordre ; on oblige les gouvernements à se
mettre sur le pied de guerre, prêts à entrer dans la lice,
s'ils ne veulent pas être annexés, c'est-à-dire envahis
d'un instant à l'autre.

Pourquoi, depuis la guerre de 1870, voit-on tous les
peuples de l'Europe entretenir des armées nombreuses,
outillées comme s'ils étaient continuellement en lutte ;
voter des lois nouvelles chaque année, pour accroître
leur élément militaire, et préférer la ruine à la diminu-
tion de leur contingent ?... C'est que la force armée est
actuellement pour eux une question de vie ou de mort ;
c'est que les traités n'ont plus d'autre valeur que celle
des souvenirs historiques ; c'est que le principe des nationalités est suspendu sur leurs têtes, comme une menace perpétuelle, contre laquelle il n'y a d'autre précaution à prendre que de perfectionner, d'augmenter les
engins de destruction. Telle est la révolution qui s'est
opérée depuis plus d'un quart de siècle dans la politique
extérieure des puissances européennes.

Ce qu'a fait la France pour le salut des peuples, tous
nos lecteurs le savent. Mais on connaît moins l'utilité de
l'intervention de la Russie, dans plusieurs circonstances
qu'il est bon de rappeler ; c'est elle qui a consolidé
l'hégémonie de l'Autriche-Hongrie, depuis Scanderberg
jusqu'à Sobieski, en repoussant plusieurs fois l'armée
ottomane prête à se ruer sur le Saint-Empire. C'est elle
qui a sauvé la Prusse d'une ruine certaine de 1807 à 1813,

en intervenant au traité de Tilsitt ; c'est encore elle qui a sauvé la Suisse de l'annexion française, en 1798, en renouvelant sur les champs de bataille d'Annibal les exploits de ce grand capitaine ; c'est toujours elle qui, en 1849, reliait entre eux les deux tronçons de la monarchie austro-hongroise, prêts à se disjoindre, et affermissait par son attitude énergique le trône de Habsbourg menacé de crouler dans la révolution qui ensanglantait les rues de Vienne.

L'Italie est certainement une des nations de l'Europe les plus intéressées au maintien de l'équilibre européen. Que deviendrait-elle, le jour où l'empire d'Allemagne s'étendrait jusqu'à Trieste ? Pour sûr, le roi d'Italie ne se sentirait plus chez lui à Venise, et le jour où nous ne serions plus en état de faire respecter l'admirable pays qui a donné le jour à tant d'artistes de valeur, la Péninsule risquerait fort de tomber dans un dur vasselage qui lui ferait regretter son entrée dans *la triplice*.

En s'alliant avec la Prusse, l'Autriche s'est affranchie des soucis que lui a causés à différents intervalles son voisin de l'Est ; mais elle a en Occident des intérêts trop multiples pour les sacrifier, en compromettant son existence.

La triple alliance se disloquera d'elle-même en face d'une France et d'une Russie unies, pour maintenir en Europe les bienfaits de la paix. La Russie a besoin de la paix pour préparer la défense du monde chrétien et compléter sa mission dans l'Asie centrale. Ce n'est pas pour elle seule qu'elle a conquis en Turquie une action prépondérante ; c'est dans l'intérêt de tous les peuples chrétiens, sans distinction d'église.

Il est bien évident que la triplice est surtout dirigée contre la France, et la Russie s'est prononcée trois fois contre les arrogances de la Prusse et ses vélléités de

Portraits de LL. MM. le tsar Alexandre III
et de la tsarine Marie-Feodorovna.

provocation, en se déclarant ouvertement en faveur de
son amie naturelle, en 1875, 1885 et 1891. Et, en effet, la
France est la plus solide garantie de la paix en Europe.

Comme garantie de ce qui précède la circulaire suivante datée du 9 novembre 1894, et adressée par le ministre des Affaires étrangères de Saint-Pétersbourg aux
représentants du gouvernement russe à l'étranger, con-
firme toutes nos prévisions au sujet de la politique inau-
gurée par le nouveau tsar Nicolas II.

Voici cette circulaire :

« Notre gracieux souverain, en entrant en possession de
la puissance suprême qui lui a été confiée par les décisions insondables de la Providence, *a fermement résolu
de poursuivre dans toute son étendue le même but que
son père aimé et inoubliable s'était proposé.* Sa Majesté
consacrera toutes ses forces au développement et au bien-
être à l'intérieur de la Russie. *Elle ne s'écartera en rien
de la politique entièrement pacifique, loyale et ferme,
qui a si puissamment contribué à la tranquillité générale.*

» La Russie demeurera fidèle aux traditions, cherchera
à entretenir des relations amicales avec toutes puissances, et continuera à considérer le respect du droit
et de l'ordre légal comme la meilleure garantie de la sécurité des Etats.

» Au début du règne glorieux d'Alexandre III, qui appartient maintenant à l'histoire, le but poursuivi ne consistait que dans l'idéal d'une Russie forte et heureuse pour
son propre bien, et ne faisant de tort à personne. Aujour-
d'hui, au début d'un nouveau règne, nous nous récla-
mons avec la même sincérité des mêmes principes et
nous implorons les bénédictions du Seigneur afin que ses
principes soient observés sans modification pendant de
longues années et exercent leur action bienfaisante.

» Veuillez porter ces déclarations de l'Empereur à la connaissance du gouvernement auprès duquel vous êtes accrédité, et lui communiquer la présente note du ministre des Affaires étrangères. »

La France n'en demande pas davantage.

Et maintenant, pour clore ce livre, que nos lecteurs nous permettent de reproduire le sonnet suivant que nous trouvons dans le *Journal du Soldat*, sous la signature d'un modeste héros, futur défenseur de la patrie française :

L'auguste souverain, l'empereur Alexandre,
— Mort en majestueux gardien de la Paix —
Emporte les regrets de tous les Francs, groupés
Autour de son cercueil où repose sa cendre !
En songeant que, demain, Sire, tu vas descendre
Dans le tombeau des tsars, les pleurs entrecoupés
Des moujiks anxieux, comme fous attroupés,
Dans toute la Russie, hélas ! se font entendre !
La France qui bénit ta mémoire d'Auguste,
Te proclame, en son deuil, Alexandre le Juste,
Et de la paix du monde enfin, le grand vainqueur !
Tu ne fus pas de ceux qui révèrent la Gloire.
Pour écrire, avec du sang, leur tragique histoire,
Ton âme était trop fière, et trop humain ton cœur !

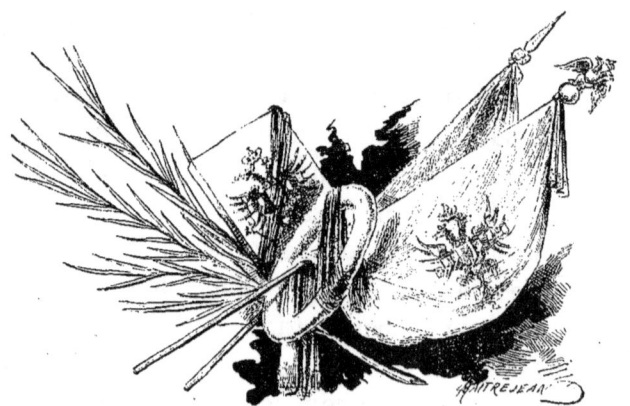

TABLE DES MATIÈRES

Dédicace. — *A l'armée russe* IX

L'Éditeur a la jeunesse française et russe XI

CHAPITRE PREMIER

LA JEUNESSE D'UN GRAND-DUC DE RUSSIE : 1845-1861

Pierre-le-Grand en France. — Généalogie des tsars, d'après le poète
Pouschkine. — *La Russie aux Russes.* — Coup d'œil rétrospectif sur
l'histoire de Russie. — Fondation de Sébastopol. — Catherine II.
— Le testament de Pierre-le-Grand. — *La question des lieux saints.*
— Causes de la guerre de Crimée. — Politique néfaste du Second
Empire. — Alexandre II et le traité de Paris. — Réformes adoptées
dans l'empire russe. — Entrevue de Napoléon III avec Alexan-
dre II, à Nice. — Mission de M. Thiers à Saint-Pétersbourg. . .   19

CHAPITRE II

ALEXANDRE-ALEXANDROVITCH
GRAND-DUC HÉRITIER, ÉPOUX ET PÈRE : 1864-1870

I. — *Alexandre-Alexandrovitch.* — La princesse Dagmar. — Son
portrait moral, son mariage. — Les enfants du grand-duc héritier. — La tsarevna et le général Chanzy.   45

II. — *Les Russes dans l'Asie centrale.* — Les frontières de la Russie,
du côté de l'Asie. — Iraniens et Tartares. — Un peu de géographie.
— Kirghiz et Sartes. — Les Turkomans. — Steppes de l'Asie centrale. — Commerce. — Industrie. — Mohamed-Yakoub chasse les
chinois de Kaschgar   52

III. — *Premières tentatives de pénétration des Russes en Asie.* —
Explorateurs et savants russes. — Le commerce de l'Asie avec
l'Europe. — Le Khan de Khiva essaie de résister aux ouvertures
du gouvernement russe.   60

IV. — *Expédition dans le Khanat de Khiva*, 1873. — Le général Romanowski et le Khan Mohamed-Rachim. — Expédition résolue. — Projet du général de Kaufmann, gouverneur de la province du Turkestan. — Conquête du Khanat de Khiwa   63

V. — *Expédition dans le Khanat de Khokand* : 1875-1876. — Causes du conflit avec le Khan Nasser-Eddin. — Configuration géographique du Khanat. — Le colonel Skobelew à la tête de l'expédition. — Les Russes et les Anglais en Asie. — Politique des deux puissances. — Leur rôle dans l'avenir. — Objectif de la Russie en Europe et en Asie. — *Toujours plus loin; toujours plus haut !* — Les Slaves.   69

CHAPITRE III

LA QUESTION MILITAIRE EN RUSSIE : 1677-1877

La guerre. — Premiers essais d'une armée permanente en Russie. — Servage et privilège. — Suppression du *knout*. — Le général *Milioutine*. — Loi du 1er janvier 1874. — Armée active. — Dispenses, exemptions. — Troupes de réserve et de remplacement. — Les armées française et russe. — Les Cosaques. — Le camp de Varsovie. — La caserne des cosaques du Don, à Moscou   81

CHAPITRE IV

LA GUERRE TURCO-RUSSE : 1877-1878.

La France du nord et l'Europe dans la question d'Orient. — Plan de campagne en 1877   108

I. — *Le tsarevitch Alexandre au commandement de l'armée de l'Est.* — Le passage du Danube. — Zimnitza-Sistova. — Plan de campagne de l'armée russe. — Le quadrilatère bulgare. — Opérations du grand-duc héritier autour de Biéla. — Composition de l'armée de l'est. — Marche sur Routschouk. — Opérations dans la vallée du Lom. — Combat de Yaslar-Kizilar. — Combats de Karahassankieuï, de Kaceljevo et d'Ablava, de Sinankieuï.   110

II. — *Deuxième opération offensive de Mehemet-Ali.* — Combat de Tchaïrkieuï. — Première bataille de Metchka. — Combat d'Elena. Deuxième bataille de Metchka. — Siège de Routschouk. — Le grand-duc héritier à Saint-Pétersbourg. — Fin de la guerre turcorusse.   162

CHAPITRE V

I. — *Le panslavisme.* — La situation des Slaves au dix-neuvième siècle. — Un peu d'histoire. — La politique russe dans la péninsule de Balkans. — L'Église orthodoxe et l'Eglise catholique . . .   195

II. — *Le nihilisme.* — La révolution sociale en Russie. — Le cercle des étudiants de Moscou et la clémence du tsar Alexandre II. —

La presse révolutionnaire à Saint-Pétersbourg. — L'Eglise chrétienne et le libéralisme. — Attentat des nihilistes contre la vie des tsars, l'incident Hartmann. — Le général Chanzy et Alexandre II. — Mort d'Alexandre II. — Une bombe régicide. — Quelques réflexions. — Réformes urgentes.   205

CHAPITRE VI

I. — *Les débuts du règne d'Alexandre III.* — Le palais de Gatschina. — L'ère du nationalisme. — Changement de personnel dans l'entourage du tsar. — Couronnement d'Alexandre III   219
II. — *Les réformes dans l'armée.* — Une lettre du général Démétrius Milioutine. — Modifications apportées dans l'organisation des états-majors. — Avantages offerts aux vieux soldats, dans les corps de troupe. — Améliorations introduites dans l'artillerie et la cavalerie. — *Le Louvois* de la Russie.   227
III. — *Expédition contre les Tekkès.* — Skobelew. — Prise de Merw. — La souveraineté de l'Angleterre dans l'Inde, en péril par les conquêtes de la Russie. — Le chemin de fer transcaspien   233

CHAPITRE VII

ALEXANDRE III INTIME

Mesures prises contre les nihilistes. — Personnel de la cour. — Caractère particulier du tsar. — Epuration de l'administration. — Un ingénieur mécontent. — La journée du tsar. — Les réceptions à la cour. — Le service religieux dans les camps et à l'armée. — Titres honorifiques d'Alexandre III. — Les oncles du tsar. — La tsarine. — Alexandre III à la cour de Copenhague. — Le *res non verba* d'un empereur de Russie.   243

CHAPITRE VIII

I. — *France et Russie.* — Alexandre III en France. — La Russie pendant la guerre franco-allemande. — Le général Chanzy décoré de la croix que portait Alexandre II, le jour de son assassinat dans les rues de Saint-Pétersbourg. — La Russie et l'Allemagne. — Le rapprochement de la Russie et de la France. — Cronstadt. — L'alliance Franco-Russe   273
II. — *La politique extérieure.* — Situation de l'Europe, par rapport aux alliances entre nations voisines. — Point commun entre la France et la Russie. — Quelques mots sur le régime autocratique. — L'empereur de la paix. — La Russie, la France et l'Angleterre.   287

CHAPITRE IX

I. — *La fin d'un empereur de la paix.* — Premiers symptômes de maladie. — Alexandre III à Bieloviège et à Spala. — La Crimée.

— Livadia-Yalta. — L'agonie. — La mort. — Rapprochement
avec la mort du tsar Nicolas Ier. — Le deuil public en France et
en Russie. — Le transport du corps à Livadia, à Moscou, puis à
Saint-Pétersbourg. — L'exposition du corps dans l'église Saint-
Pierre et Saint-Paul. — Un peu d'histoire rétrospective. — Les
sépultures impériales.   299
II. — *Les funérailles*. — A Saint-Pétersbourg. — Les couronnes
françaises aux funérailles d'Alexandre III   335
III. — *Le service de neuvaine* à Saint-Pétersbourg. — La mission
française à Saint-Pétersbourg   350

CHAPITRE X

EUROPE ET RUSSIE

L'empereur Nicolas II et la politique russe. — Un mariage impérial.
— Au Caucase et à Biarritz. — Le torse et les bras de l'Europe. —
Le secret de l'avenir. — La puissance russe en Occident. — L'équi-
libre européen. — Le droit prime la force. — Intervention de la
Russie en Europe. — Une circulaire pacifique. — *Un sonnet* en
l'honneur d'Alexandre III   353

BIOGRAPHIES

ET

RÉCITS MILITAIRES

Chaque volume grand in-8° raisin (25 × 16) est orné de nombreuses compositions hors texte entièrement inédites, culs-de-lampe, vignettes, lettres ornées, etc.

Un glorieux soldat. — Mac-Mahon, maréchal de France, duc de Magenta, par XAVIER DE PRÉVILLE (6ᵉ édition). Illustrations de Clerget, Aimé Morot, Maîtrejean, etc.

Le dernier maréchal de France. — Canrobert, par le COMMANDANT GRANDIN, d'après les documents fournis par la famille de l'illustre maréchal. Illustrations de Maîtrejean (Illustrations exposées à l'Exposition du Livre).

Nos grandes Ecoles militaires. Récits et Souvenirs, par FR. BOURNAND, professeur à l'Ecole professionnelle catholique. Illustrations de Bouard.

La Russie militaire. Anecdotes historiques, par FR. BOURNAND, professeur à l'Ecole professionnelle catholique. Illustrations de Bouard.

Mémoires d'un Chef de partisans au Mexique. De Vera-Cruz à Mazatlan, par le COMMANDANT GRANDIN. Illustrations de Maîtrejean.

Histoire d'un marin. Le vice-amiral Jurien de La Gravière, par le COMMANDANT GRANDIN. Illustrations de Maîtrejean.

Au pays du soleil. Episodes de la guerre d'Afrique, par le COMMANDANT GRANDIN. Illustrations de Maîtrejean.

Dans le passé. — Chanzy, par le COMMANDANT GRANDIN. Illustrations de Bouard.

Autour du Drapeau russe. — Alexandre III, empereur de Russie, par le commandant GRANDIN. Illustrations de Maîtrejean.

Jeanne d'Arc, vierge et martyre, par l'abbé FESCH. Illustrations de Méjanel.

Légendes de Notre-Dame de Paris, par PAULINE DE GRANDPRÉ. Illustrations de Maîtrejean. *Ouvrage offert à Messieurs les officiers de l'Escadre russe, à leur passage à Paris, le 20 octobre 1893.*

www.ingramcontent.com/pod-product-compliance
Lightning Source LLC
Chambersburg PA
CBHW050322030726
47505CB00003B/825